民国女子

她们谋生 亦谋爱

桑妮 ◎ 著

贵州出版集团
贵州人民出版社

图书在版编目（CIP）数据

民国女子：她们谋生亦谋爱 / 桑妮著. -- 贵阳：贵州人民出版社，2019.5（2020.9 重印）

ISBN 978-7-221-15212-1

Ⅰ.①民… Ⅱ.①桑… Ⅲ.①传记文学—作品集—中国—当代 Ⅳ.①I25

中国版本图书馆 CIP 数据核字 (2019) 第 006910 号

民国女子：她们谋生亦谋爱

桑妮 / 著

选题策划	京贵传媒
责任编辑	刘旭芳
出版发行	贵州出版集团　贵州人民出版社
地　　址	贵阳市观山湖区会展东路SOHO办公区A座
经　　销	京贵传媒有限公司
印　　刷	鑫艺佳利（天津）印刷有限公司
开　　本	145mm×210mm　1/32
字　　数	200 千字
印　　张	9.75
版　　次	2019 年 5 月第 1 版
印　　次	2020 年 9 月第 4 次印刷
书　　号	ISBN 978-7-221-15212-1
定　　价	48.00 元

版权所有・违者必究

如果有印刷质量问题，请与我公司联系调换

你是一树一树的花开,

　是燕在梁间呢喃。

你是爱,是暖,是希望,

　你是人间的四月天。

—— 林徽因 ——

目　录

第 一 章	孟小冬	为谁风露立中宵	...001
第 二 章	陆小曼	从此无心爱良夜	...016
第 三 章	阮玲玉	便纵有千种风情	...031
第 四 章	胡　蝶	花自飘零水自流	...045
第 五 章	周　璇	美人不用敛蛾眉	...059
第 六 章	张爱玲	人间无物似情浓	...074
第 七 章	林桂生	醒时空对烛花红	...091
第 八 章	唐　瑛	惜花人去花无主	...103
第 九 章	陈燕燕	昨夜星辰昨夜风	...115
第 十 章	小凤仙	高山流水识知音	...127
第 十一 章	王人美	梨花欲谢恐难禁	...141
第 十二 章	赵四小姐	人间自是有情痴	...154

CONTENTS

第 十 三 章	胡　　萍	繁花落尽皆成梦	...167
第 十 四 章	林 徽 因	你是人间四月天	...179
第 十 五 章	姚 玉 兰	人生只似风前絮	...192
第 十 六 章	董 竹 君	风絮飘残已化萍	...203
第 十 七 章	福 芝 芳	芳心总是伴忠魂	...216
第 十 八 章	赛 金 花	红颜未老恩先断	...229
第 十 九 章	王 映 霞	生怕情多累美人	...242
第 二 十 章	张 幼 仪	独客单衾谁念我	...255
第 二十一 章	苏　　青	一抹春痕梦里收	...268
第 二十二 章	何 香 凝	人间梅花暗自香	...280
第 二十三 章	潘 玉 良	质本洁来还洁去	...292

◎ 第一章 ◎

孟小冬——为谁风露立中宵

> 梨园应是女中贤,
> 余派声腔亦可传。
> 地狱天堂都一梦,
> 烟霞窟里送 芳年。
>
> 张伯驹

人都说,写梅兰芳可以略去孟小冬,但写孟小冬则不能不提梅兰芳;同样,杜月笙传可以没有孟小冬,但孟小冬传里则绕不开杜月笙。一生傲岸的她,在两个男人的光环背后,走出的却是属于自己的传奇人生。

起

她是一个感性的人。

1925年,14岁便大红大紫的她毅然为了事业放弃爱情,离开了日后上海黑帮的大佬杜月笙,奔向梨园的"天堂"——北京;后来,正值事业如日中天的她又愤然离开北京,甩开"梅孟之恋"的"戏中戏",回到上海,开始了深居简出的生活。

她的一生足够被称为传奇。

在杜月笙60岁寿辰之时,已经40多岁的她以一曲《搜孤救孤》再次轰动了上海滩,成为名副其实的"实力派偶像"。这个经历了人间无数苦难的"天下第一老生",始终傲然立于尘世间。然世事弄人,直至1949年中华人民共和国成立,随杜月笙避难香港的她,却始终是一个妾的身份!

20世纪初,在上海老城厢古城墙旁,当时住在附近的艺人每天早晨在此吊嗓子,其间有一个5岁的小女孩,她的嗓音略带一些稚嫩,但在她的姑父看来,不久的将来她肯定是一个响当当的"角"。

她是梨园世家出身,每天在戏曲中熏陶,除练就了傲人的"金嗓子"外,还练就了一副铮铮傲骨!在之后的人生岁月里,她始终是戏台上的"皇",直至安静地躺在棺材里,也依然带着震耳欲聋的"回音"。

她亦是一个傲岸的人。

面对梅府"枪案",她没有像梅先生那样抱头鼠窜;面对福芝芳的排挤和梅先生的软弱,她甩下了一句"我孟小冬要嫁人,也要嫁一个一跺脚就能让四九城乱颤的'主儿'"便毅然离开;面对年华老去的昔日上海"皇帝"杜月笙,她却露出了温柔的一面,在杜大亨辞世前的两年,她散尽了积攒一生的柔情……

20世纪60年代初,周恩来总理曾委托著名小生姜妙香捎话,请她回大陆,但是她始终没有回来。以孟小冬和杜月笙的关系来说,若是她当时回到大陆,恐怕也过不了文化大革命这一关。虽然说,她是京剧界最著名的客死他乡的艺人,结局有些悲凉,但还是安详的。

壹　人面桃花

1947年9月,上海滩大亨杜月笙60岁寿辰,当时适逢广西、四川、苏北等地水灾,杜月笙决定组织祝寿赈灾义演,当红名角齐聚上海,孟小冬便以一曲《搜孤救孤》再次轰动了上海滩。

当时大江南北各行各业,都到上海为杜月笙祝寿。祝寿当然要唱戏,何况杜月笙本就是一个票友。当时红得不得了的"冬皇"孟小冬的戏,自然不能少。听说孟小冬要唱,外边的人都坐飞机来听。据说,票,一般人是买不到,早已被"内定"了。

当时已有无线电收音机,于是无线电收音机在十里洋场的小摊位上开始走俏,一个小摊位1小时竟然就卖出20多部。

所有的名角全到场来看。

谢幕后观众根本不走,都想看看她的便装,结果还是杜月笙上后台好一番说劝,她才谢了一次幕。然而,就是这一次的演出被梨园界称为"广陵绝唱",从此,"冬皇"再也没有登台演出过。

如今的十里洋场已经盖起了高楼大厦,那昔日的辉煌仿似过眼云烟。然而,在浮华如梦的20世纪30年代的大上海,她的确曾存在过,留下过惊鸿之影。

当我们回忆起那时的上海滩,你可曾想起那令人魂牵梦萦的"人面桃花"呢?

贰　冬皇出世

1908年,一个在十里洋场卖梨的年轻人,凭着一身的胆识把梨卖进了"黄公馆";而就在这一年,一个叫雷玛斯的葡萄牙人在美租界乍浦路中西书院北首112号(靠海宁路)创建了虹口活动影戏园,两年后改称为虹口大戏院;同年,一个仪表堂堂、气度潇洒、举止端庄的年轻人,由梅小生更名为梅兰芳,从此"梅兰芳"这个名字再也没有退出戏曲舞台。这一年,在上海滩靠近法租界的民国路一条弄堂中的普通楼房里,一个小生命呱呱坠地,父母为其取名孟小冬。当时的人们还不清楚,这三个人和一个戏院会有怎样错综复杂的感情纠葛。

孟小冬出生于1907年农历冬月十六,因而取名叫"小冬"。

小冬的家可谓唱戏的世家。当时,唱戏的还被认为是"下九流"的行当,然而,在"下九流"的行当里,老孟家算是很吃香的。在孟小冬家,逢年过节聊得最多的,就是祖父孟七了,孟七可以算是整个梨园界的老前辈,让他一炮而红的是他曾经在英王陈玉成办的科班里教过戏,这可是"下九流"里上了"厅堂"的大事,这也成了老孟家族的荣耀。

就是在这样的荣耀下,孟小冬从5岁开始就随着父亲孟鸿群每天早晨吊嗓子。然而,当时女人在戏班子里是吃不开的,所以孟小冬并没有受到家族的严训,她的父亲也没有把她当重点培养对象。

看着孟小冬一天天成长,一个好苗子就要因"大门不出、二门不迈"的封建礼教而埋没时,她的姑父站了出来,成为她的启蒙老师。

既然要打破这种制度,就必须教出一个"可以影响时代的人",所以,姑父仇月祥对她管教非常严,艺术上稍有差错就会责打。一个日后成为"冬皇"的女孩子的童年,就是在不断的责打中慢慢地成长着,一直到她14岁那年。

现在已无法考证,是经过怎样的周折,她的姑父抵住无数亲人和社会的反对，把孟小冬推上了虹口大戏院的戏台。姑父是唱老生的，所以孟小冬也同样唱老生。是金子无论穿上了怎样的"外衣"，她始终都会发出光芒。没几场戏，孟小冬就名声在外了，只要有她出台唱戏，场场爆满，票价也飞涨。不久，在人们心中，一个上海滩的名角便冉冉升起。

所谓天才，即天生就是一个有用之才。孟小冬亦是一个天才，她凭着自己的才艺创造了两个传奇：孟小冬的崛起，为女演员在京剧舞台上争取了应有的地位，同时也打破了"女人不唱戏"的封建传统；她先后嫁给梅兰芳和杜月笙，这是那个时代的两个代表性人物。

孟小冬亦因此成为当时茶余饭后人们私聊最多的传奇女人。

叁　邂逅杜月笙

当然，很多历史不可能完全展现在我们面前，正如孟小冬与杜月笙的爱恋也不可能完全展现在读者面前一样。我们只能从历史的蛛丝马迹中，窥探他们那一段乱世中的爱恋。

依据杜月笙的后人杜美如回忆，杜月笙早年便与孟小冬结识了。当然，依据杜月笙对京剧的狂热来推断，他们早年的结识也在情理之中。

杜月笙喜好京剧，有"天下头号戏迷"之称，有了权势的他曾兼任多家票房的理事。他自己开设的恒社，也专门设有京剧组，名伶马连良、高庆奎、谭富英、叶盛兰，名票赵培鑫、赵荣琛、杨畹农等人，都是该社门徒。他的戏瘾亦很大，不光爱听爱看，还给自己请专人教授，学会后就到票房里走票。

1925年，孟小冬17岁。这一年，她离开上海，远走北京。就是在这一年，杜月笙在租界与军阀当局庇护下，成立"三鑫公司"，垄断法租界鸦片提运，势力日大，成为与黄金荣、张啸林并称的"上海三大亨"之一。

为什么偏偏在这一年孟小冬远走北京？两个人之间究竟有怎样的故事呢？

一种说法是：杜月笙在1925年就开始喜欢小冬，只是小冬当时年纪还小，而他又忙于"事业"。所以，两个人没能有过多的交集，但彼此间肯定是有爱慕之心的。

另一种说法是：孟小冬很早就和杜月笙在一起了，他们的关系是高兴时在一起，不高兴时分开，虽不在一起住，却是事实上的夫妻关系，杜、孟的感情差不多有20年，无论是时间跨度还是感情深厚度，都不是梅、孟可比的。

世事沧桑，我们无法证明他们之间究竟是什么样的关系，但是，他们很早就结识是确定的。从时间上推算，小冬14岁就在戏台上大红大紫了，17岁时才离开上海，中间的三年正是杜月笙崛起的那段时间，以杜月笙的性格，追求小冬也是无可厚非之事。

那么，在小冬去北京闯荡之前的时间里，我们就把它当成一次美丽的邂逅吧！

肆　戏中戏

1926年，18岁的孟小冬辗转来到京剧的大本营——北平。当然，这个时候的她已是小有名气，在韩家潭的几次堂会后，"天下第一老生"的名号便已经叫开。

梅、孟二人那时可谓北平响当当的"角"。

戏中她是台上的七尺男儿，梅则是纤纤女子。他们在不同的舞台演绎着别人的人生，本是不相干的两人，却因着戏的缘由相遇，并演绎出舞台下独属于他们自己的人生。

那是1926年下半年的一天，当时北平政要王克敏过半百生日。王克敏是北平出了名的一个戏迷,他过生日当然要开堂会,既然开堂会必须要请"角"啊!于是,在韩家潭的一亩三分地儿,当时京城最大的三个"角"都被邀请在列:余叔岩、梅兰芳、孟小冬。

一切缘分都源于戏,无论是好还是坏。就这样一个是须生之皇,一个是旦角之王,在韩家潭金碧辉煌、耀花人眼的舞台上上演了一幕王皇同场、珠联璧合的戏,他们演绎的是剧中的人生,也是她和他的戏。

一曲《游龙戏凤》赢得了满堂彩,尽管孟小冬扮的皇帝戴着长长的髯口,而梅兰芳扮的是活泼天真的少女模样,但是观众心里还是把他们阴阳颠倒,当成舞台下的面貌来看待:正德皇帝就是那位二九年华、楚楚动人的美丽姑娘孟小冬;而当垆卖酒的小姑娘李凤姐,还是那位怕难为情的美男子梅兰芳。因此台上梅、孟表演戏耍身段时,台下简直是开了锅,人人起哄,不断地拍手,不停地叫好。尤其是梅兰芳戏迷中的一些中坚分子,更是极其看好他俩这段假戏真做的戏缘。在他们心中,两个人就是天作之合!

孟小冬的美不是一般女子的美,她的美是一种带有男性味道的美,阴柔、隐忍中又夹杂着豪爽之气。她是外在鲜亮、骄傲,内心柔软、坚忍的优质女子,爱上当时最春风得意的梅兰芳是理所当然的事。在孟小冬的心里,梅兰芳就是她戏里的"白马王子"。想当时,梅兰芳有着男人的青春气傲,亦梦想着占有更值得的女人。所以,经好事人撮合,很快两个人就走在一起。

1927年一个风清月明之夜,洞房花烛,红罗帐中,鸾凤和鸣,鸳鸯交颈。梅、孟二人彼此间少不得山盟海誓,遂也说了些愿白头偕老、终身无悔、永不变心之类的话。

婚后,两人并没有住在梅宅,而是住在了北京东单附近的内务部街。

不知道是不是这样的简单注定了这段姻缘会因此而崩溃,还是简单本身就是一种疏忽。正像后来小冬在回忆中提到的那样:当初的兴之所至,只是一种不太成熟的思想冲动而已。

1931年夏天,将梅兰芳养育成人的大伯母去世,小冬也头戴白花前往悼念。虽说小冬嫁给梅兰芳已经四年了,但是她还没有进过梅宅,她想趁这个机会进去看看。谁知到了梅府她却进不了梅府的门。因为她穿着孝服进了梅家的门,就算梅家的人了,所以梅兰芳那个"厉害"的福二奶奶是无论如何也不会让她进的。就这样,在舞台上叱咤风云的孟小冬硬生生地败在唱青衣的女子手下。想来也是,唱青衣的终比唱须生的孟小冬懂得以柔克刚。最令人心寒的是梅兰芳也不让她进去,他冷冷地说道:"你回去吧!"孟小冬犹如含了个冷生生的馒头哽咽在炎热当头的北京街头,最后冷着脸离开梅家。

就这样,梅兰芳的冷酷、懦弱与自私,把孟小冬的菟丝之托变成了一种可笑的奢望。现实里,孟小冬渐渐拨开舞台上的迷雾,看清拥有三妻四妾、为名利而奔忙的梅兰芳与俗世的男人并没有两样。戏中与戏外毕竟是两个世界,只是最初的自己一直在镜中看花,把所有的事情都美化成戏梦而已。

她和他的这一段姻缘,末了只不过是她和他舞台上千万般辉煌中一时的幻彩。终会曲终人散,空寂寞。

伍　孔雀东南飞

自古才子佳人都只是风月戏中的主旋律,来不得半点真。这句半调侃、半事实的话是无论如何也不会让人联想到梅兰芳和孟小冬的。

然而,世间事终难料,无人能揣测。事实上,他们的确是因为一些俗世的纷争而分开的。本该共患难,却因都是世间凡人而不可若戏中美化之人来看待,因而落得悲剧收场。

其实，在第一次遇见梅兰芳的那刻，孟小冬就已知道他是有家室的人，但是固执且坚持如她，始终抱着那份少女的单纯和对自己生活的理想与梅兰芳生活在了一起，从此幻想着天长地久的生活。然而他们过的却是"最时髦"的同居生活，集万千宠爱于一身的孟小冬不过是梅兰芳的一个妾而已。

为了避开梅家人的扰乱，他们另外在东单内务部街一条胡同里租了一个小屋子，孟小冬被梅兰芳"金屋藏娇"起来。这种事在旧社会里本是司空见惯、不足为怪的，然而，孟小冬是一代坤伶呀！嗓宽韵厚，扮相俊美，台风潇洒，蜚声菊苑，不知倾倒了多少戏迷，李志刚就是其中一个。孟小冬的戏，他竟是一场也不落下。最后，这种痴狂发展到了极致，他发现自己单恋上孟小冬。眼见孟小冬嫁给梅兰芳，知道自己的"玫瑰梦"破灭了，于是伺机报复，正所谓因爱生恨。然而，令他想不到的是，张汉举当了替死鬼！

发生如此血案，一时谣言四起。梅党及家人以保护梅兰芳安全起见，纷纷倒戈支持福芝芳，竭力拆散这段佳缘。梅兰芳的名字和命案绯闻纠缠在一起，这对他的发展来说是巨大的障碍和危险。因此，这个俗世男子的心中也多有不满，由此对孟小冬渐生厌弃之心。尝尽人间冷暖，即使再骄傲的孟小冬也会万念俱灰。这之后的孟小冬，亦渐渐看清舞台之外的梅兰芳。

人间几十遭，只叹世间事！

到了1929年，梅兰芳将赴美演出，又引出一件麻烦事：孟小冬和福芝芳到底谁跟梅兰芳访问美国，在全世界面前以梅夫人的身份亮相？当时已经怀孕的福二夫人为了能够随梅兰芳出访，毅然请医为之堕胎。事情到了这一步，简直太血腥了。最后，梅兰芳只好两个都不带。

接着，便发生了那场吊孝风波。自以为已是梅家一员的小冬前去梅家戴孝，却被梅夫人福芝芳羞辱。在外边挣足面子、深得万千人喜爱的她怎能受如此的冷遇？而梅兰芳的附和让她更是心寒，再加上对于梅遇刺的事，还心有余悸，她决定和梅分手。当梅来到她家时，她听着门外如急雨般的敲门声，却始终不敢开门，她害怕自己的一时心软就会让痛苦延续。梅兰芳撑着伞在雨中等了一夜，才怅然离去。谁知道，这一离去，竟然就成了此生的永别。

人世间的事或许就是这样的阴差阳错，或者说是造化弄人，使得本来的双飞燕成了陌路人。本是神仙眷属的两人，也不得不劳燕分飞。待到数年后，梅兰芳重返京都时，孟小冬已视梅郎为陌路，一生再未与他语半句。

陆　冬皇拜师

与梅郎雨夜的决绝，正是孟小冬特有的骄傲。

但是，三载情缘空成恨，怎可能不伤心欲绝？独处的她，也曾欲以绝食自绝性命，如若不是家中长辈多方劝慰，孟小冬的历史，在那一晚，就会作个了结。

换成八卦的电视剧，一定会大书特书那一个雨夜。只是红楼夜雨隔帘冷，错开80多年的时光，我们看不到事件的真相。

唯一知道的是，1933年9月5日、6日、7日在天津《大公报》第一版上，孟小冬天天连登《孟小冬紧要启事》："冬当时年岁幼稚，世故不熟，一切皆听介绍人主持。名定兼祧，尽人皆知。乃兰芳含糊其事，于祧母去世之日，不能实践前言，致名分顿失保障。毅然与兰芳脱离家庭关系。是我负人？抑人负我？世间自有公论，不待冬之赘言。"

她的骄傲，在于那八个字："名定兼祧，尽人皆知。"梅兰芳虽是自己准备托付一生的夫君，但梅府吊孝的那一场事件，却叫她看了个真切，原来他也只不过是个俗世男子,在她被福芝芳挤对之时,他能做的,只是叫她退让。

纵是一代名伶,仍然是女人,经此打击,也是痛不欲生,一度在天津居士林皈依佛门。

所幸,前方还有余叔岩在等待接引她。

余叔岩是民国初年京剧界惊才绝艳的人物。关于余叔岩的故事,她听得一直很多。评论大抵不过"恃才傲物"四字,但因确系一代宗师,数十年来,竟无一人敢言个"不"字。

她心中也一直期望有朝一日可以身列余家弟子门墙。若可,这一生,也便了无遗憾。更何况,没了情感所系的京城。戏剧,才是她唯一可以寄托的目标。

几经周折,孟小冬终于夙愿得偿。1938年10月21日,她在北京泰丰楼正式拜余叔岩为师,成为余叔岩的关门弟子。

余叔岩习惯晚上工作,因此往往到了晚上才开始给孟小冬说戏。北方冬日凛冽的冬夜,寒意逼人,呵气成霜,窗中的剪影,一个眉眼,一个手势,为务求完美总要从根底研究,终将字、腔、音三者熨帖融合,臻于化境。这样刚烈的女子,彼时忘却了"冬皇"的虚名,忘却了曾经的前尘往事,只认认真真地做一个真正的余派弟子。

对于孟小冬,余叔岩可谓爱护有加,孟小冬是聪明绝伦的,天生为戏而生的女子。在自己病势日深时,孟小冬亦以弟子之礼,侍奉汤药一月有余,身为师长的他感其敬师之诚,把自己演《武家坡》中薛平贵的行头赠给她继承使用,以为纪念。孟小冬在京的每次演出,他都不顾病体为她把场。

孟小冬作为余派传人最精彩的亮相是1947年9月,在上海中国大戏院"杜月笙六十华诞南北名伶义演"中出演的《搜孤救孤》。此时,孟小冬的唱功炉火纯青,句句珠玉,扣人心弦,如阳春白雪,调高响逸,一时传为绝唱，盛况空前。至此，孟小冬已完全确立了中国京剧首席女老生的地位。她从未想过自创一派，甘于隐匿在余叔岩的光环之后，是她对师长的尊敬，更是对自己艺术生涯的冷静选择。

只可惜，这位戏剧史上最著名的坤生的最精彩的亮相，也不过只是烟花刹那一瞬间。往后，她的荣光，完全被收拢于上海滩杜氏的石门大屋里。

柒　散尽柔情

邂逅过成就非凡的男人，这个女人也被留名青史。

孟小冬的传奇在邂逅梅兰芳之后，还有更大的波澜再起，那就是和当时上海滩最知名的闻人杜月笙的再次相遇。

只是，此时的杜月笙已收敛了当年的狠厉。记得1925年，她在舞台演戏，他只是台下捧场的小喽啰；出将入相的门帘一打出来，府杭丝的行头，水钻的裙裾，光彩闪耀底下，他不过是衬托这光彩的那个充满爱慕的人儿。而今，他已是旧时上海滩的一个符号，大公馆、青洪帮、百乐门、苏州河、上海风云无不与他有丝丝关联。

那年，被梅兰芳深深伤害的孟小冬开始以工作的关系到各地演出，那次到的是孟小冬曾经成名的上海。由此，便也促成她和杜月笙那次柔情万千的邂逅。

不过，孟小冬与杜月笙的情缘早已遗失在光影里，无论是有心还是无意，所有线索都是断续的尘灰吊子，终究无从拼凑。只能任后人随意敷衍。

然，在流传下来的故事里，这个男人待她很好。之于20世纪30年代的上海，他更像戏文里的架子花脸，骨子里的邪气、霸气，横扫着上海滩几十年；而之于她，不过是长久以来待她最温和的一个男人。

当她与梅兰芳曲终缘尽，悲愤离婚，那时，他是姚玉兰的丈夫，上海滩的闻人，不过还是为她出面，在伤痛婚姻上争一口气的可信任的朋友；最后一纸离婚的契约，是他从旁佐证；他还问她，你要仔细思量。他是这样细腻绵延的温情男子。

1935年，她跟从余叔岩学艺，老派的梨园规矩众多，所谓的尊师重道，是余家上下都必须打点。当余家女儿出嫁，她送出满堂的红木家具。但是彼时她已久不演出，所花费的，无不是他无声的支持。

这些细细碎碎的关爱和呵护，对于感性的孟小冬来说，不是没有感觉的。于是，在杜月笙过60岁华诞之时，久未登台的她特意排练半年之久，来应杜月笙的邀请登台为其演出，且足足唱够了八天的压轴。她始终要好好酬答呵护她的人。

他是她一生的知己，20年了，他之于她的全是情深义重，始终润物无声地爱慕着她，怜惜她的甘苦，让多年漂泊江湖的她感念于心。

于是，后面的日子，是她要酬答他的知寒知暖。入杜公馆之后，她对一切都淡而化之。她一直沉默寡言，对一切看不惯、听不得、受不了的事情都漠然置之。只反过来，细细呵护陪伴着这个别人眼里霸道、于她却柔情万千的男子。

据说，在杜家她只为自己说过一句争辩的话。当他们举家迁往香港的时候，一家人在数着要多少张护照时，她淡然的声音突然飘过来："我跟着去，算丫头呢，还是算女朋友呀？"杜月笙一愣，这才有了63岁的新郎和42岁的新娘。至此，孟小冬故事里的一个关键词——名分，才终于有了着落。

她终究还是争了。这句话，她原是说不出口的，但绕了那么些年的恩爱情愁，总归还是不甘心的。也许，此时此刻，她又想起了梅兰芳，他婉转地描了眉，敷了粉，在杜家的堂会上轻提了嗓，唱一句："妾身未分明。"

然，此时的英雄已非盛年，不过是一年逾花甲的病翁。而孟小冬是念情之人，自上海到香港，从繁华到衰败，几十年风霜雪雨，素衣侍疾，一直在他身边不离不弃，他是不是大亨与她无关。两人都是看尽人间冷暖之人，深知最为可贵的是何物何情。就这样在对着、看着、慕着的时光里，你怜我我怜你，真正地忘情于彼此。

幸得还有知音赏韵的，虽只得一个，对于没有野心的女子来说，却已足够，但她不可能不怀念那曾经的锣鼓喧闹，彩声连连。这样一种窄仄的人生似乎本不应属于一位天才，更何况台上的她是强势的须眉。

于是，杜家的客厅里，常常传出她与戏界旧友的咿咿呀呀。在旧时的杜公馆里于这靡靡之音中倾泻散尽她最后的柔情。

捌　曾经沧海

"只是一切都过去了罢。"

这句当年孟小冬时时挂在嘴边的话，到了最后，居然成了她唯一的安慰。

57年前，在香港的一条叫做"花园道"的绿荫掩映之处，孟小冬和杜月笙便隐居在这附近。只是，居所已不是旧时上海的恢宏气势，而是那时香港最为普通的公寓。然，对于孟小冬来说，这样已经是最好的结局了吧。至少，总有了个名分。

再无他争，只静静地于每日中陪伴那个懂她、慕她的新良人。

在此，她辉煌的生命，趋向了平和，走向了暗淡。所有的哀怨，不过是看着她的新良人慢慢走向死亡。

至于那位曾经念念不忘的梅郎，在香港，也还曾有一面之缘。那是

1956年打开中日邦交,受周总理委托,梅兰芳特在香港转机时,挑了个时间去看她。

前缘难了,一切却已无可说,亦无须说。心中纵有波澜万丈,面上却只能淡淡地道一声"好久不见!"他不知道,她卧室里只摆放两张照片,一是恩师余叔岩,一是旧爱梅兰芳。而她亦不知道,据梅兰芳的管事姚玉芙说,孟小冬演了两场《搜孤救孤》,梅先生在家听了两次电台转播……

当暮年的孟小冬一个人在香港独守着那份寂静,她早已不是当初那个从上海走出去的名伶了。梅孟、杜孟的故事,于她到最后也只若繁花落尽只剩纤尘了。

曾经沧海,风流过往,都已成旧年烟花,灰飞烟灭,无从追忆!我们便只有在偶尔听到黑胶老唱片里那苍凉的唱腔时,才会想起那个特立独行的名伶,她曾经是一位雍容华贵的绝代佳人,然后是一名历尽辛酸的薄命女子。

这,是不是一种遗憾,或者称作悲剧?

◎ 第二章 ◎

陆小曼——从此无心爱良夜

> 在天愿作比翼鸟，
> 在地愿为连理枝。
> 天长地久有时尽，
> 此恨绵绵无绝期。
>
> 白居易

翻开尘封的上海红颜往事，我们可触摸到那个离经叛道的女子陆小曼。她曾是20世纪20年代繁华如烟的女子，亦是被千夫所指的女子。

有人说，她的前半生是一只美艳的蝶，肆意飘忽在多情男子身边；她的后半生是一只平凡的蝶，安宁、平静。

徐志摩说："一双眼睛也在说话，睛光里漾起心泉的秘密。"

胡适说："陆小曼是一道不可不看的风景。"

起

她是一个谜一样的女子。

18岁惊艳北京上流社会的交际界；后顶着徐志摩太太的头衔红遍上海滩的十里洋场。在王赓的眼里，她是美艳的夫人；在徐志摩的眼中，她是一块璞玉；在翁瑞午的眼中，她是精彩绝伦的女人。

1903年出生在官宦世家的她，从小就聪慧绝伦、清秀可爱；长大后更是才华横溢，能诗能画，能歌善舞。她生来就有捕捉男人的本事，明艳的容光、轻盈的体态和柔和的声音，总能撩人心火。渐渐地，她便被男人宠坏，有了浮躁和不安分的心，再忘不了奢华和热闹。她的一生便也被这浮躁、奢华所累，造就了自己的悲剧。

她离经叛道，若一只美艳的蝶，翩飞在名流丈夫王赓、浪漫诗人徐志摩及官宦子弟翁瑞午的身边，把自己的生活搞得波澜壮阔、高潮迭起。

为了爱情，她背叛名流丈夫，义无反顾地和离过婚的徐志摩结婚，因而闹得满城风雨、人尽皆知；为了奢华，她无视所有，不被任何人羁绊，即使是最爱的徐志摩也不可以，不但夜夜笙歌、吸食鸦片，还和让她"红杏出墙"的翁瑞午苟且偷欢。

一失足成千古恨！徐志摩坠机身亡后，她成了那个被千夫所指的那个寂寥未亡人，背负起"红颜祸水"的罪名。

她亦是至情至性的女子。

当斯人离去时，她洗尽铅华，终身素衣，再不出入欢乐场所，只做爱人心中希冀的那个知性、富有才情的女子。一个人，默默承受着外界的责备和诟骂，以徐志摩夫人的身份默默地编撰《志摩全集》；当迫于生计和爱她她却不爱的男子翁瑞午同居时，她不许他抛弃发妻，因她知道翁瑞午的妻子是旧时女子，离开翁瑞午无以维生。

一切尘缘散去，一切都趋于平静。她就这样带着对徐志摩的无限爱意和忏悔,和那个叫翁瑞午的人暧昧寂寥地度过余生。从此,她的情感世界里不再有繁花,只留下那段短暂而又惊涛骇浪的爱情和长久的遗憾,成全了所有人的好奇,让世人有了一个意味悠长的谈资。

1965年4月3日,她带着风情万种、媚惑媚骨,孤寂地走完自己的道路,留下了未能和徐志摩合葬的遗憾在世间。

壹　眼波潋滟

1931年11月上旬,流连于上海十里洋场的陆小曼,由于难以维持在上海的排场,连续拍电报催促在北京教书的徐志摩回家。

不料,回到家中的徐志摩和陆小曼一见面就争吵了起来。当时的陆小曼不仅大肆和名流戏子纠缠厮混在一起,还吸食鸦片。这让爱她的徐志摩心痛又心伤。没想到,第二天,欲耐心劝说陆小曼的徐志摩看到的是更让他难堪和气恼的一幕:陆小曼不仅当着他的面让和她有"绯闻"的翁瑞午给她按摩,末了,还和翁瑞午没事人似的躺在烟榻上吸食起鸦片来。其暧昧情状让徐志摩忍无可忍,于是,他和陆小曼大吵了起来。更没想到的是,陆小曼突然发起小姐脾气来,毫无预兆地抓起烟灯就往徐志摩身上砸。徐志摩本能地躲了一下,虽没有砸中他的脑袋,却贴着额角打掉了他的眼镜,镜片碎了一地。

望着满地的碎片,想想连日来的奔波,再看看在鸦片的迷幻世界里沉醉的陆小曼,心灰意冷的徐志摩抓起件破了洞的衣服,提着平时出门用的行李箱,摔门离开。时逢林徽因19日在北京有一场演讲,他连夜赶到南京,欲搭乘张学良返京的飞机去听林徽因的演讲。但张学良的飞机因事改期,于是,他搭上了一架邮政机飞赴北京。悲剧就此发生。飞机飞到济南附近的党家庄时,遇到漫天大雾,误触山头,机毁人亡,徐志摩手脚烧成焦炭,死状极惨。

一代风流才子就此陨落,带着他的才情、他的浪漫,带着陆小曼的爱情、陆小曼的悔恨,永远地离开了。

后来的陆小曼,把俗世的繁华都变成一纸的寂寞,在人们的非议和指责中,从此不施粉黛,不穿华服,收集整理和编辑出版徐志摩的文集,努力做徐志摩心底曾希冀的那个知性、富有才情的女子。

只是,不知道,远在天国的徐志摩可曾看到,抑或是否还能记起那个眼波潋滟的女子,曾怎样地撩拨过他的心弦。

贰 绝代才女

在20世纪20年代的北京交际圈里,活跃着一位外交官的掌上明珠。传闻中的她能诗能画,能写一手蝇头小楷,能唱歌,能演戏,并且热情、大方、彬彬有礼。明艳的容光、轻盈的体态、柔和的声音和出众的才情,都让见过她的人为之惊艳,叹为观止。

她就是名门陆家的女儿——陆小曼。

陆小曼名眉,别名小眉、小龙,笔名冷香人、蛮姑,1903年9月生于十里洋场的大上海。据说这天恰巧是传说中观世音菩萨的生日,而她恰又生得眉清目秀、肌白肤嫩,于是家里人又戏称她为"小观音"。

父亲陆定,上海人,是早稻田大学毕业的高才生,日本名相伊藤博文的得意门生,留学期间加入孙中山先生的同盟会,他是国民党员,也是中华储蓄银行的主要创办人。母亲吴曼华,出身于官宦世家,是当时少有的知书达理的女子,不但文学功底深厚,而且善画工笔画。所以,陆小曼从小就被熏陶得琴棋书画样样精通。

他们先后共生育9个子女,都不幸夭折,只有排行第五的陆小曼幸存下来。因此，他们对陆小曼宠爱有加，将她视为掌上明珠，对她的教育也尤为精心。

9岁，陆小曼随父到北京，进入北京女子师范大学女子附属小学读书，13岁转入法国人办的贵族学校北京圣心学堂学习法文、舞蹈、绘画、钢琴、礼仪等。后来，其父还聘请英籍女教师在家中为她补习英文。到了十五六岁时，陆小曼已精通英、法两国文字。

良好的天赋加上后天父母精心的栽培，使得出落得亭亭玉立的陆小曼，才华洋溢无人能比。所以，待18岁时，出入北京社交界的陆小曼，一出现便惊艳了整个上流社会。

顾维钧曾当着她父亲的面表扬她说："陆建三（陆定）的面孔一点也不聪明，可是他女儿陆小曼小姐却那样漂亮、聪明。"她父亲听后，既啼笑皆非，又非常得意。

名流刘海粟亦曾如是评价她："古文基础很好，写旧诗的绝句，清新俏丽，颇有明清诗的特色；写文章，蕴藉婉约，很美，又无雕凿之气；她的工笔花卉和淡墨山水，颇见宋人院本的传统；而她写的新体小说，则诙谐直率……"

然而，这样才貌双全的女子，虽有锦衣玉食，又得父母万千宠爱，但身体却一直很虚弱。苍白、病弱、昏厥使她成了黛玉之体，一生受尽了病痛的折磨，也就是这病，成了她的劫难，使她和那个教她吸食鸦片的男子关系渐进，造成她和徐志摩婚姻悲剧的发生。

叁　无爱

陆小曼一生真正的凄苦是从她的婚姻生活开始的。

1922年，19岁的陆小曼离开学校，由父母做主，与无锡人王赓结婚。

年少的陆小曼还没遭遇过爱情,所以,不知道爱情的模样,更不知道无爱的婚姻是怎样的危险。她只是懵懂地踩着婚姻的独木桥,渴念憧憬着更美好生活的来临。

王赓,1895年5月15日生,比陆小曼大8岁。1911年毕业于清华大学,后就读美国普林斯顿大学哲学系,又转到西点军校攻军事学,他和美国名将艾森豪威尔是同学。1918年回国,供职于陆军部;旋又任巴黎和会中国代表团上校武官,兼外交部外文翻译。

他和陆小曼的这场婚姻,是由陆小曼的义父母唐在礼夫妇介绍促成的。在此之前,陆定夫妇不知婉拒了多少来提亲的人家,他们是不肯将自己的掌上明珠轻易许人的。这次看王赓年少英俊,又有成就,所以,很快就同意了这桩婚事。从订婚到结婚,还不到一个月,人称"闪电结婚",婚礼在海军联欢社举行,仪式之隆,轰动京师。

王赓的沉稳和英俊,对于还不懂爱情的陆小曼而言,并没有什么反感,她在被动中接受了这场婚姻。然而,她和他是两个不同世界的人,从性情、爱好,到生活方式,他们都有很大差异。据磊庵在《徐志摩与陆小曼艳史》中讲道:"谁知这位多才多艺的新郎,虽然学贯中西,却于女人的应付,完全是一个门外汉。他自娶到了这一如花似玉的漂亮太太,还是一天到晚手不释卷,并不分些工夫去温存温存,使她感到满足。"

由此可想而知,王赓是一个在生活情调上多么无趣的人。每天面对这样一个无趣的人,对天性浪漫的陆小曼而言无疑是一种折磨。

在经过短暂的蜜月之后,小曼渐渐不能容忍这种不被人重视的寂寞生活。她觉得自己在家里像个摆设,是这样的不被重视;亦觉自己像个困兽,被这束缚人的婚姻困在其中,没办法呼吸。

于是,耐不住空虚寂寞的陆小曼开始寻找一个出口。

她又回到曾经让她赢得无数赞誉的交际圈,每天,她和权贵、太太、小姐们过起了夜夜笙歌的奢华生活。这大大惹恼了虽留过洋却思想传统的王赓，他认为她太不守妇道。于是，两人在结婚半年后失和。之后，他们的感情生活一片寂静，虽有争吵却惊不了无爱的心。

对于这段感情，陆小曼是幽怨难泯、苦不堪言的，但是心高气傲的她，又绝不肯让人知道她是一个失意者。于是，在那段时间里她过着一种隐瞒性情、忍泪假笑的生活。像是天意，就在这时，徐志摩似天外来客，闯进了陆小曼的心扉。

肆　水与火的缠绵

这是一场宿命中的因缘际会。落寞孤寂的陆小曼和爱情失意的浪漫诗人徐志摩相遇，使得他们各自孤寂的情感世界，荡起一湖久也平息不了的涟漪。

有人说，爱上一个人只是一瞬间的事。

当徐志摩深情的双眸看向陆小曼时，她从他眼里看到爱情，同时也看到了自己隐藏在心底深处的痛。于是，她决绝地为了这场爱情牺牲所有，甚至背负起所有的罪名。

是怎样的一场相遇呢？

那是在一次偶然的舞会上，她与他共舞，充分领略了他的魅力。之后又与他整夜促膝谈心，倾诉了她的苦衷，却惊奇地发现他与自己有一样的爱好和秉性。她的心有了从没有过的怦然心动，她想这就是爱情吧！

后来她写过这段感受："他那双放射神辉的眼睛照彻了我内心，认明了我的隐痛，更用真挚的感情劝我不要再在骗人欺己中偷活，不要自己毁灭前程。他那种倾心相向的真情，才使我的生活转换了方向，同时我也跌入了恋爱的海洋。"

当干柴遇上烈火，就像郁达夫说的那样："志摩热情如火，小曼温柔如棉，两人碰在一起，自然会烧成一团，哪里还顾得了伦教纲常，更无视于宗法家风。"

于是，他们演绎了一场轰轰烈烈的爱情。

当时，王赓正任哈尔滨警察厅厅长。侯门深似海呀！为了见上陆小曼一面，徐志摩要用钱来贿赂门房；而陆小曼给徐志摩写情书不但要用英文，连寄信也只能自己抽空出去寄。如此用心良苦，他们的恋情还是像时下名人们的生活一样弄得满城风雨，王赓甚至还拔出枪来威胁陆小曼。

一个是"有夫之妇"，一个是"离婚第一人"，他们的恋情遭到了来自四面八方的阻碍。

徐志摩也因此受到了老师梁启超的责骂，说一个人的幸福不应建立在别人的痛苦之上，弄得面红耳赤的徐志摩待在那儿无地自容。加上陆小曼的父母也是坚决反对他们来往，于是，他决定奔赴欧洲以期冷却大家对这场爱情的关注。

徐志摩走后，本就身体虚弱的陆小曼更兼相思之苦，从4月份开始，便发了病。7月因抗拒随全家去上海王赓处，与父母闹翻，心脏病复发，情况非常糟。那天，胡适来看陆小曼，问她是否要给徐志摩发个电报，陆小曼虽然很想这样，但还是摇了摇头。胡适最后还是发了电报给徐志摩。徐志摩接到电报，便不顾一切回到北京。这一回来，两人更难舍难分了。

经过长达两年的努力与争取，她最终和王赓离了婚。为了爱情，她抛弃一切，成就了中国现代文人情史上最轰动的一章。不过，她也因此付出了她想象不到的代价：那些平日里对她怜香惜玉的人全部倒戈相向了，正所谓"众口铄金，积毁销骨"，在那人言可畏的社会里，她成了社会所认为的不道德的女人。

1926年8月14日，即农历七月初七，传说中牛郎织女相会的日子，24岁的陆小曼和36岁的徐志摩在北海公园举行了一场他们渴望的婚礼。

在亲友云集、热闹非凡的婚礼上，除了祝福，陆小曼和徐志摩还听到了历史上"绝无仅有"的一段证婚词：

徐志摩，你这个人性情浮躁，所以在学问上面没有成就；你这个人用情不专，以致离婚再娶……以后务要痛改前非，重做新人。徐志摩、陆小曼，你们都是离过婚，又重结婚的，都是过来人了，这全是由于用情不专，以后要痛自悔悟……希望你们不要再一次成为过来人，我作为你徐志摩的先生——假如你还认我作先生的话——又作为今天这场婚礼的证婚人，我送你们一句话：祝你们这次是最后一次结婚。

这证婚词来自徐志摩的老师梁启超之口，他也是这场婚礼的证婚人。

伍　爱情只是绕指柔

事实上，梁启超的话虽然使陆小曼委屈得泪水盈盈，却是一个冷眼旁观的理性长者的逆耳忠言。婚后的陆小曼在拥有了爱情后，却依然不能忘却那些奢华的生活，这注定了她和徐志摩的幸福只能是若流星划过夜空，稍纵即逝；也注定了她和他坚固的爱情最后只能是绕指柔，变得苍白而无力。

1926年11月，新婚的他们回到了徐志摩的家乡硖石。虽然徐志摩的父亲徐申如为避见陆小曼先期到了北京张幼仪处，但新婚的喜悦冲刷了这些许不快，可惜，这一段新婚宴尔如世外桃源的生活，仅仅维持了一个多月。12月中旬，江浙战争爆发，为避战乱，陆小曼和徐志摩被迫移居上海。

当时的上海是殖民统治下的十里洋场，素有"东方夜巴黎"之称，其繁华程度可想而知。那时的上海滩是藏龙卧虎之地，多的是清朝遗少、富商巨贾，以及有钱又有闲的世家子弟。漂亮的居室、新潮的商品、豪华的舞厅剧场、高雅的交际界……这一切对能歌善舞、善于交际，并压抑很久的陆小曼来说，有着极大诱惑。因此，才刚跻身社交圈的陆小曼，便立刻引起了极大轰动。于是，有人请她吃饭，有人请她跳舞，更有人怂恿她票戏义演。她渐渐爱上了上海滩的十里洋场，开始结交名人、名伶，每日穿梭于不同的玩乐场所。很快，顶着著名诗人太太头衔，又有惊人美貌的陆小曼，成了上海滩最红的明星。

对于这段挥霍无度的生活，是有详细记载的：新婚后有一段时间徐志摩每天一大早要到花市去买一束鲜花，献到他心爱妻子的床前。陆小曼要衣来伸手、饭来张口，徐志摩便雇来厨师、车夫和女佣。渐渐地，陆小曼爱上了上海的夜生活。她出手阔绰，热衷于结交名人、名伶，喜欢穿梭于各种社交场合，很快就成了上海社交界的中心人物，每天跳舞、打牌、看戏或玩票，直到半夜三更。有时候陆小曼要去戏院演越剧，徐志摩陪同前往时还得粉墨登场，和夫人同唱一台戏。就像陆小曼在《爱眉小札》序中写的：以后日子中我们的快乐就别提了，我们从此走入了天国，踏进了乐园……度了几个月神仙般的生活。

当然，神仙般的生活是不可能年复一年的，陆小曼很快回到了辽阔而疲惫的土地。如此，一个家庭的真实生活才刚刚开始。真实像流水中的一块礁石，使陆小曼的梦想和期望值在碰撞中溅落。对现实过于理想化的想象使两个人性格志趣上的差异逐渐露出了端倪。

徐志摩渐渐体味到了操持的艰难，他无法满足陆小曼奢侈的生活，只好奔波于北京和上海之间，拼命地创作、教书，兼着几个大学的课，却仍然无法补足家用。两个对金钱毫无概念的人被金钱所困后，便像大多寻常夫妻一样，矛盾和怨言充塞着日子。

爱情在婚姻的坟墓里渐失了颜色，变得苍白无力起来。陆小曼开始觉得志摩不如婚前对她好，她觉得婚后的徐志摩只是管她而不再爱她，她开始失望。她对郁达夫的妻子王映霞抱怨："照理讲，婚后的生活应该比过去甜蜜和幸福，实则不然，结婚成了爱情的坟墓。"她还说道："我是笼中的小鸟，我要飞，飞向郁郁苍苍的树林，自由自在。"

徐志摩则为了避开现实的烦劳，于1928年6月15日起程，赴日本、美国、英国、法国、印度等地，历时五个月左右。三年以后，他在给陆小曼的家信中提到了当时的心情：前三年你初沾上陋习的时候，我心里不知有几百个早晚，像有蟹在横爬，不提多难受，但因身体太坏，竟连话都不能说。我又是好面子，要做西式绅士，所以至多只是时间短，绷长一个脸，一切都埋在心里。

然而，对于夫妻感情出现的裂痕，陆小曼毫不在乎，依然昏天黑地地玩乐着。此时，徐志摩已经辞去了上海的职务，应胡适之邀北上北大任教。他劝她随他北上，而她留恋上海的浮华世界，执意不肯离开。无奈，徐志摩只得上海、北京两处跑。为此，他常常搭乘飞机，从而为他的英年早逝埋下了伏笔。

陆　"轻轻的我走了"

有句话这样说过爱情："你是我的罂粟，一辈子将我蛊惑至死。"这许是大有道理的。

陆小曼之于徐志摩，就是那朵美艳绝伦却藏有无比剧毒的罂粟。她把他的婚姻生活蛊惑得像受到诅咒的蝉，刚获得重生，便又硬生生地将自己深埋于地下。

1931年是他们婚姻生活中最难受的一年，生活的重担、陆小曼的沉沦、夫妻感情的裂痕，使得疲于奔命的徐志摩苦不堪言。从下面这一年写的两封信中我们可辨出徐志摩当时悲凉无望的心境：

6月25日他从北京寄给陆小曼的信札中这样提到："……别的人更不必说，常年常日不分离。就是你我，一南一北。你说是我甘愿离南，我只说是你不肯随我北来。结果大家都不得痛快。但要彼此迁就的话,我已在上海迁就了这多年,再下去实在太危险,所以不得不猛省。我是无法勉强你的;我要你来,你不肯来,我有什么法想?明知勉强的事是不彻底的,所以看情形,恐怕只能各行其是……我真也不知怎样想才好!"

同年的7月3日,徐志摩给朋友张慰慈夫妇的信中更是怨气冲天:"……我这个世界住腻了,我这一年也不知哪儿来的晦气,母亲死这还不算,老头子和老家闹得僵绝……又犯了驿马命,南北奔波至八次之多,钱花得九孔十穿,掩补都来不及。更难受是小曼还来和我打架,我上海实在不能住,我请她北来她不肯,近几日来信大发脾气,害得我也怨天怨地,坐立不是……我本心境已坏,但藉小曼明白了解,认为唯一安慰,如今她又因为我偶发牢骚就此生怨,我真有些回顾苍茫,悲观起来了。"

徐志摩这种悲凉无望的生活结束于他和陆小曼的一场争吵。

1931年11月17日晚,被陆小曼催促回到上海的徐志摩,正和几个朋友在家中聊天。看到喝得醉眼蒙眬的陆小曼,徐志摩非常气恼和心痛。第二天欲劝说陆小曼时,又见陆小曼当着他的面让翁瑞午为自己按摩。看着无视他存在躺在床上的一对暧昧的男女,徐志摩实在看不下去,和陆小曼吵了起来。没想到,陆小曼竟操起烟灯朝他砸去,烟灯擦眼角飞过,打碎了他的眼镜。于是,徐志摩痛苦得愤然离家,从此再也没有回来。19日,飞机失事,徐志摩的豪情、柔情,与他的才情一起,烟消云散。

得知噩耗,陆小曼悲恸欲绝,立刻就昏厥了过去,醒来后更是痛哭流涕,气若游丝。

像一场烟花绽放,她和他的爱情,她和他的纠缠,在飞机失事的那一刻结束了,幸福便如雨中湿了翅的鸽子,扑簌簌地掉了下来。

所以,后来人们记住的只是她的奢华无度,只当她是一株醉生梦死的罂粟花,蛊惑了大诗人悲凉而短暂的一生,却忘记了二十九岁的她,在志摩轻轻离世后,背负起所有罪名和悔恨孤寂。

柒 让她"红杏出墙"的男子

在陆小曼的漫长人生中,翁瑞午不能不提。他之于陆小曼是无形刀、无影剑,杀戮于无形,于无影,不见血光,却见悔恨无边际。他深藏于陆小曼和徐志摩之间,伴随于他们婚姻的始终,成了最绵亘的那一块障碍,挥之不去。最后,直把陆小曼的悲剧深种。

是怎样的一个男子,让聪慧明艳的陆小曼一直和他纠缠不清,为此还落下个"红杏出墙"的骂名?

翁瑞午,光绪皇帝老师翁同龢之孙,其父翁印若曾任桂林知府,以画闻名于世,家中鼎彝书画累筐盈橱。他会唱京戏、画画、鉴赏古董,又做房地产生意,是一个文化掮客,被胡适称为"自负风雅的俗子"。

翁瑞午在事业上的成就、声望等方面,当然不能和徐志摩相比,但他有性格上的优势。他很会花言巧语,人很活络也很风趣。他喜欢唱戏、画画,知道如何投其所好,对她亦照顾有加,知道陆小曼身体经常不舒服,就教陆小曼学吸鸦片,以此来减轻她的病痛。长此以往,陆小曼渐渐离不开鸦片也离不开他了。

久而久之,每天陪着她在床榻上吸食鸦片的翁瑞午成了她的闺中密友。他渐渐成了她的依赖,和他在一起的日子多过她疲于奔命的丈夫徐志摩。因而,他们亲密的关系也引得世人侧目,各种绯闻、传言纷至沓来。陆小曼不理会别人的风言风语,依然我行我素地和他交往。只是,聪慧的陆小曼怎么也想不到,就是她和他的这种关系把她和徐志摩的婚姻葬送掉,使她所爱的人魂归西天。但是,他的关心、他的照顾、他的体贴都让她欲罢不能,所以,在徐志摩去世后,她虽悲痛却也不能够离开他,更甚的是对他的依赖有增无减,最后直至同居。

两个人的同居生活具体开始于什么时候我们不得而知。据说,有一天,翁瑞午的汽车坏在陆小曼家附近。当时已过凌晨两点,他就一个人在陆家二楼烟榻上睡了一晚。之后，陆小曼也就任他独宿。到那月底，徐志摩父亲徐申如送钱时附了一张纸条给陆小曼：如翁君已与你同居，下月停止了。后来才知道，徐申如买通弄口看门的，监视着陆小曼的一举一动。当时翁瑞午大怒，毫不客气，搬来和陆小曼同住，说从此以后陆小曼的生活，由他负担。这样说来，翁瑞午也是侠义之人，是个敢担当的男子。

陆小曼遂和他开始了同居的生活，不过心地善良的她还是向翁瑞午约法三章：不许他抛弃发妻，不正式结婚。她亦说："我对翁其实并无爱情，只有感情。"

当时，许多朋友不赞成她和翁瑞午的这种关系，要她与翁瑞午断交。

陆小曼一直觉得问心无愧，她说："我的所作所为，志摩都看到了，志摩会了解我，不会怪罪我。"她还说："情爱真不真，不在脸上、嘴上，而在心中。冥冥间，睡梦里，仿佛我看见、听见了志摩的认可。"

20世纪60年代初，翁瑞午病重，他还放心不下陆小曼，托人要作家赵家璧和赵清阁来，抱拳拱手招呼他们说："我要走了，今后拜托两位多多关照小曼，我在九泉之下也会感激不尽的。"

不久，翁瑞午去世，他们这场长达33年的暧昧同居生活终于落下帷幕。

捌　洗尽铅华，归于平淡

后来的陆小曼，洗尽铅华，归于平淡。只把俗世的繁华都变成一纸的寂寞，在人们的非议和指责中，收集整理并编辑出版徐志摩的文集。

新中国成立时，她已年过半百，久卧病床，但仍抖擞起精神，决心离开病榻，为国家和人民做些力所能及的事。在朋友的鞭策下，她还戒掉了鸦片，思想开朗起来，身体也逐渐恢复。

比起年轻时的轰轰烈烈，晚年的她过得平淡而舒心。不工作的时候，她喜欢整天倚在床上，看百看不厌的《红楼梦》以及各类的武侠小说。回忆起20年来的经历，她说："过去的一切好像做了一场噩梦，酸甜苦辣，样样味道都尝遍了……我没有生儿育女，孤苦伶仃，形单影只，出门一个人，进门一个人，真是海一般深的凄凉和孤独。"

1965年4月3日，在"文化大革命"的暴风骤雨即将到来之前，一代佳人陆小曼带着她难泯的幽怨默默病逝于上海华东医院，享年63岁。她临终的最后一个心愿就是与徐志摩合葬，但由于种种原因，这个最后的心愿至今也未能实现。后来，她的一个在台湾的侄儿在苏州为她建造了一座衣冠冢，总算为这位坎坷一生的才女画上了一个差强人意的句号。

回望她沧桑的一生，留下太多爱恨和艰辛。她的婚姻与爱情、天赋与游乐、病痛与才情，都为她的一生蒙上一层朦胧的昏黄；她敢爱敢恨、离经叛道、至情至性，为静寂的女性历史抹上了独具个性的浓重一笔，成了上海滩一道不可不看的风景。

◎ 第三章 ◎

阮玲玉 —— 便纵有千种风情

满世繁华纷飞寂雨夜，
比烟花落寞灯影如戏。
青屋弄堂尽纠葛爱恨，
夕阳落了绝笔你演绎。

在阮玲玉璀璨、短暂如烟花一般的人生里，一直在寻找一个真正可以依靠、可以信赖的男人，但是，最终她找到的却是一个又一个玩弄女性、薄情寡义的无赖。她是为感情而生的女子，所以，当爱情不在时她决意抛下世间浮华名利，以自己的方式诠释了红颜薄命的传奇。只为那个万千迷离的上海滩留下寂寥的八个字——"人言可畏，男人可恶"。

一切前尘往事成云烟，所有爱恨情仇全都消散在了民国那些零星的时光里。

起

她是一个悲剧式的人物，短暂的一生如盛放在夜空的烟花，无比绚烂却又令人惋惜。

她美丽娇媚，是20世纪上海第一个有"骨感美人"之称的明星，瘦削修长的身材，袅娜多姿；细长飞挑的眼睛，不笑时流露出自然天成的忧郁感，有一种"烟视媚行"的风姿。就是这样绝代风华的女子，却应了亦舒在《她比烟花寂寞》中的描述："香肩窄窄，给人卿何薄命的感觉。"

她是至情至性、平凡而多情的女子，一直渴望一个安稳而牢固的家庭。爱情至上是她致命的伤，这纤弱、敏感的红颜总是遇人不淑，张达民的无义，唐季珊的无情，蔡楚生的怯弱，最终让这个绝代名伶留下"人言可畏，男人可恶"的遗言，结束了她精彩而又无奈的一生。

从16岁与张达民相遇起，她的生命中似乎再没有离开和男人的纠葛。在那些男人眼里，她不过和钱有关，和面子有关。张达民说爱她，也不过是从她那里支取赌资；而唐季珊所做的也没有跳出商人的本质，知道何时爱何时不爱；蔡楚生似乎是她的希望，可是他和他们并没有两样，犹疑得可怕。

可以想象她那样的女子得到什么时候才会向一个男人求婚呢？那是她被伤到最深的时候，是最绝望的时候，因为已经连被拒绝都不再害怕了。可是，那个她认为可依赖的男子却有没给她想要的幸福，当她渴念地说道："带我去香港，结了婚再回来，只要你舍得乡下的老婆和同居的舞女。"他留给她的却是沉默和惨白的一张脸。是这样无望的人生，满目苍凉。她不怕张、唐将她扔在高高的被告席上，却惧怕红尘将无爱。

于是，她决绝地用死给自己找到了一条回家的路。这以后，再没有了对爱无尽的期盼，也没有了爱的伤害。她变成了那个"最快乐的人"，是爱得这样寂寞的女子。

她始终一个人爱着,谁对她好,她就爱谁,爱得死心塌地,到后来却落得如此的胆战心惊。

夜凉了,梦醒了,孤独的身子带着那颗碎了的心,走了,就到此为止吧,她累了。

壹 昙花一现

1935年3月7日深夜,一代影星阮玲玉在上海新闸路沁园村寓所服下预先准备的三瓶安眠药,平静地投入了死神的怀抱,从此与喧闹嘈杂的尘世告别。

电影皇后阮玲玉自杀的消息传开,整个上海为之惋惜。25岁的青春韶华,如昙花凄美一现,匆匆凋谢。人们为她的美丽而惊叹,为她的死而扼腕叹息。阮玲玉的灵柩出殡那天,上海各界20多万人走上街头,抬着她的巨幅照片为她送行,这是当时上海滩最盛大的群众聚会场面。

那时的旧上海是物欲横流的冒险家乐园。千奇百怪的欲望纠缠着世俗男女,拉帮结派、阴谋诡计、仇恨、暴行,与绯闻、婚变、谣传、殉情等,在演艺娱乐圈里屡见不鲜。从艾霞,到周璇、胡蝶……几乎都不能幸免。这是她那个时代电影人"金玉其外,败絮其中"的命运。

她亦没能逃脱这个不可抗争的命运!

当流言蜚语四起,面对"一犬吠形,百犬吠声"的汹涌之势,她一个弱女子又将如何面对?

没有一个可以倾诉的朋友,没有一个亲密的爱人,有的只是世人对她的不宽容、爱过男子的诽难。一时间,她和三个男子之间的纠葛爱恨成了上海滩市民的谈资。在当时的社会风气下,这无疑被视为她生活中最大的丑闻。是怎样的人言可畏啊!她不愿周遭的尘土玷污了她的一世清白,于是选择了静静地离开，抛下世间的浮华名利，不再留恋尘世，亦不带走一片云彩。

生如昙花般美丽，死如昙花一现般凄绝震撼。

有人说，在最美的时刻离去，总好过"红颜弹指老，刹那芳华尽"吧！

贰　阮家有女

清朝末年，列强入侵。世界列强在中国掀起了瓜分狂潮，而富饶的上海更像一颗珍珠诱惑着虎视眈眈的列强。上海人民在洋人和政府官吏的双重压迫下过着地狱般的生活。

阮玲玉就出生在这个时候，父母均是社会最底层的工人。1901年4月26日，一个美丽的小生命诞生在上海祥安里一个阴暗、拥挤的小屋里。这家人姓阮，男主人阮用荣年近四十，在浦东亚细亚油栈当工人。女主人何氏25岁，由于生活的重压，显得憔悴而衰老。当这对一直想要个儿子的夫妻看着怀中漂亮的二女儿时，不知心中是喜是忧。望着她一双美丽的丹凤眼，父亲给她取了个有点儿男性化的名字——凤根。

父亲是她生命中第一个为她着迷的男人。以后，阮玲玉听到的任何人对自己美丽眼睛的赞赏，都没有一个像父亲那样真挚、亲切，更不会有那种出自肺腑、满心的喜悦。

有一段日子，父亲所在的亚细亚油栈的外国老板发了善心，答应一些住得远的工人搬到油栈附近的工人住宅去住。

那段日子对于阮玲玉来说是最难忘的。她每天坐在自己家的门槛上，等父亲下班回来，让时光在等待中充满幸福。随着时间的流逝，渐渐长大的她，变得更加可爱、美丽，再加上阮家大女儿的夭折，更使得父亲视她为掌上明珠。每天,父亲回来,顾不得洗一把脸、喝一口茶,就把长着一双美丽眼睛的女儿架在肩上,到空场上去兜圈子,向邻居们夸耀。

这样的日子仅仅过了一年,外国老板就要把工人住宅改为高尔夫球场,强令工人迁出。他们一家又被迫搬回了破房子。不过,令她最难受的不是住回破房子,而是和早出晚归的父亲在一起的时间更少了。但即便这样,她仍然会每天等父亲回家,而父亲对她也更加宠爱,自己省吃俭用,每天都带回些好吃好玩的东西逗女儿开心。

一天深夜,下班回家的父亲摔倒在屋前的积水中,手里紧握着一个被水浸湿的小纸包,里面是给她的礼物 —— 用彩珠穿成的耳环。可是,父亲再也没有起来。这个世界上唯一真心爱她的男子就这样永远离开了她,让她日后的生活渐渐走向了孤寂。

彩珠穿成的耳环,是父亲送给女儿最后的礼物,并带着一个没有实现的承诺 —— 有一天,一家人高高兴兴地去电影院看场电影 —— 永远地离开了她。

那一年,她刚6岁,懵懂无邪的年纪,被命运强加地接受着别离和伤痛。

或许,日后走向银幕的阮玲玉,就是为了帮父亲完成这个承诺,亦是为了报答这份深沉的父爱吧!

叁 躲不过的孽缘

父亲去世后,家中的重担就全落在了体弱多病的母亲身上。为了生计,母亲开始到大户人家做帮佣,小小的她也跟随母亲当了大户人家的小丫头。只是,对于当时为维持生计的母亲来说,万万没想到这样的抉择会为阮玲玉埋下如此深重的孽根。

16岁的阮玲玉出落得亭亭玉立,光彩照人,她顾盼迷离的眼眸里,流露的全都是"烟视媚行"的美丽。

这一年,阮母带着她到张家帮佣。因此,她遇见了她生命里的第一个男人——张达民。

这个在她短促一生中第一个占有她的男人,从她16岁到25岁近10年的光影里,她为他付出了青春和血汗换来的金钱,而他则愈来愈像个鬼魅似的追随在她身边,将她的人生笼罩上一层灰暗。

那一年,张达民22岁,从外表看还是风度翩翩的,白净的面容,浓密的黑发,抹着比较时髦的斯坦康发蜡。平时的他是不常穿西装的,更多的时候他着长及脚面的长袍,加上他总爱戴一副黑边眼镜,倒也透着股儒雅的味道,这让没有正式交过男朋友的阮玲玉动了情。只是,年纪尚轻的阮玲玉,还不能看透和识别什么样的男人才是自己应该交付一生的人。

这个出生在富有家庭的张达民,也不过是个游手好闲、好逸恶劳的"二世祖"。优越浮华的生活环境,使他在大部分的时间里追逐吃喝玩乐的享受。他爱慕虚荣、胆小怕事、懒惰、无赖的性格,便也是这"二世祖"的身份所造成的。

这样的性格注定了他不会有明确的人生目标,也注定了他与自幼穷苦出身的阮玲玉最终会以悲剧收场。

相信开始的时候张达民是爱她的,可那是一种泡沫式的爱情,寄托了更多的好奇和懵懂。

是他给了她最美妙的初恋,也是他将她推入地狱。

不知道,16岁时的阮玲玉有没有想过这个张达民注定是她命里的一个劫数,一个躲不过也逃不掉的劫数。当她最后吞毒而去时,那对俗世凡尘的最后一眼中,那凝重和怨恨的眼神,怕是对这个男人锥心的爱与恨。不过,人世两分,孽缘也随风飘散。

肆　劫数难逃

一时的甜蜜可以成就一段姻缘，但是却成就不了一世的幸福。

1925年，当阮玲玉和张达民沉浸在恋爱的甜蜜中时，张达民的母亲知道了他们的恋情，也很快知道她的小儿子想娶阮玲玉为妻。这让她非常气恼，主仆尊卑的传统观念在那个年代的女主人身上体现得是如此淋漓尽致。她坚决反对他们的交往，并恶劣地把正在她家帮佣的阮母赶出了家门。

此时的张达民觉得自己既然爱了，就要爱到底，便赶来安慰她们母女，并把无家可归的她们安排在北四川路鸿庆坊的一个宅子里。这个房子曾是他父亲"金屋藏娇"的地方，这也不可不信命运的安排了。悲剧原来都是注定的，住在鸿庆坊的宅子里的阮玲玉充其量也只是张达民"金屋藏娇"的一个女子罢了。尽管，这个聪慧善良的女子，曾那般地深爱过，但对于玩弄女性的张达民来说，他只看中了她的漂亮，却从未真正瞧得起她，在他心中她也就是个姨太太，高兴时叫她服侍服侍，解解闷儿……

他曾如此冷酷残忍地说过，在公众甚至阮玲玉的影迷面前。

其实，最初他们的同居生活，还是比较甜蜜的。张达民保持着恋爱时所体现出的绅士风度，温柔体贴，放弃一切歌舞升平的生活恶习，虽不工作却也用父母给的零花钱悉心地照料着她们母女的生活。

只是，这个不学无术的纨绔子弟不久后便渐渐露出了本性，开始过起夜夜笙歌、花天酒地的奢靡生活。正在这时，心灰意冷的阮玲玉，看到了上海明星影片公司导演卜万苍登的一则寻找《挂名的夫妻》女主角的广告。她是一直向往银幕生活的，那时张达民的哥哥张慧冲在演艺圈已有些名气，看过她的表演，知她有表演的天赋，于是极力劝说她去，还鼓励她说考不上也没关系，试试也好。想想整日游手好闲的丈夫，她觉得能有份收入也好。

于是，在1926年一个春光明媚的日子里，她在张慧冲和母亲的陪同下，参加了《挂名的夫妻》女主角的应试。她清新脱俗的书卷气赢得了导演的喜爱，加上与生俱来的表演天赋使她最终得到了演出的机会。影片公映后受到好评。后为了适应日渐低迷的市场，1927年她加入刚合并成立的联华影业公司，从此真正走向了她思想上、艺术上的新路程，向默片表演艺术的顶峰不断攀登。

然而，这明星的光环并没让她逃离命定的悲剧，她的生活陷入前所未有的噩梦之中。夫妻之实却无名分的尴尬，整日游手好闲的张达民……如此种种，让罩着耀眼光环的阮玲玉苦不堪言。张达民早已不是那个她在16岁时初识的男子，他的温柔体贴成了奢望。可是，他是她爱过的男子，她对他好言相劝，得到的却是他恶语伤人、拳打脚踢。

阮玲玉对张达民渐渐地不抱任何幻想了。她把所有的伤痛都付诸到那些银幕形象之中，用无语述说着她的无望。

后来，越赌越输的张达民，竟然丧心病狂地威逼阮玲玉去还他逍遥时欠下的赌债。为了明星的名气和颜面，她替他还了一次，没想到恶果自种，助长了张达民的变本加厉，后来张达民简直到了索取无度的地步。

终于，忍无可忍的阮玲玉跟他提出了分手。

离婚对张达民来说无所谓，他要达到的目的只是想分得她的财产！于是，他像个十足的无赖没休止地纠缠着她。在不得已的情况下，她只得将他们的分居案诉诸法律。经过一番痛苦的斗争，阮玲玉终于答应以"每个月贴他一百元，贴足两年"为代价，与他分手。

不过，她的劫难并没有因和他的分开而结束。后来的后来，这个厚颜无耻的人像一剂狗皮膏药黏着她，要她的钱，要她的人；又如水蛭，将她吸干不罢休，卑劣地与当时横行的黄色小报狼狈为奸，一再编造她的情色故事，甚至恶意中伤将她告上法庭，冷冷地观望她的难堪。

这一场劫数难逃的孽缘呀！

伍　贪一点依赖，贪一点爱

阮玲玉的悲剧并没有因为张达民的离开而改变。当张达民的影子渐渐淡去，新的暗影又慢慢遮蔽了她的心。阮玲玉冷冷地坐在爱情的彼岸，看对面的灯火，换了一个姿势，却换不了风景。

本来，经济自由的阮玲玉完全可以摆脱那条张爱玲指出过的女人惯性套路——再往前，遇上的也无非是男人。但，贪一点依赖，贪一点爱的阮玲玉还是从狼窝不知深浅地跃入虎穴。

当时上海竞争十分激烈，就算是联华这种大公司，如果没有强大的资金支持也很难立于不败之地。联华为了增强竞争力，就选择了让大茶商唐季珊入股。

1932年年底的联华聚会上，他们在林楚楚的介绍下正式认识。

唐季珊不仅是茶行巨富，更是一个情场高手。当初，他能追到红极一时的影后张织云，就足以证明他在讨好女人方面是很有一套的。

和很多见过阮玲玉的人一样，唐季珊很快就被阮玲玉的美丽吸引了。他以自己受张织云的骗为幌子，以温柔多情为掩护，使阮玲玉产生一种惺惺相惜的依恋，再加上他风度翩翩，她的朋友们也纷纷说"他当然比张达民好"。就这样，唐季珊很快就赢得了单纯善良的阮玲玉的芳心。为了防止夜长梦多，他为她在新闸路上的沁园村里买下了一栋三层别墅。他的这个举动正好实现了阮玲玉一直想拥有一个属于自己的家的梦想，于是，阮玲玉对这份迟到的"幸福"颇感欣慰，沉浸在了被爱的幸福之中，准备以身相许。

1933年8月，阮玲玉和唐季珊结婚。

然而，厄运从此刻注定。像唐季珊这样的情场高手，最会和最常见的就是得到后就抛弃。他本就是一只流连在花丛中的蝴蝶，在她之前，就和很多女星保持过同居关系。当一切新鲜感消失后，他便开始继续在烟花舞场中风流。

他深谙情场的游戏规则，只是，她却认了真。

不是没有忠告，那日，正在家弹钢琴的她接到张织云的电话，听她在电话里幽幽地说，她跟了唐季珊两年，也被他玩弄了两年。他喜欢玩弄女性，而且喜新厌旧。她为唐季珊付出了自己的黄金时代，到头来终究断送了自己。她还告诉她有一日他亦会找一个比她更年轻漂亮的人。最后，张织云动情地说："玲玉，你我不熟悉，可我们是同行，希望你别再走我的老路。你戏演得好，比我有成就，更要珍惜自己，千万要珍惜啊！"一声呜咽后，电话断了。

她是为感情、为爱而生的女子。为了那一点的温暖，那一点的爱恋，就这样不管不顾起来。她只记住他的好，在她最失意时，是他陪在她身边，用数不尽的浪漫和痴情。

她不是奔着他的钱去的，她有足够的钱养活自己，可他还是抛弃了她。几乎在她爱得死去活来的时候，他又爱上了别人。她学会了哭，学会了闹，唯独没有学会自我解脱，只是忍让着等待浪子的回头。

可以说，唐季珊的变心，不亚于张达民的堕落。不，这是有过之而无不及！

他是那般的残忍、无情，即便在她奄奄一息的时候，他还在考虑是不是要救活她，明天的报纸头条会不会无一例外地对他指责，会不会从此以后名誉扫地。

而她在生命的最后一刻，还在执着地问他："你还爱不爱我？"

殊不知，这一句看似已经没有意义的话，却是一个濒临绝望为爱而生的女子最后的寄托。

这般痴情的女子啊，不由得让后人感慨：问世间情为何物？

陆　此恨绵绵无绝期

阮玲玉终难逃遇人不淑的命运，张达民堕落无赖，唐季珊无情残忍，而她生命中的第三个男人亦好不过前两个。从某种情况下可以说，他的"退避三舍"是对要爱情不要生命的阮玲玉最致命的一击。

阮玲玉和蔡楚生之间的关系，始于两次"拒绝"：蔡楚生在拍《南国之春》和《粉红色的梦》时，就向阮玲玉发出了邀请。可是，出于对自己事业发展的考虑，阮玲玉两次拒绝了这个从广东乡下出来，没接受过任何专业影剧培训的导演。然而，不久之后，蔡楚生导演的《都会的早晨》和《渔光曲》所获得的巨大成功使阮玲玉对他刮目相看，这才有了他们第一次的合作，即在《新女性》中出任女主角。

《新女性》是以女演员艾霞自杀经历为原型，抨击了当时社会的黑暗丑陋和小报记者对演员的造谣中伤。只是，谁都没想到这部影片会导致一代名伶的含恨去世。

在影片拍摄的过程中，蔡、阮两人惺惺相惜，碰撞出许多艺术的火花，同时也萌发了不可言传的暗暗情愫。这段感情虽然无声无息，却令人怦然心动。在拍最后一个镜头的那一晚，他们表现出难舍难分的依恋之情。有人回忆说，当夜已经深时，阮玲玉还在片场流连徘徊，不忍离去。

那晚，他们有了一次真挚而深入的交谈。那时的阮玲玉正处在被张达民诬陷敲诈、唐季珊变心另结新欢的彷徨境地。她第一次，也是唯一一次向人倾诉了自己的不幸和悲哀。就这样，两个身世飘零的人儿，在皎洁月凉如水的夜晚，四目交错，柔情万千，呢呢喃喃地任那温情潺潺如小溪般流淌……

然而，这爱情的萌芽却面临着巨大的考验。

当处在水深火热之中的阮玲玉，把蔡楚生当作最后一根救命稻草时，蔡楚生却用沉默拒绝了她。

记得，后来在关锦鹏的《阮玲玉》中有这样的场景：身穿着灰暗旗袍的阮玲玉（张曼玉饰）在临死前去见蔡楚生，她对他说道："带我去香港，结了婚再回来，只要你舍得乡下的老婆和同居的舞女。"然后。在彩色胶片上，我们看到蔡楚生的脸上是一阵苍白，阮玲玉只好拿上自己的手提包，头也不回地走出餐厅。

对于阮和蔡最后的缘尽，我们也只可从这后人演绎的影像里揣测，因为我们无法透过历史的痕迹，看清那个在绝望中欲抓住一根救命稻草的女子是怎样的彷徨和无助。只知道在1960年，蔡楚生为阮玲玉的汉白玉墓碑题词"一代艺人阮玲玉之墓"。

终是爱过的吧，只是，这所谓蓝颜知己，所谓可以说话、慰藉精神的人，在要承担责任的时候临阵脱逃了而已。空留下遗恨，徒留下伤悲。

天长地久有时尽，此恨绵绵无绝期。

柒　人言可畏

曾在《天妒红颜与丑女的优势》中看到过这样的句子："美女的命途多舛，是因为那些将她们列为禁脔、牢牢攥在手心不放的男人往往够坏、够狠、够风流、够奸诈、够有名、够有钱、够有地位，却缺乏德行，缺乏智慧，缺乏怜香惜玉、悲天悯人的情怀。"

想来，她的人生就是葬送在这些坏男人手中的，她的悲剧就是由他们的涉入而成事实的。

在她短短的一生中，她依照众多明星的人生轨迹经历了三种感情：最先是单纯的初恋，她和张家那不学无术的少爷相恋，最后这个男人忘却爱恋，像条毒蛇无耻地把她缠绕了个结结实实，让她窒息；然后是那她欲托付终身的男子，但他是不被粉饰的商人，久经情场知爱情的游戏规则，从未有过白头偕老的念头,能给的与不能给的从来都泾渭分明,赤裸得让她苦不堪言;最后的更可怕,他读透孔孟之书,也敢就手偷香,往往信誓旦旦,就是不能承担责任。事到临头,刀还没有架到脖子上已经蔫了,事后却会说"容忍比自由更伟大"(原胡适语)。他于无形中把阮玲玉硬生生地隔离了他的现实生活。

就是这样的三个男人,在阮玲玉的生命里各自扮演着自己的角色,独独把她晾在流言、舆论、绯闻的苦海里,且冷眼观望。

1935年年初,因拍摄《新女性》而使自己事业如日中天的阮玲玉,却也因剧本内容惹恼了当时的黑恶势力和小报记者。面对如此深刻的揭露,他们怎可善罢甘休?于是,那个龌龊、无能的男人上场了,欲敲诈阮玲玉一笔,他带着她的"淫史"与那些小报记者极力地宣扬,并诬告她和唐季珊伤风败俗通奸卷逃。"她额外地被画了一脸花,没法洗刷"(鲁迅语)。旧时社会的法院连风化案也管,阮玲玉收到了法庭传票。

这让已不爱她另有新欢的唐季珊很不高兴,他不但没有安慰,还冷冷地责怪着她。而当她在受到唐季珊的冷遇,满怀忐忑地去找蔡楚生时,看到的却是他一张惨白的脸。

阮玲玉本不怕出庭,但告她的是她的男人,如今不珍惜她的是她的另一个男人。那么多的流言,那么多的蜚语,她累了,欲找一个港湾休憩,得来的却是沉默和逃避,这让她情何以堪啊!

于是,她吞下了事先准备好的三瓶安眠药,留下"人言可畏,男人可恶"的字句,沉沉地睡去了。把那些挣不断的爱恨情仇都远远地抛在身后,滚滚红尘中只留下她身穿旗袍的身影在没有声音的胶片里。

一代红颜就此远去,再没了对爱无尽的期盼,也没了爱的伤害,更不会有"人言可畏"对她的指责与追逐。

捌　红颜无尽

1935年3月14日，阮玲玉的灵柩从万国殡仪馆移往闸北的联义山庄墓地。她生前好友差不多都到齐了，近300人。他们含泪将这个美丽的灵魂托举到天堂之上，空中的白云宛如天使的翅膀，远远地乘着春风来迎接她。

她从《挂名的夫妻》开始，9年间共拍了29部电影，饰演过不同角色，塑造了社会各个阶层的妇女形象。只是，这些人物都逃不过一个悲惨的结局：自杀、发疯、入狱、病死街头……

不知道，这是不是她的宿命？

她在悲情的一生中，低唱着一首多情而凄迷的歌，最终因承受不了流言蜚语的重伤及无爱的生活，用一把药片解脱了自己。或许，这样的解脱，对她而言是一种幸运，她终于可以不用再泥里来泥里去搅浊一湾清流，她终于可以不再为红尘俗世而忧郁烦恼，她终于可以不被名利、事业所连累。抑或者，这样的结局，她期待了很久。

心似琉璃，破碎难收。

几多惆怅，几多幽怨，几处徘徊，所有的无奈，是否真应了"红颜薄命"的魔咒？

如今，几十年过去，上海不再是那个物欲横流的夜上海，一切红尘过往都随风飘散。这个如烟花般寂寞又如水一样清澈的女子，只给后人留下寂寥红颜无尽的悲叹，转身摇曳中演绎了一段上海的传奇。

◎ 第四章 ◎

胡蝶 —— 花自飘零水自流

北方有佳人,

绝世而独立。

一顾倾人城,

再顾倾人国。

李延年

20世纪30年代的上海,是个梦幻的地方,胭脂香、卷发髻、灰色高跟鞋、旗袍下隐约的腿,发黄的电影海报上尽是迷人的东方美人……在这里诞生了我国最早意义上的"影后"。

提起那时的电影明星,人们耳熟能详的,胡蝶无疑是其中最有分量的一位。她时尚光鲜的外表之下深裹着的倔强造就了她若蝴蝶般传奇的一生,在新兴的电影媒介上旁若无人地翩飞起舞。

电影造就了绝代风华的"电影皇后",胡蝶也成全了电影的一段辉煌。

起
一

这个一生翩跹的女子,有倾国倾城的容貌,演了40年的电影,却一直倔强地和命运抗争。她有过常人难以企及的辉煌——她成为中国历史上第一位"电影皇后",她开创了中国武侠电影的先河,她将中国电影从黑白时代带进了彩色世界……她的笑容里始终蕴涵着一种神秘,她意味着东方美,也意味着一个怀旧的符号。

关于20世纪30年代的女星,最让后人熟悉的要算阮玲玉了,她的早逝,她的那句"人言可畏",都像一抹鲜血,让人惊心动魄。可关于胡蝶我们知之甚少,这使她传奇的故事蒙上了神秘的面纱。但是,我们依然可以透过历史的痕迹,看到这个昔日耀眼"皇后"在上海滩演绎过的那些爱恨情愁。

她是真性情的女子,对于感情从来都是真,容不得半点假。所以,才有了那场上海市民茶余饭后的谈资——"蝶雪解约案"。只为那个她心底的公道,义无反顾地与初恋情人林雪怀对簿公堂。她爱潘有声,那么真切地付出,即使被恶贯满盈的军统头头戴笠霸占,然心底仍有个声音对其说:"姓戴的只能霸占我的身体,却霸占不了我的心。有声,我的心永远属于你。"她的魅力大抵在于此吧!淡泊,勇敢,不被权势、金钱所魅惑。

这使她成为当时名女人中最另类的一个,她身上的那股独特的气质,像灰尘里长出的花,独立倔强地开放在那个繁华飘摇的上海滩。

胡蝶美丽、动人的姿态颠倒众生,这让她遭受到常人难以想象的不幸。在兵荒马乱的岁月里也曾折断过美丽的翅膀,在飞扬跋扈的军统面前她捍卫多年的女性权利曾是那般的不堪一击……多年后,还有人记起她说过的"人生如戏,戏如人生"这样感慨的句子。

她亦是沉静、低调的女子,虽是当时耀眼夺目的明星,却不张扬,低调得让人淡忘了这些屈辱。她是懂得善待自己的女人,永远不会为别人而活着,更不会为了别人伤害自己。

她创造着一个上海奇迹,作为一个炙手可热的红星,她竟能在流言蜚语里游刃有余,片叶不沾身。无论遭遇了什么,她总能从容、淡定,行到水穷处,坐看云起时。

在一系列荒诞的人生戏剧之后,她一个人孀居国外,只为过平淡、与世无争的余生。她总是讲:"人的一生其实是很短暂的,再绚烂、再凌厉都不过是个瞬间。"

壹　倾国倾城

1933年元旦,由明星公司主办的《明星日报》在上海创刊。为了招揽读者提高知名度,公司发起了评选"电影皇后"的活动。

开始时并没有太多人注意这个活动,后来陈蝶衣想了一个办法,为刺激影迷的积极性,准备在"电影皇后"诞生后举行一次盛大的加冕典礼,这才引起了空前的轰动。

1933年2月28日晚上,明星日报社在北京路大加利莱社,揭晓了选举结果,胡蝶以21334票的绝对优势胜了当时很红的阮玲玉,当选为中国电影史上第一位"电影皇后"。

《明星日报》本是要举行一次盛大的加冕典礼的,却被胡蝶以国难当头的理由推掉。然,那时上海滩自是有好事之人。杜月笙之流本就要搞个"航空救国游艺茶舞大会",于是正好借此机会和胡蝶的庆祝活动结合在一起。再低调的胡蝶,也不得不去应付这次活动。

当时的场面很是轰动,上海滩闻人杜月笙加上耀眼的胡蝶使得大沪舞会上热闹非凡,什么政界要人、商界大佬、演艺界名流都齐齐聚在同一个舞台,都只为亲近那个倾国倾城、明眸皓齿的"电影皇后"。

她因此成了上海滩时髦女性无可替代的偶像,引领了那时上海追星狂潮最高涨的一个时刻,她的一举一动、一颦一笑都被人们效仿。据说,有些杂志还把她的穿着打扮从头到脚分解开来,以供读者细细研究和揣摩。

只是,拨开几十年光影,那个盈盈微笑、浅露酒窝的女子,在多年后的异国他乡寂静陨落,偶尔会有人经过,看到墓碑上胡蝶的名字时,他们不会想起,那个倾国倾城的女子,曾在黑白两色的旧上海滩,若一道彩虹装点着人们的视线!

贰　胡蝶翩飞

1908年,中国发生了两件大事,那就是光绪和慈禧相继驾崩。接着,各路军阀在中国的政坛上粉墨登场,整个中国处于动荡不安之中。这一年也是中国第一个电影院诞生的一年,小胡蝶就在这个时候出生了,不偏不倚,一切都刚刚好。由此,一个关于上海滩电影黄金时代的传奇童话正式上演。

父亲胡少贡为她起了一个乳名叫宝娟,他希望在动荡的年代里,他可爱的小女儿可以过上安逸的生活。

童年的小宝娟在父母的精心呵护下长大,由于父亲在铁路工作的缘由,小小的胡蝶随父亲常年在各地奔波,由此也就接触到了形形色色的人。俗语说,人上一百,种种色色。那些三教九流的言谈举止,给童年时就善于思考的胡蝶留下了深刻的印象,这些无疑为她后来在银幕上塑造各种角色打下了坚实深厚的基础。

我们将时光回放,追溯到二十世纪二三十年代浮华掠影的上海滩。没有声音的黑白电影将整个大上海装点得流光溢彩,热闹非凡。由电影引起的诸如偶像崇拜、明星绯闻、影片轰动等问题,与当今社会相比较,毫无逊色之处。16岁的胡蝶就在此时，怀揣着一个电影梦想踏出了她电影生涯的第一步。

出落得亭亭玉立的胡蝶，聪慧美丽，父母盼望她能求学深造，她却受蓬勃发展的中国电影事业吸引，投考了由顾肯夫等创办的我国第一家电影学校——上海中华电影学校，成为首届训练班学员。

那时，报考的女孩子达2000多名，竞争十分激烈。在等待面试的日子里，胡蝶在家想了很久，她觉得应该起个响亮的艺名好让人记住。直到面试那天她还没想好，正在踌躇之时，看见在花丛中自由翩飞的蝴蝶，才灵感突现把"胡蝶"这个名字填在报名表格上。后来，这个名字成为旧上海的标志词之一。这应是天真无邪的胡蝶所没料到的。

"胡蝶"这个美好响亮的艺名与她一生相随，不离不弃，伴她于流光溢彩的戏梦人生中翩然起舞，同时也见证了她日后的奋斗、挫折和荣誉。

她一生在很多地方定居和生活过，正如一直渴望自由的她为自己选定了"胡蝶"这个名字，美丽、自由，飞累了便寻找一处地方栖息。

只是，81年的漫漫人生，又有几多坎坷、几多辉煌？

叁　初遇林雪怀

胡蝶一生所钟爱的是电影，电影是她苦心经营的事业，也是让她人生波澜四起的源头。

1925年，胡蝶拍了她生命中最初的一部影片《战功》，她的水银灯下的焕彩生涯由此开始。然而，对于胡蝶而言不知道是幸还是不幸——她也因此认识了那个日后和她对簿公堂的初恋情人林雪怀。

那一年，胡蝶芳龄十七，梦一样的年纪。

胡蝶因着《战功》认识了张织云，在张织云的介绍下，胡蝶和林雪怀有了一见钟情的相遇。林雪怀长相英俊，虽在当时明星云集的电影圈里算不上大红大紫，但对当时不过17岁的胡蝶而言，他也是她钟爱的、向往的那个瑰丽世界的一员。而那时花一样年纪的胡蝶在林雪怀的眼里亦是姣美可人的。就这样，一对相互倾慕的男女渐生了情愫，只是没找到更深的接触机会。不过，世间事总有冥冥中的注定，宿命中的相遇即使是劫难，总也难逃。

初次相遇后不久，好友徐琴芳邀她一起合演《秋扇怨》，这是冥冥中的注定，亦是一生的宿命，林雪怀恰恰也在这部电影里饰演角色。这次戏剧化的再度相遇，也让阅世甚浅的胡蝶以为此生要相伴的那个人就是他了。

《秋扇怨》拍完之后，胡蝶和林雪怀已成了一对形影不离的恋人。

1927年3月22日，两人在北四川路上新落成的月宫舞场举行了隆重的订婚仪式。

毕竟是俗世中的男和女，这太过戏剧化的相识相恋注定是场悲剧，经过短暂的快乐之后，这对令人羡慕的伴侣，却远没有人们想象中的那么完美和幸福。

对于胡蝶来说，与心仪的男子在一起是一种简单的快乐和幸福。然而，对于早已目睹太多圈内冷暖的林雪怀来说，快乐并不是那般单纯。他深知一个女星不可能简单地拥有快乐，幸福不是唾手可得的，而是要历尽磨难！他似乎看到了未来，这个单纯美丽的女子成为万人追捧的耀眼明星后，她将会遇到许多进退两难、无可奈何的事，那时的她还会小鸟依人地依偎在他的身边吗？他在胡蝶的身上看到了太多的不可预见的可能，所以他的爱在日渐消失的快乐中因着害怕失去变得畸形起来。

于是，接下来的日子他们之间剩下的全都是无休止的纷争。对于胡蝶来说，这是痛苦；对于林雪怀而言，何尝不是一种痛苦呢？他的人生被完全覆盖在胡蝶耀眼的光环之下无可喘息，所以才有了他之后的无赖、不可理喻。因而，便也引发了那场人尽皆知的"雪蝶官司"。

只感叹人生若只如初见！

肆 "雪蝶"纷争

1931年,在上海略湿的空气里悬浮着"大明星胡蝶情变"的声音。一时间,在那个兵荒马乱、时局压抑年代中的人们,便都在这美人如虹的情变之中找到了乐趣。

在那个时代,她始终是个特例,爱得深亦爱得真,然当剧终人散时,她亦可毫不犹豫抽身而退。聪慧若她,从容若她,倔强若她,她的世界里不可以有欺骗,亦不可有纠缠。

所以,当那个曾经深爱过的男子终日沉迷于厮混舞厅时,当那个男子恶意诽谤她时,她毅然捍卫起自己的尊严。她的勇敢和倔强,让那个不争气的男子一时汗颜。

其实,她是爱得真的女子,在他没有事业日渐沉沦的时候,她拿出辛苦赚来的钱让他做生意。只是,他不谙此道,在散尽胡蝶辛苦赚来的钱后,他渐渐变得无赖起来。他不再是当年那个风流倜傥的少年,而是一个心胸狭隘、厚颜无耻的赖皮。他已忘了曾经的美好,变得尖锐起来,他开始担心别人笑话他的无能,担心胡蝶给他戴绿帽子。小报记者的编排让他几乎抓狂。面对各种流言蜚语,他是一信再信,先是为了邵醉翁吃醋,后又怀疑她和张石川。在这种无端的猜忌下,这个男人越发猖狂起来,更变本加厉地用胡蝶的钱在外肆意挥霍,花天酒地。

这让胡蝶恍然醒悟,她不再也不敢对这个男人有任何期望。胡蝶态度的转变让林雪怀有所察觉,无赖又无能的他却来了个"先声夺人",先给胡蝶递了一纸休书。真的可笑!他在休书中列举了胡蝶那些莫须有的风流韵事,斥责她"行为不检,声名狼藉",还声明以后要"恩断义绝"。被胡蝶抢了七年风头的他,要分手时还要自以为是地捍卫他所谓的男子尊严。

当胡蝶看到这份措辞恶毒的休书时,心灰到极致,怎么相爱的人可以这样恶言相向？但是，若要默默接受这份屈辱的话，她就不是那个傲然在上海滩特立独行的胡蝶了。

1930年，胡蝶将一纸诉状递到法院。从此，胡蝶陷入了长达一年之久的婚约诉讼。

到底是怎样的缘分呢？

你一纸休书，我一纸诉状，是怎样的纷争在那时灰蒙蒙的上海滩上演，我们不得而知，但从旧时资料知，在长达一年的诉讼中，胡蝶不得不出庭八次，身与心的伤害是难以言说的。其实，这场让人神伤的官司无论输赢，胡蝶都不在意，她知道一贫如洗的林雪怀无法还清欠她的钱财，她只是为了讨回一个公道。

当一切旧梦远去，胡蝶再也无欲无求，她把全部身心投入到自己最初的梦想当中。对于这段恋情，多年后她亦不愿多提。在暮年时书写的回忆录中她只寥寥写了几行字："和林雪怀解除婚约，算是我青年时生活的一个波折，但解决了一件不如意的事，也使我更能专心致志地从事于电影事业。"

她就是这样决绝、独立、倔强的女子！

伍　电影皇后

结束与林雪怀七年恋情的胡蝶，把全部精力都付诸她热爱的电影事业。她也因此迎来了事业上最为辉煌的一页。

1932年"一·二八"事变后，左翼电影开始登上历史的舞台。国难当头，民众渐渐对先前的武打片、言情片失去了兴趣，而由左翼人士担当编剧的富有群众性的现实题材的电影"取得了天下"。

那一年，胡蝶拍了那部堪称她电影事业上的顶峰之作的左翼电影《姊妹花》。故事本身非常凄惨，恰到好处地迎合了那个特殊的政治环境。电影在新光大戏院连着放映了60天，可见这部影片在当时的轰动。

1933年，在由上海《明星日报》发起的"电影皇后"选举活动中，演技已达顶峰的胡蝶当选为中国电影历史上的第一位"皇后"。

评选结果出来后，国难当头，胡蝶不愿为了"影后"的名号而参加什么"电影皇后"加冕典礼；可是，在那个充斥着欲望的闻人的上海滩怎可避免一场歌舞升平呢？最后，由杜月笙的介入，决定将这一庆祝活动和"航空救国游艺茶舞大会"结合在一起进行。

大会于3月28日下午两点在静安寺路大沪跳舞场举行。

由于胡蝶正患眼疾，所以5时才到会。当新诞生的"电影皇后"终于在场上出现时，会场上立即出现了一个高潮。几位社会名流致贺词之后，由《明星日报》的有关负责人给胡蝶颁发了措辞极尽华丽的"电影皇后证书"。

一边是临近亡国的战火，一边是如此热闹的派对，殊不知这个派对跟"航空救国"究竟有什么关系？

胡蝶毕竟是个特立独行的女子，什么时候都不会让人失望，她在密密麻麻的人群中，在酒红灯绿的欢笑声中，唱出了她作为女伶的愤怒。《最后一声》："您对着这绿酒红灯，也想到东北的怨鬼悲鸣……"到后来，这愤愤的歌声还在战乱的上海滩时时隐现，细细密密地讽刺着那些所谓的"爱国人士"。

这就是胡蝶，一个美丽又深明大义的女子。用自己柔弱的刺，狠狠地、深深地刺着那些麻木的人们。可悲的是，那些人并没有醒悟，只是心中充满了被讽刺的仇恨。当胡蝶捧着随手借来的男人呢帽"沿门托钵"募化时，只见这些"热心救国"的女士先生们一一沿着壁角，快步退出舞场，最后一算，仅募得300余元。

对于这个一直跟随她的美称，胡蝶只是淡然，多年后的回忆录里也只是轻描淡写地说了两句,她称"电影皇后"是一个"像游戏之举的称号"。她的言辞不轻不重,幽幽的像个局外人,难得有她这么心静如水的女子。

但,无论当时历史是怎样,胡蝶因着"电影皇后"的美称,亦成了那时上海滩时髦女性不可替代的偶像。

陆 蝶恋双飞

1931年,潘有声在胡蝶的堂妹胡珊的家中遇见了她。

这是他们最初的冥冥之中的缘分。初见,胡蝶高贵大气的气质就深深地吸引着潘有声。只是,当时郎有意,而妹无情,胡蝶还困在她和林雪怀的情感纠葛当中。刚从婚姻的坟墓中走出来的胡蝶,对感情失去了兴趣,对于身边的追求者她都视而不见。她受的伤害不是写在脸上,而是刻在心上。深知这一点的胡珊,就刻意安排了这场她和潘有声的舞会。

舞会结束后,胡珊又叮嘱潘有声送胡蝶回家。就这样,一段情事才得以绵延继续。

潘有声身材伟岸,并带有一股读书人的气质,他身上这种文人的风雅与胡蝶平素接触的人不一样,这让胡蝶颇感意外,加上两人谈得也十分投机,胡蝶开始了这场让当时许多人都摸不着头脑的恋情。这个爱她胜过爱自己的男人逐渐成为她的精神支柱,当父亲身患绝症将不久于人世时,胡蝶为了满足他的心愿决定与这个爱她的男子结婚。

1935年11月23日,在位于上海九江路和江西路口的一座教堂里,胡蝶和潘有声结束了他们马拉松式的爱情,举行了令人艳羡的结婚典礼。

从这一刻起,他们开始了一段真挚而又凄苦的情感之旅。

婚后不久,胡蝶和潘有声移居香港,以为一切纷争都结束了,可以不再管戏里戏外的是是非非了。没想到，这一生的灾难才刚刚开始，香港这块弹丸之地让胡蝶尝尽了人间冷暖。

1941年，香港沦陷后，日本人邀请胡蝶赴东京拍摄《胡蝶游东京》的纪录片，以宣扬所谓的中日友善。胡蝶知道直接拒绝是不明智的，急中生智称自己有孕在身，巧妙地躲过了这一劫。但她也开始意识到香港已是一个危险地带，于是，1942年胡蝶一家在东江游击队的帮助下到达重庆，借住在中学同学林芷茗家。只是，那时的胡蝶怎么也不会料到，她人生中那段无可奈何的屈辱在这一刻深种。

1944年春季的一天，当疲惫不堪的胡蝶从拍戏外景地回到家中，母亲和林芷茗告诉她一个让人震惊的消息：潘有声在几天前被警察无端抓去，至今下落不明。

胡蝶不知，和自己情同姐妹的朋友会联合别人来算计自己。据说，那时戴笠在杨虎和林芷茗夫妇家中见到了梦寐以求的明星胡蝶，看到现实中的胡蝶比银幕上更明艳动人，生起了要把胡蝶据为己有的念头。所以，便有了后来他联合杨虎和夫人林芷茗，设计把潘有声抓起来的一幕。

心急如焚的胡蝶明知这其中有诈，却也只好接受了林芷茗的建议，于那一年的某一个深夜造访了军统头子戴笠。当戴笠看到眉宇间都透着高傲气质的胡蝶和自己预期的那样来求自己办事时，这个占有欲极强的霸道男子得到了自己盼望已久的满足。但他深知和胡蝶这个倔强女子的事情是不可以操之过急的，所以，在胡蝶走后就找人来把潘有声放了。

一年多的颠沛流离，早已让胡蝶疲惫不堪，见到回来的潘有声，终于支撑不住，一下子晕了过去，病得卧床不起。这时，戴笠借机以养病的名义，把病重的胡蝶安排在自己曾家岩的别墅里。潘有声不是没有察觉，他已意识到戴笠的别有用心，可怎奈自己无权无势是没办法和他抗争的。这时，戴笠又设一计把他支到遥远的云南，等到从异乡辗转回来，他再也找不到胡蝶。后来的后来，听人回忆说戴笠为了达到和胡蝶结婚的目的，曾找当时的黑帮老大杜月笙威胁潘有声和胡蝶离婚。可是，深爱着胡蝶的男子终没有妥协，他只是暂时回到和胡蝶曾经居住的旧巢，苦苦地独自等待着。

1946年，就在胡蝶和潘有声悲叹两人缘分已尽的时候，戴笠乘专机从北平飞往南京时失事。

至此，胡蝶悲苦的幽禁生活得以结束，回到了潘有声的身边。之后，胡蝶离开了曾带给她无数光环的上海，与潘有声蝶恋双飞定居香港。

柒　与戴笠纠缠不清的日子

电影是胡蝶传奇的根源，但传奇胡蝶的生活中并不仅仅只有电影，她和国民党特务头子戴笠的那段往事，以及那抹也抹不清的是是非非成了她传奇中最精彩的一部分。

这传奇像极了她演绎过的老电影，虽总刺啦啦地响个不停，看完了却总是有回味，那么的动人心魄。

和戴笠的纠缠是从那30箱珠宝丢失开始的吧！

为了逃避与日本人合作，胡蝶将前半生的所有积蓄打理成30个箱子托人运往内地，谁知珠宝在半路丢失，得知消息的胡蝶大病一场。

对于胡蝶失宝，戴笠喜不自禁，认为是天赐良机。为了赢得胡蝶的好感，戴笠先是百般安慰，然后又信誓旦旦地保证要破案。于是，他将与之有嫌疑的杨惠敏和她的情夫抓来严刑拷打，得知的确是土匪抢劫之后，又派一批强干的办案人员赴广东全力侦破劫案。只是，由于兵荒马乱，劫匪如麻，任凭他有通天之能，也是无法侦破。

戴笠情急之中心生一计，按胡蝶开的所失珠宝、衣物的账单，派人去外国购置，然后谎说是追回了一部分财物。胡蝶是见过世面的女子，看见戴笠追回的宝物并不是自己的原物,却也不声张,只淡淡地说了些感激的话。不过,对戴笠而言,这也初步博得了胡蝶的好感。

为了达到自己彻底占有胡蝶的目的,戴笠又使出一招,派人打发潘有声去云南做生意,还给潘有声发了商人梦寐以求的专员委任状和滇缅公路通行证。潘有声一走,戴笠再也按捺不住强行占有胡蝶的冲动。面对戴笠强大的势力,胡蝶知道反抗无用,她是从容淡定的人,虽痛苦难耐,也只好违心顺从。

自此,胡蝶开始了在重庆被幽禁三年的日子。

胡蝶被幽禁的日子看起来还是很富贵的。戴笠为了不让她对潘有声有负疚感,就让她住进杨家山公馆。胡蝶嫌公馆的窗户狭小,楼前景物不好看,戴笠马上派人在公馆前重建别墅,还从印度空运来她喜欢吃的水果,买来一大堆鞋子让她选,甚至花费上万的银元弄了个大花园,每天陪她在花园里散步。

胡蝶每天透过洋房的窗子看着这隔世的桃源,都会情不自禁地掉泪。她觉得自己已经死了,那个纯洁的胡蝶没有了,那个荧幕上风光的胡蝶没有了,那个能与洋行丈夫过普通生活的胡蝶也没有了。她现在只剩下一具美丽的躯壳,没有爱,没有事业,什么都没有。

戴笠是爱胡蝶的,对胡蝶倒也真是体贴入微,这样一个杀人不眨眼的特务头子竟也有柔情似水的一面!但是这样的爱如果建立在别人的痛苦之上,也就成了很猥琐的一种爱。戴笠可不管这些,他要与胡蝶结婚,于是逼迫着潘有声与胡蝶离婚。

潘有声迫于权势,同意与胡蝶解除婚姻关系。然而,造化弄人,准备和胡蝶结婚的戴笠因飞机失事摔死于南京近郊,一切美梦即刻成为泡影。就这样,心机用尽的戴笠最终没能和胡蝶结婚。

胡蝶终于结束了被幽禁的日子,重新获得自由。

捌　胡蝶飞走了

胡蝶终于逃出了戴笠的魔爪，重获自由，回到了丈夫和孩子的身边。可是，当一家人终于在上海团聚准备开始新的生活时，她犹豫了。

经过抗日烽火洗礼的上海，活跃着的是新一代更加年轻有为的女影星，上海电影的未来已经不再属于她了。生活上，她与戴笠之间的关系，使她无法从容面对从重庆等地重返上海的左翼影人，尤其是无法逃避一批有"隐私癖"的黄色报刊记者，好友阮玲玉悲愤自杀一事使她对"人言可畏"更增添了一份恐惧。经过一番慎重考虑，胡蝶和潘有声决定携一双儿女去香港发展。

到香港后，潘有声创办了以生产"蝴蝶牌"系列热水瓶为主的兴华洋行。胡蝶倾注了全力，辅佐潘有声从事经营。这种苦尽甘来、朝夕相处的生活只持续了六年，潘有声就病逝了。丈夫的先她而去，使她始终无法摆脱孤独和悲哀，对电影的思念一日浓似一日。

1959年，在亲友的鼓励下，已年过半百的胡蝶加盟邵氏公司，回到了阔别10年的电影界重铸辉煌。

1975年，胡蝶移居加拿大的温哥华，并改名为潘宝娟。宝娟是父母为她起的乳名，以潘为姓则表达了她对亡夫潘有声的怀念之情。告别了影坛又身居异地的胡蝶，时常怀念着祖国，可是，她最终也没有回来。与戴笠之间那段难以启齿的往事，是横亘在她与故乡之间的一堵无形的墙，情感上的难堪使她迈不动回家的步伐。

1989年4月25日，翩舞人间近百年的胡蝶在温哥华因病与世长辞，应她的要求，骨灰安葬在她深爱了一生的亲人旁边。这位中国第一位"影后"留给世人的最后一句话是："胡蝶要飞走了！"

◎ 第五章 ◎

周璇——美人不用敛蛾眉

红酥手，黄縢酒，满城春色宫墙柳。

东风恶，欢情薄，

一怀愁绪，几年离索，

错，错，错！

陆游

浮华如梦的30年代大上海，是一个缔造传奇的大都会。她成功地跨越歌唱、电影表演两个领域，成为 20 世纪 30 年代"孤岛"时期最红的女明星。然，一生执着追求人间真爱的她，终难逃命运无情的捉弄，最后孤寂地走向人生河流的尽头。

起

她，是一个内心安静、不尚虚荣的女子。

淡泊、天真、甜美，犹如被清纯山泉雕琢的天然翡翠，亦如空谷幽兰中啼声放歌的百灵。16岁，便以莺声依依、余音环绕的金嗓子，红遍了大上海的十里洋场。

不过，她始终渴望过平凡和简单的生活，渴望有一个温暖的可以栖息的家。然，生活始终把她推到风口浪尖之上，这让她的一生都无法摆脱掉坎坷的命运：令人心酸、催人泪下、发人深省的爱情苦痛，欲说不能、欲罢还休、欲哭无泪的人生悲歌，都让她成为"夜上海"最哀怨的那抹沉香。

回顾她的一生，可发现她始终被陷在"爱"的旋涡里。这"爱"里有亲情，亦有爱情。

她的身世始终是个谜。所以，在她短暂如烟花的岁月里，她始终追寻："我到底是谁？我的母亲在哪里？"然，世态炎凉，人情淡薄，没有一个人是真心帮她寻找亲人的。养母是哄骗，养父是欺诈。

于是，亲情淡薄的她欲转身寻找爱情的温暖。

先是亲如兄长的严华，后是失之交臂的石挥，然后是无赖之流的朱怀德，最后是模糊不定的唐棣，可是他们都没能给她渴念的温情。爱于她，愈是渴念，愈是稀薄缺失。

为了爱情，她一次次飞蛾扑火，然而，爱情留给她的，只是"人生若只如初见"的感慨、失之交臂的疼痛，及饮毒酒的毁灭。

她，成了一个不断寻求人间真爱，却不断受到伤害的孤独灵魂。最后，终疯魔至死，留给世人一连串的问号。

然，她是不能被遗忘的名字。

在她不满40年的人生旅途里，拍摄了40多部影片，演唱了200余首歌曲。她的歌声曼妙甜美，犹如夜莺述说着夜上海的爱与哀，风靡了大半个世纪，影响了几代人。

时至今日，尽管山河已易，人事全非，但她那曼妙婉转的甜美声音，依然绕梁未绝。纸醉金迷、繁华无限的旧上海，亦仍旧存活在她歌词曲调的行行空空里，不曾逝去。

壹　花样年华

20世纪30年代，上海这个东方的大城市，随着西方音乐的传入和影响，乐坛开始有了新的发展。1934年，上海《大晚报》便顺应潮流趋势举办了"播音歌星竞选"活动。当时，"跳槽"到了严华主持的新华歌舞团的周璇，在严华的鼓励下参加了竞选。

结果是令人震惊的，她以自己独特的演唱，获得"金嗓子"的称号，与当时的红星白虹的票数相差无几，名列第二。那一年，周璇仅16岁。

至此，上海歌坛上的一颗新星开始绽放出耀眼的光芒，"金嗓子"的称号，瞬间红遍了上海滩的十里洋场，由她演唱的"花样的年华，月样的精神，冰雪样的聪明，美丽的生活……"风靡一时。十里洋场的人们，亦深切地记住了面容姣好、声音曼妙和正处花样年华的周璇。

那时的上海，大街小巷都流动着周璇演绎的无限动人旋律。据作家白先勇回忆说："我的童年在上海度过，那时上海滩到处都在播放周璇的歌，家家'花好月圆'，户户'凤凰于飞'……"

"处处歌舞升平，家家花好月圆。"这不仅是属于白先勇那帮贵族们的年代，只要是从那个年代过来的老上海人，都可感受到周璇那轻柔、恍惚、温暖、惬意的声音带来的特别享受。对于20世纪30年代红尘乱世中的人们来说，这浅吟低唱中的安慰是不可缺少的。

只是，带给人们无限安慰的她，却不曾真正拥有"美丽的生活"。造化总弄人，世事总负她。花样年华的她，际遇总坎坷凄凉，让人一唱三叹，无限唏嘘。最后，终在无限悲凉之中，疯魔辞世，只留下那回味无穷的千古绝唱。

贰　凄零的身世

关于周璇的身世，一直是众说纷纭，在众多版本里比较权威的说法，是她的小儿子周伟通过长达10年追寻得到的答案。

1920年，周璇出生在江苏常州，学名苏璞。3岁时被抽大烟的舅舅顾仕佳偷偷拐卖到金坛县的王家，周璇由此改名王小红。后来，王家夫妇离异，周璇又被送给上海的姓周的人家，更名周小红。

周璇的生母顾美珍早年参加过革命，解放后，被她曾掩护过的原河北省政协主席王葆真介绍到北京工作，在国务院卫生处担任护士长。她清楚地记得周璇的胎记、年龄。为了认回周璇，她至少到上海10多次，但由于种种原因都未果。

在周璇的记忆里，一直都以为自己的父亲是周文鼎，而母亲邝太太是父亲的二房，一个花旦出身的女子。她还有两个同父异母的哥哥，他们一家生活在上海繁华的北京路外滩的一条叫虹口的小弄堂里。只是，某一天这样美好的记忆也被无情地抹杀掉。

那是神经有问题的二哥说的一句无心话，他说："阿爸不喜欢你，是因你不是阿爸养的！"被这无心的话惊得疼痛不安的周璇，就去问母亲邝太太，苦苦追问之下，惊慌失措的邝太太终于把实情给她道来。原来，当年花旦出身的她，在进了周家两年后还没有小孩，怕自己会孤独终老，亦为了多分一份家产，所以，她才到虹口鸭绿江路"莲花庵"去托师太给她找个弃婴。后来师太给她找了个尼姑的私生子。起初,她是不想要的,后来在师太的劝说下她就把那个孩子抱回了家。那孩子就是周璇。

这样的真相,对于怀有一颗单纯之心的周璇来说,犹如当头一棒,一时辨不清这是真还是假。有好长时间,她都被一种无名的茫然、空虚、孤独缠绕,常常在抬头的瞬间找不到自己的存在。

于是,她开始了艰辛的寻母征程。

然而,更残酷的事情是,她的养父周文鼎利用她寻母心切的心理,无耻地敲诈她的钱。她养父说,她并不见得是尼姑生的孩子,因为那天抱她时,他看到是另一个女人抱着她,而不是什么尼姑。而且,他表示愿意帮她找回生母,来证明她并不是尼姑生的孩子。这对于周璇来说,如同一个垂死的人有了重生的希望。从此,她就把赚回来的大多数钱给了这个无耻的人,以期他帮自己找回生母。

事实上,周文鼎并没有真的帮她找母亲,他只是以此来还他吸食鸦片欠下的债。1941年,他终被鸦片毒死,没给周璇留下关于生母的片言只语,只冷冷地留给周璇一个更大的伤害。他的死如同一把利剑,生生地割断了周璇和生母之间唯一的纽带,亦割断了周璇对未来天伦之乐的憧憬。她的历经折磨的心顷刻间碎裂一地,无法捡拾。

至此,她的身世之谜在她有生的岁月里,都不曾得到正确的答案。而她凄零的身世亦成了跟随她一生的隐痛,若蛇般始终缠绕,不离不弃!

叁　红透上海滩的"金嗓子"

周璇与舞台结缘,是缘于小时候一个偶然的机会,13岁的她拜见了明月歌剧社社长黎锦晖,并进入该社。当她和伙伴们在舞台上演出救国进步歌剧《野玫瑰》时,黎社长送给她一个后来和她一起流芳后世的美丽名字

——周璇。

这个好听的名字对于周璇这个自出生以来空有名而无姓,一直为自己名字哀伤的女孩来说意义非凡,这既是她新生命的开始,也是她艺术生涯的开始。

周璇在加入明月歌舞团之后,以一曲《民族之光》崭露头角。不过可惜的是,她并没有与她的这位伯乐一起开创她的事业,在她有所成就的时候,她因为爱情而选择了新华歌舞团。

她于1934年"跳槽"到严华主持的新华歌剧社。在这年,年仅14岁的周璇在严华的鼓励下参加了由上海《大晚报》举办的"播音歌星竞选"。周璇以其独有的嗓音在众多"繁华烟云"中脱颖而出,以第二名的成绩取得了"金嗓子"的称号,仅与当红老歌星白虹差50多票。周璇以代表作《五月的风》赢得如此殊荣,一时被当时媒体赞美为"如金笛鸣沁入人心"……

周璇的演艺事业开始蓬勃发展,紧接着,她又发行了一些专辑,包括《四季歌》《何日君再来》《花样年华》及《凤凰于飞》等脍炙人口的歌曲。一时间,"上海滩上到处都在播放周璇的歌,家家'花好月圆',户户'凤凰于飞'……"

周璇的辉煌还不止于此,当时有媒体曾如是描述过:"幕慢慢地扬开,周璇袅袅婷婷地走出来,站在麦克风前,舞台的灯光照在她的身上,越发显出她的美丽。《渔家女》这是谁都熟悉的歌曲,听众沉醉在歌声中。院子里除了周璇曼妙的歌声外,恐怕连落到地上的绣花针的声音也听得见……在掌声和喝彩声中,听众高喊'安哥'(要求返台加唱之意),结果千呼万唤再出来,加唱了一首《采槟榔》。"

在歌唱方面有着特殊天赋的周璇,也像现在的时尚明星一样走了多栖线路,在唱歌的同时,亦进军电影界。

在电影方面周璇亦取得了很大成就。1937年,由上海明星影业公司投拍的《马路天使》取得了空前的成功。周璇的表演自然、松弛、质朴，分寸感把握得相当准确，把戏里的人物——歌女小红完全演活了。田汉、贺绿汀回忆当年和她的合作经历时，全都对她的"音乐天赋和使人奇异的艺术才能"赞不绝口。周璇也因此成为上海滩首屈一指的歌、影两栖明星。

据当时的电影刊物介绍，周璇的影片在东南亚受欢迎的程度，远远超过了好莱坞的影片，甚至压倒了当时的好莱坞巨星珍妮·麦当娜和狄安娜。

就这样，内心安静、外表俊秀的周璇以迅雷不及掩耳之势红遍了当时繁华涌动的上海十里洋场。

肆　人生若只如初见

"婚姻不如意，便是顶薄命的事，理想婚姻是应该才貌相当的。"那个冰雪聪明的女子苏青曾如是说。

但是，世间事、世间人真真都如此简单，抑或看得这般清晰便好了。偏偏每个欲进围城之人，都是满眼"飞花逐月"的美好。所以，这世间的婚姻便也就不如意的多了。

周璇由于从小就对自己凄零的身世耿耿于怀，所以我想，她对于婚姻的渴求和向往，便全都是那"飞花逐月"的美好吧！

于十二三岁涉足上海灯红酒绿的花花世界，十三四岁进入了歌舞升平的娱乐圈的周璇而言，在感情方面便比同龄孩子早熟一些。

刚到明月社，她就得到严华哥哥般的照顾和关爱，这让一直生活在感情稀缺环境里的她，渐渐对他产生了朦胧的爱意。严华，北京人，父母过世很早，为了事业闯荡于十里洋场的上海城，多年来养成了独来独往的性格。

对于每对恋人而言，最初的时光总是美好的。那时，他不仅悉心地教她普通话，还热心地为她提供了许多"走穴"机会，又不遗余力地托关系陪着她到电台录音。为了给她灌制唱片，他亦不断周旋于百代、胜利等音像公司。

他们的恋情真正开始于明月歌舞团走下坡路的时候。

在上海的形势越来越严峻的时候，明月歌舞剧社被迫解散。这对于事业有了成绩并开始走上成功之路的周璇，是一个很大的打击。另一方面，养父又来逼迫，一时之间，她无所适从。为了她，严华毅然咬牙挑起了乐队的重担，并成立了新月歌舞社。

然而，1935年，未满周岁的新月歌剧社由于经营不善而宣告解散。不过，庆幸的是，此时的周璇已在他的栽培和鼓舞下成了红遍上海滩的"金嗓子"。她很顺利地踏入影坛，被艺华影片公司聘为基本演员。不过，让她难过的是她不知道如何面对和严华的离别。她细细地回忆起这么多年来他对自己的照顾和关爱，心便无端地忧伤起来。她自觉无以回报，唯有以情相许。

离散在眼前，她思量再三，终还是鼓足了勇气，把记录着对他满满爱恋的秘密日记本交到他手里。同时，她也把自己飘零的命运交付给他。

就这样，她带着"飞花逐月"的美好，嫁于她心底一直珍视和仰慕的良人。

可惜，她不能像白素贞那般，掐指一算便知这其间的凶与恶。这段她寄希望、温情于无限的婚姻，真是不如意得很。

结婚后的他，于她而言愈来愈陌生。也许，这段婚姻从一开始就是个错误。年龄尚小、缺爱的她，对于爱情和感恩亦辨不那么明了，所以，才酿了这一杯苦酒给自己。

"银嗓子"姚莉曾经回忆说："周璇和严华之间那不叫真正的爱情，是'报恩'，严华从周璇12岁进入明月社起就无微不至地照顾她……周璇和严华结婚后，因为工作量有增无减，特别在1940年，她一口气拍了6部电影，当时她肚子里有了严华的孩子，但是因为拍片劳累过度，流产了。外加周璇和与她共事的男明星传出的一些绯闻，以及周璇的名气日渐压倒了严华，使得严华对她产生了猜忌，加上黑恶势力的利用挑拨，二人之间的关系一步一步走向恶化，终于在1941年离婚。"

许是旁观者看得最清、看得最明了，姚莉寥寥几句话便把他俩的悲剧看透、看穿。

离婚后，她和他一生再未见面，亲亲热热的两个人终成了陌路。不知他们在某些月圆花好的时光，会不会也曾想起彼此，感叹起"人生若只如初见"的美好来！

伍　失之交臂的爱情

有人说，女子对爱仿若飞蛾扑火，再是残戮伤痛却也难抵她那颗万般思量后横下的心。所以，谋爱而生的周璇在经历了婚姻伤痛后，仍还能以飞蛾扑火的姿势拥抱让人费思量又无可抵挡的爱情。

让周璇飞蛾扑火的男人，叫石挥。

石挥，因参加费穆和黄佐临主办的上海剧艺社，常在"卡尔登"和"兰心"演出话剧。所以，被当时观众誉为"话剧皇帝"。同时，他也曾多次走上银幕，从而博得了许多"影迷"的青睐。

她和他在相遇之前，她亦知道他是一个活跃在上海话剧舞台上的多才多艺的"两栖"演员，他亦知道她是红遍上海滩十里洋场的"金嗓子"。

有时，缘分冥冥之中就是有注定吧。本没见过的两个人，却都在心底熟稔着彼此的一切。于是，他们有了命中注定的那次邂逅。

那是抗战末期的一次机缘巧合，在霞飞路重庆路口的一家绸布庄举行的开业庆典上,主办方分别请了石挥、周璇两位大明星去做剪彩嘉宾。于是,两个彼此熟稔的人的心底便由此开出妖娆的花来。亦有好事者从中热情撮合,便成就了一时的美好情缘。她和他都是星光闪烁的名人,整日里出双入对,便也成为上海小报记者猎取的新闻。

不过,尚在婚姻伤痛里的周璇,在心底设了一道无形的心防。所以,这段感情亦在真真假假、虚虚实实中沉浮了许久,直到1946年周璇去港前,两人依依惜别中才互吐衷情。

感情从来就是女人致命的伤吧。在香港拍了两部影片后,来不及等到电影公映,周璇就急急回沪,看望日思夜想的石挥。然而,香港之行是有合约的,人家不会因为你的爱情而搁置了钱财。所以,刚到上海,"大中华"就派人要求她速去履行合约。爱情的烈焰使她无法冷静思考,于是,在临行前和石挥匆匆订了婚约,匆匆去港。

许是一切都太仓促吧,许是她和他的爱情终不是"两情若是久长时,又岂在朝朝暮暮"的那一种吧。所以,聚少离多的爱情终被无情的距离和时光冷却。

在香港,周璇不断听到身边的人告诉她石挥对她的爱情已不复存在,甚至还有上海版的小报为证。这如一股冷气,使周璇复燃的爱情火苗渐渐熄灭。但她记起与石挥临行前的婚约,这誓言仍然回荡在耳际,不能从心中消失。所以,她心存着一点微薄的念想,给他写信。信写了很多很多,却一如石沉大海,无一丝声音。那时,她的心凉到了冰点,她看着戏妆外的自己一点一点变老。终于,她为此而病倒。

经过半个月的休息调养,她终于回沪和石挥见上了面。两个人突然客气起来,像远房的亲戚般相互关心地寒暄起来。

心疼她的朱小姐亦是看不过去,冷冷地斥责起石挥的负心。早有思想准备的石挥则以刊物上周璇"决不与圈内人配成佳偶"的话作反问。一阵难堪的沉默,石挥最后长叹一声,双手拍膝站起,用《飘》影片中白瑞德向郝思嘉告别的动作,一个旋身离去。

石挥和周璇这对艺术家的恋史,就这么匆匆而过,短暂仓促得犹如才翻开扉页就即刻合上。

陆　爱情原是含笑饮毒酒

李碧华说:"爱情,原来是含笑饮毒酒。"

也只有这个对爱总能轻省回望、细微记录的女子,才可以说出这般一语中的的话来。

两段感情以后,周璇的爱情之路更是荆棘密布。遇到朱怀德应该是她宿命的劫,而和他的爱情更是如同喝一杯有毒的酒。

和石挥的伤情恋爱结束后,伤透心的周璇再次放出"决不与圈内人成配偶,谈恋爱向外发展"的话来。然而,这样的决绝律条却让工于心计的"拆白党"朱怀德有了可乘之机。

朱怀德,是一个做绸布生意的商人。这个人集聚了商人身上所有的恶性,处心积虑、唯利是图、善于伪装,且为达目的不择手段。他为了能够得到周璇及周璇身后不菲的财产,竟不惜用多年心思去琢磨如何对她下黑手。

他先是在周璇身边安插了那个朱小姐做卧底,后在周璇和石挥感情出现问题时,便伺机殷勤献媚,用他的甜言蜜语及温柔体贴来迷惑已身心疲惫的周璇。许是当局者迷吧,在外人看来工于心计,看似待人热情,实则骨子里透着虚伪,沉静中暗藏着阴奸狡诈的朱怀德,竟硬生生地用他所谓的"旷日持久"的爱慕之意,感动了周璇。加上那个朱小姐,整日里在她耳边吹着小风,于是她再一次感受到晕晕乎乎的甜蜜,简直云里雾里都是情。

1949年春末，周璇随同朱怀德到达香港，并与他同居。

那时，由于战局混乱，他们在香港只草率办理了同居手续。举行仪式那日，朱怀德为了取得她的信任，便对周璇说："我们的婚事应该尽快办，但绝不能在海外草率从事，应当等战争平息后，回上海隆重举行婚礼。"周璇被朱怀德打动，便将全部积蓄交给朱怀德，作为他经商的本钱，希望将来建成一个既有爱情而又富裕的美满家庭。

然而，事实是残酷的，让人没有喘息的机会。那卑鄙无耻的朱怀德带着钱回到上海后，就如黄鹤般再没了音信。生活变成无望的河流，她想过用极端的方式忘却这伤害，但是，这时她发现自己怀孕了。

她是多么希望自己能有一个孩子，尤其对于一位曾经在痛苦中流产过的母亲来说，这腹中的胎儿就显得格外值得珍爱了。于是，她因着这未来的希望，隐忍地在香港完成了一些拍摄工作，于1950年，才带着生下的孩子回上海找朱怀德。谁知朱怀德竟问："这孩子，恐怕和你一样，是领来的吧？"这令人惊愕和寒心的否认，深深地伤害了周璇。

更甚的是，当被气得颤抖不已的周璇问他索要被他诈去的巨款时，他却无耻地说："做生意总是有输有赢，只可惜你的运气不好，你的东西现在变成了一只钻戒而已。"此时，朱怀德完全暴露了自己上海"拆白党"的真面目。

此时，周璇才真的觉悟，正如做了一场梦，悔也来不及了，于是只好在报上刊登启事，宣布与朱怀德"脱离同居关系"。只是，她的名誉，她的金钱，都在这场欺骗的爱情里消失殆尽。唯一值得安慰的是留下了一个自己的骨肉，这让逆境中的她有了活下去的信念。

正是这杯爱情的毒酒，让她的身与心都达到了崩溃的极限，亦为她日后疯魔做足了铺垫！

柒　谁为她种下恶果？

1948年，《电影杂志》记者采访周璇，问她如何应对外界刺激时，周璇神情忧郁，但回答得还算巧妙。她说："不如意事常八九，可与言人无二三。"

但是，事实上，周璇不似她给人的活泼开朗的印象，她的性格偏于内向，并不愿意把心事向人倾吐。也是这样的性格，造成了她的悲剧。

试想，在那个鱼龙混杂的十里洋场，像这样一个明艳动人，亦拥有傲人动听的金嗓子的她若没有八面玲珑的圆滑，生活将是怎样的举步维艰？

抗日战争爆发前后，日本帝国主义和在东北、华北以及上海的汉奸文人，陆续拍摄了大量宣传军国主义思想和鼓吹"大东亚"政策的电影。可是，抗日情绪日益高涨的中国人民拒绝观看，上海虹口一带放映这些影片时，非但门可罗雀，而且在戏院门口还不时出现抵制的标语。日寇目睹这失败的惨状，只得改变方针，在侵入孤岛后，就由汉奸出面，摄制以恋爱和家庭伦理为中心的中国式电影来迷惑观众。张善琨就是按照敌伪这个指示，合并各电影公司，集中上海所有著名导演和男女明星成立了"中华联合制片股份有限公司"。

那时，周璇是红极一时的明星，为了将她笼络在旗下，张善琨不惜动用黑帮势力来威胁她。最后，周璇不得不妥协进了国华。

然而，国华唯利是图，拍电影根本不讲究艺术性，由于恶性竞争，一部《三笑》竟只用七天七夜连轴转就拍成了，其粗制滥造可想而知。周璇在这样毫无艺术价值的软性烂片中出任主角，无疑是可悲的。针对国华老板的压榨，周璇玩过"人间蒸发"，但她势单力孤，终究斗不过电影界吃人不吐骨头的恶势力。国华老板最见效的一招便是设计破坏了周璇与严华苦心经营的小家庭，使周璇从此失去了可靠的精神支柱。从而，周璇的生活进入一个恶性循环的怪圈之中。

先是和石挥不了了之的感情,后又遇见卑鄙无耻的朱怀德,没有一次感情不是千疮百孔的。这让从小就缺少家庭温暖、渴望温情的周璇的精神濒临崩溃的边缘。

不幸的事情终于发生。1951年,在拍摄《和平鸽》时,影片中出现的"验血"两字,让周璇像突然被闪电击中了般,在凄惨的哭声中不断哀诉:"他是你的骨肉,就是你的骨肉!验血!验血!"她终没能抵挡住这一次一次的伤害,精神失常了。

据说,这段时间她正跟该片的美工人员唐棣走在一起,他俩在枕流公寓过着一段"像凤凰于飞在云霄"的岁月,并且很快有了爱的结晶(周伟)。然而,这段被周璇珍惜的感情却蹊跷百出。1952年,在他们准备举行婚礼的时候,唐棣却被指控犯有"诈骗罪和强奸罪"而被判刑三年。一年后,法院又撤销原判,予以释放。可是,当他回到家时,周璇却因受不了刺激旧病复发住进了医院,正是"人去楼空情枯等,两心相继不复存"。

从此,唐棣再也未能和周璇重温旧梦,直到周璇离世。

周璇的四次婚恋皆以失败而告终,正像在歌曲里所唱的:天地苍苍,人海茫茫,知音的人儿在何方?叫人费思量……

捌 红颜薄命

这位凄零的红颜,终究抵不过这样的人生厄运,1957年9月22日晚,39岁的周璇在上海精神病院挣扎着离开了这个世界,带走了一生全部的疼痛和遗憾。

真是应了那句冰凉的话:"自古红颜多薄命!"

据说,在她清醒的短暂时间里,曾拉着坐在她床边的黄晨的手,以微弱而颤抖的声音说:"黄姐姐,我的命太苦了……活了一辈子,连自己的亲生父母也不知道……"这个跟随她一生的隐痛到最后还在让她疼。

在病逝前的几年时间里,她也曾经陆续写成9封信寄给香港好友、作曲家李厚襄。她在其中的一封信中写道:"生命有时尽,快乐无处寻。累了的时候,我希望安宁。"

也许,她终在另一个世界找到她需要的安宁。光阴流转,斯人倩影已远,令人满心惆怅。

记得曾看过这样的句子:"在芸芸中华老影星、老歌星已濒临被人遗忘的当儿,在他们之中,却有一个人的名字依然烙印在上海、台北、香港及吉隆坡男女老少的心中,她就是周璇……"

九泉之下的薄命红颜,应有所安慰了吧!然,闪念间,又忆起晏小山的诗来:"留名千载不干身。"现世的幸福最要紧。可惜,周璇和它始终擦肩而过,失之交臂,只冷冷地留有一段夜上海的爱与哀给世人。

第六章

张爱玲——人间无物似情浓

山寺微茫背夕曛，鸟飞不到半山昏。上方孤磬定行云。
试上高峰窥皓月，偶开天眼觑红尘，可怜身是眼中人。

王国维

有人说，她是一朵艳丽的罂粟花，蛊惑着寂寞的可怕的文坛，蛊惑着凡俗的世人的爱情。然而，她也被蛊惑其中，只是与众不同的是：一身孤傲的她可以华丽转身，只留给世人一个苍凉、永恒的背影。

起

写出《传奇》的张爱玲,本身就是一部凄绝苍凉的传奇。

24岁以《传奇》蜚声寂寞得可怕的文坛的她,用让人看了生疼的字句写尽了"孤岛"上的苍凉和传奇。然,她也是这苍凉传奇中的一分子。她以飞蛾扑火的苍凉姿势,和她生命中的三个男人——父亲、胡兰成、赖雅纠缠爱恨。在滚滚红尘中,寂寞地演绎着她悲凉的传奇人生。

她是骨子里深埋凄凉的人,出身于显赫传奇世家的她,自小就看尽了"繁华落去的无奈"和"可恨的人间冷暖"。封建遗少式的父亲,深受新思想影响出走的母亲,加上庸俗、专横的后母,使她的童年处在一片看不见尽头的荒凉之中。但正是因为这样的悲剧,这样的家庭环境和文化氛围,促使她拥有了早慧与敏锐的心思,将这种种的沉浮故事,转化成令人惊艳与嗟叹的文字。她依然是历史沦陷中"最后的贵族",骨子里仍有抹不去的贵族气质,所以,依然高瞻世态、睥睨人间。人生于她,终是如"撞破了头,血溅到扇子上,就在这上面略加点染成为一枝桃花"的哀艳孤绝。

然,一身孤傲的她,把世俗红尘都看了个透,却也难逃宿命姻缘的作弄,她成了自己小说里那个最苍凉的人。她在茫茫人海之中与花花公子胡兰成相遇,没有早一点,也没有晚一点,刚刚好都在那里。于是,她认定了缘分,像所有的凡尘女子一样,为了爱情,赴汤蹈火,把自己整个沦陷在"倾城之恋"之中,最后,弄了个诸多愁云恨雨,多年后还无可喘息。而"倾城"之中的胡兰成却不改风流,依旧在风花雪月里流连忘返。这不得不让敏感的她顿觉"生命是一袭华美的袍,爬满了蚤子"。

多年后,胡兰成把这段"乱世情缘"写进回忆录《今生今世》;台湾名作家三毛以他们为原型写就《滚滚红尘》;只是,这一切都再惊不了那个民国时代的"临水照花人"了。她早已离开上海这个伤心地,在异国和大她30岁的赖雅续写着她的"美国情缘",成就一个在现世安稳、岁月静好之时"执子之手"的神话。

不过,她亦是一个纯粹的人,爱得纯粹的人。

当爱来临时,她说她感觉自己从尘埃里开出花朵来;当爱不在时,她对他说,"我觉得我枯萎了……"

她的一生,如同她擅长的小说的底色:悲凉、苍凉、残酷。

1995年的中秋节,她一个人在纽约的公寓孤独地离去,恰逢中国的团圆节日——中秋节。传奇在寂寞中拉下了帷幕,只留给世人一个苍凉的背影。

壹　临水照花

1944年9月,由《小说》杂志发表的《传奇》出版仅4天就告急即行再版,有着夜蓝色封面的《传奇》使得上海一时"洛阳纸贵"。

于是乎,沦陷区的孤岛恢复了颜色,只是这颜色是夜蓝色——张爱玲《传奇》封面的颜色。

张爱玲以她无可比肩的才情与气度征服着在战争浮世中无以聊生的人们,尤其是被隔绝在"孤岛"上的人们。她的"衣"不惊人死不休的时装照被用作上海滩最洋派、最知名刊物的封面,大街小巷的书店、书摊上炫目地闪耀着她的名字,从华丽的客厅、粗陋的弄堂到平常人家纳凉的天台,许许多多相识和不相识的人都在谈论着她。关于她的,传奇的显赫家世,传奇的成长经历,传奇的文学颜色……

于是乎,人们记住了,那个眼神忧郁微傲的,穿着摇曳的艳丽衣衫的女子。她的奇装异服,她的沉默不善言谈,她的艳丽决绝,连带着她作品中的苍凉气质,都让寂寞得可怕的文坛为之震动惊艳。她若一朵大大的罂粟,以她特有的孤傲、清丽、敏感、卓尔不群,伫立在水一方,让人只可瞻望,不可自渎。

多年后,那个曾负她的男子在《今生今世》中写道:"她是民国世界的临水照花人。"这,是对她最恰当的评价。他是懂她的,曾经。想那时,他也爱吧,只是太博爱了而已,到最后,只让这个凌艳如花的女子枯萎罢了。可是,我想,在梳理回忆,写下这段话的时候,胡兰成的心里该也会有凄凉吧。无论怎样,那些如水的流年,虽远去,却也曾无限甜蜜过。

如今,在上海的十里洋场之上,也有许多怀揣着自恋,摇曳着旗袍的女子,只是,没有一个是真正的"临水照花人"。

这世间,要等500年才可出一个这样的奇女子吧!传奇艳绝,孤傲自恋,在水的一方,照着自己的影、自己的魂。

贰　苍凉的童年

庭院深深深几许,杨柳堆烟,帘幕无重数。

——欧阳修

苍凉的童年,成就了张爱玲以后创作的文字底色,也使她的文字,她的小说,总透露着寂寂的冷、木木的凉。

1921年9月,天气微凉,在一个月圆的日子里,张爱玲出生在上海公共租界的张家公馆。她的家世非常显赫,祖父张佩伦是清末"清流派"的重要人物,祖母是李鸿章的女儿。

只是,这曾经显赫、繁华的门庭,留在她记忆深处的全都是荒凉的影子。以至于,她后来写过这样的句子:"有太阳的地方使人瞌睡,阴暗的地方有古墓的阴凉。"

人家说"富不过三代",待到张爱玲父亲这代时,他们这个显赫的大家庭已经走向没落、衰败。父亲是个典型的遗少式人物,终日沉迷鸦片,颓废而落魄。除此外,他还有贵族少爷的劣根性,性格暴戾乖张。在张爱玲的印象里,父亲的房间里永远是下午,在那里坐久了便觉得会沉下去。他的世界——腐朽、黑暗、冷漠而寂寥,"整个儿都是懒洋洋、灰扑扑,缭绕在鸦片的云雾里"。

她的母亲则是和父亲截然不同的,出身于官宦名门的她是清末南京黄军门的女儿,一个受过西方文化熏陶,且清丽孤傲的新派女性。所以,母亲的世界里有钢琴、油画、光明,是温暖而富足的,母亲成了身处幽暗地的她拼命要抓住的一缕阳光。在母亲那里她得到了文明的教养和气质的熏陶。

这样不同世界的两个人,这样不同的两种气质,结合在一起的结局就是无休止的争吵。所以,童年的张爱玲记忆最深刻的是父母间的战争。这让小小的瘦削的她,常常躲在屋子的一个角落瑟瑟发抖,觉得世间的苍凉怎么这么多!

不久,不同世界的两个人离了婚。母亲踏着她的三寸金莲来往于不同的国度。

幼小的张爱玲只好孤寂地在父亲"下午"的世界里,细细密密地搜寻着母亲曾留下的丝丝缕缕的空气。她童年的故事就这样匆匆结束了,没有父母的关爱,只是一片灰蒙蒙的颜色。

但文学给了她巨大的安慰,她在很小的时候就开始读《红楼梦》等文学名著,便也就是这个文字的世界给了幼小的她很多想象的快乐。她迷醉其间,天性里那些对文字的敏感也渐渐地被激发出来,4岁时,她开始接受私塾教育,在读诗背经的同时,就开始了小说创作;9岁时,她开始投稿,并把得到的第一笔稿费(5块钱),用来买了一支口红,试图来为自己的童年增加一点色彩。

她诞生时,虽说家境已经没落,但是,百足之虫,死而不僵,仍还可维持着世家的风范。在这个将外界风雨隔开的荒凉世界里,张爱玲养成了一种纤细、精致的审美,加上她本就是没落世家的一分子,她熟悉自己笔下那些公子王孙、遗老遗少、太太、姨奶奶、丫鬟、小姐们的生活方式,深谙他们阴暗、畸形的心理。因而,她在自己的小说中总是不自觉地将自己内心深处苍凉孤寂的宿命感投射到她笔下的人物里。所以,她的作品中总是渗透着"庭院深深""春日迟迟"的味道。

就是这样的成长环境、这样一个风雨飘摇的城市造就了一个传奇艳绝、才华横溢且苍凉孤傲的张爱玲。她站在人生的舞台中,远远地俯视着芸芸众生,然后再用她固有的苍凉的略显残忍的笔触抒写着世俗的人生。

叁　孤寂的文学天才

1937年,对于整个中国都是一场大悲剧,对于上海尤其如此。

"八一三"事变,抗日战争全面爆发,日军进攻闸北,国民党部队从上海连夜撤退,上海就此沦陷,刹那间成为一座"孤岛"。而此刻,在张公馆这座没落的泛着腐朽味道的房子里,住着一个监狱长,他就是张爱玲的父亲张延重。

苏州河两畔,枪炮声彻夜不断,住在老房子里的人们每天就好像睡在战壕里一样。然而,这些对于张爱玲来说不是最悲惨、最切肤相关的。她有她自己的悲剧。

父母离婚后不久,继母就进门。那个和陆小曼一起吸食鸦片的昔日"芙蓉仙子",很快使她的小姐身份暧昧不明。她用她恶毒的后母心对待着张爱玲,让张爱玲的生活陷入一片灰暗的空间里。张爱玲觉得都快要窒息掉了，快乐对她而言是那么的难得，孤寂像鬼魅一样如影相随。

多年后，她还记得那时穿着继母旧棉袍的感觉，是"穿不完得穿着，就像浑身都长了冻疮，冬天都过去了，还留着冻疮的疤"。然而，继母的恶毒折磨远不止于此。一次，她为了一点小事诬陷张爱玲，使张遭到父亲的毒打，并被囚禁在一间空的老房子里，满屋子红男绿女，没有一个出来劝阻，他们眼睁睁地看着她被囚禁。这一刻，我想张爱玲是把什么人情淡薄、世态炎凉感受了个够、体味了个够。长达半年之久的囚禁中，她看到的只是"板楼上的蓝色的月光，那静静的杀机"。死，第一次离她这么近，仿佛小兽随时要把她吞噬。

她决定出逃，想出许多方案，比如像三剑客、基督山伯爵，或是简单一点，像《九尾龟》里一样垂了绳子从窗户溜出去，当然最好的办法，是有个王子可以骑着白马，在她的阁楼下接应。可她终究不是公主，虽遇到了童话里的恶后母，却遇不到那拔剑来救的王子。没有人救她，只除了她自己。

于是，她在"隆冬的晚上，伏在窗子上用望远镜看清楚了黑路上没有人，挨着墙一步步摸到铁门边，拔出门闩，开了门，把望远镜放在牛奶箱上，闪身出去。——当真立在人行道上了！没有风，只是阴历年左近的寂寂的冷，街灯下只看见一片寒灰，但是多么可亲的世界啊！我在街沿急急走着，每一脚踏在地上都是一个响亮的吻。而且我在距家不远的地方和一个黄包车夫讲起价钱来了——我真的高兴我还没忘了怎么还价。真是发了疯呀！自己随时可能重新被抓进去。事过境迁，方才觉得那惊险中的滑稽。"（张爱玲，《私语》）。

那一年，她18岁。

偷逃出来的张爱玲来到了母亲的家。但是，母亲的接纳并没有给张爱玲带来心底一直渴望的温暖。母亲深受西方文化的熏陶，所以，她一心想将孤僻、不善言谈的张爱玲培养成一个淑女。这对于在狭隘的空间里寂寞惯了的张爱玲来说，犹如在窘境中学做人，困难重重。因此，母女二人之间的隔阂渐见端倪。张爱玲在初得丝丝温暖后，又陷入了另一种孤寂。

中学毕业时，母亲让她选择"嫁人"还是"读书"时，张爱玲选择了后者。我们无法揣测母亲不幸的婚姻究竟给了她多大的影响，但她对婚姻的恐惧我们是可清晰感觉到的——在毕业调查表的"最恨"一栏，她赫然填着："一个天才的女子忽然出嫁了！"

然而，读书却并非一帆风顺，她考上了伦敦大学，却只能懊恼地去了香港，因为抗战的爆发让她不能远行，而当她正憧憬着更美好的未来时，她的港大生活也被轰隆隆的炮火击得灰飞烟灭。

1942年下半年，张爱玲无奈地结束了港大的生活，回到了"孤岛"上海。在静安寺附近的常德公寓里，她和姑姑住在一起。这段生活对于张爱玲来说，可能是她一生中少有的一段平静的时光。在这里，她写出了她的成名作《第一炉香》和《第二炉香》。她天荒地老地写，写尽了尘世那么多繁华幕后的苍凉人生，并让灰蒙蒙的苍凉慢慢地沉下去、沉下去，成了朵云轩信笺上的一滴泪珠，凄美地开在战时荒芜的"孤岛"之中，若罂粟般蛊惑着寂寞的文坛。

只是，她不知在她事业如日中天的时节，她不小心落入了它的圈套，她成了自己小说里的那个人，而且还是那个最荒凉的人。

肆　倾城之恋

一个城市的沦陷，成就了白流苏的一段爱情，对于张爱玲而言亦如是。

"香港的陷落成全了她。但是在这不可理喻的世界里，谁知道什么是因，什么是果？谁知道呢；也许就因为要成全她，一个都市倾覆了。成千上万的人死去，成千上万的人痛苦着，跟着是惊天动地的大改革……流苏并不觉得她在历史上的地位有什么微妙之点。"

她在《倾城之恋》中冷漠地写下了这样的字句。本以为是说给别人的句子，没想到却是应验了自己。

沦陷的上海，有的革命，有的醉生梦死，在这个充满了世纪末荒凉和疯狂的"孤岛"上，人们过着仿佛没有明天的生活。在暗绿的光线里，一段孽缘悄悄上演。张爱玲，在不知不觉的情况下，登上了她在文字的华丽中虚拟了千百回的爱之舞台。她遇上了一个人——胡兰成。

胡兰成，浙江嵊县人，出身寒门，却是个才子，有满腹经世之才与入仕之志。1944年年初，获释不久在家闲居的胡兰成，看到了《天地》杂志第二期上张爱玲的小说《封锁》。张爱玲在这篇八九千字的小说中对人性的理解，流畅的文笔，给文学修养颇高的胡兰成留下很深的印象。遣词的准确，构思的巧妙，宛若一个相识已久的朋友，胡兰成看着无一处不顺眼，满心都是喜欢。

于是，他在一个春日习习的午后，通过苏青找到了张爱玲在常德公寓的家。（苏青原名冯和仪，笔名苏青，是《天地》主编，曾任汪伪政权要员陈公博的秘书。上海是汪精卫"和平运动"的基地，胡兰成任《中华日报》主笔时和她相识。）

起初，性情孤僻的张爱玲让他吃了个闭门羹，但不知怎的，第二天，她却给他打电话说要去看他。

后来，胡兰成在回忆录《今生今世》里如是说："我时常以为很懂得了什么叫惊艳，遇到真事，却艳也不是那艳法，惊也不是那惊法。"就这样，一个鲜活、沉静、疏远、奇装炫人、不漂亮的张爱玲入了这个风流倜傥的花花公子的眼。

他认为，男欢女悦，一种似舞，一种似斗。见到张爱玲后，他明白他找到了一个理想的对手。送走张爱玲后，他便迫不及待地写了封信给她，信中说她"谦逊"。张爱玲很喜欢这个评价，回信说："因为懂得，所以慈悲。"

她亦说:"于千万人之中遇见你所遇见的人,于千万年之中,时间的无涯的荒野里,没有早一步,也没有晚一步,刚巧赶上了,那也没有别的话可说,唯有轻轻地问一声:'噢,你也在这里吗?'"

就这样,她在姻缘的宿命中信了爱情是一种缘分的魔咒,以飞蛾扑火的姿势投入到他的怀抱。她亦知他的过去,他也未曾对她刻意隐瞒过:他结过两次婚,目前还和舞女同居。

只是,他的多情,他的狂妄,他的放荡不羁,让她看到父亲的影子。那个尘封在记忆深处的人让她虽有刻骨铭心的痛,但是,却不能够抹杀掉她曾那么渴望过他的温情的事实。童年时,太稀缺的父爱,让她面对大她15岁的胡兰成时,有太多迷恋,比鸦片还让人不可抗拒。

张爱玲开始有了烦恼,且这烦恼是凉薄的。女子一旦爱了人,是会有这种委屈的,于是乎,"见了他,她变得很低很低,低到尘埃里,但她心里是欢喜的,从尘埃里开出花来"。

于是,得如此殊荣的胡兰成不再是那百花丛中的浪子,"晨出夜归只看张爱玲,两人伴在房里,男的废了耕,女的废了织,连同道出去游玩都不想"。

他们一个"一夜就郎宿",一个"通宵语不息",爱,亦是可以贴景入心的。

1944年,胡兰成的妻子得知丈夫的婚外情之后主动提出离婚,为张爱玲腾出了位置。于是,他们办了那场"语不惊人死不休"的婚礼,写下了那让人惊心的句子:胡兰成、张爱玲签订终身,结为夫妇;愿使岁月静好,现世安稳。

前两句是爱玲写的,后两句是胡兰成所撰,证婚人是爱玲的好友炎樱。这年,胡兰成38岁,爱玲23岁。

然,世景荒芜,现世已再无安稳可言。

伍 诸多云愁雨恨

生在这世上,没有一样感情不是千疮百孔的。这个传奇艳绝的女子曾如是说。

1945年,日本战败,被当作文化汉奸的胡兰成遭到了国民政府通缉,被迫亡命天涯,张爱玲强忍着内心的恐慌,依然紧紧地追随着自己的爱人。

寒冷的1946年2月,张爱玲在早春的严寒中登上了去往温州的渡轮,去看望她的夫君。一路心事重重的她,对胡兰成却只说了一句:"我从诸暨丽水来,路上想着这是你走过的,及在船上望得见温州城了,想着你就在那里,这温州城就像含有宝珠在放光。"君本多变,侬仍痴情,女人对感情向来比男人持久认真。

张爱玲在一家小旅馆住下。胡兰成白天去陪她,晚上却去陪那范秀美。这次的相见,亲近中已有了生分。有时四目相视,半晌没有一句话,忽听得牛叫,两人面面相觑,诧异发呆。一日爱玲告诉胡兰成:"今晨你尚未来,我一人在房里,来了只乌鸦停在窗口,我心里念诵,你只管停着,我是不迷信的,但后来见它飞走了,我又很开心。"

因爱可以爱屋及乌,因爱亦可以感时恨别,见鸟心惊,但爱玲心中的黑乌鸦是永远赶不走了。她此番来,一为看夫君,二为与他摊牌。她要胡兰成在她和另一个女人之间选择,这另一个女人不是范秀美,而是武汉的小周。

没想到的是小周没走,却又来了一个范秀美。到底是怎样的一个俗世的红尘呀!即使写尽了爱情的高高低低的张爱玲又如何,亦被捉弄其间。这不得不让人心生冰凉。

在温州的这两个女人和一个男人,无论怎么短暂的三角关系,亦是一个尴尬的故事。

胡兰成曾回忆过这么一件事："爱玲并不怀疑秀美与我，因为都是好人的世界，自然会有一种糊涂（这是多么聪明的辩解——笔者注）。唯一日清晨在旅馆里，我倚在床上与爱玲说话很久，隐隐腹痛，却自忍着。及后秀美也来了，我一见就向她诉说身上不舒服。秀美坐在房门边一把椅子上，单问痛得如何，说等一会儿泡杯午时茶吃就会好的。爱玲当下很惆怅，分明秀美是我的亲人。"

是呵，此刻她却像是"第三者"或是客人了。

一日，爱玲夸秀美长得漂亮，并要给她画像。秀美端坐着，爱玲疾笔如飞，胡兰成在一边看，看她勾了脸庞，画出眉眼鼻子，正待画嘴角，却突然停笔不画了，说什么也不画了，她也不解释，一脸凄然之情。

秀美走后，胡兰成一再追问原委，她半晌才说："我画着画着，只觉得她的眉神情，她的嘴，越来越像你，心里好不震动，一阵难受就再也画不下去了。"言下不胜委屈。

一个女人心里只装着一个男人，而这个男人心中却有着几个女人，她如何不感伤？

胡兰成自有辩护。他问爱玲，早先在上海时，也曾两次谈到他和小周的事，爱玲虽不悦，却也无话，为何现在当了真？他说，他和爱玲的爱是在仙境中的爱，与小周、秀美的爱是尘境中的爱，本不是一档，没有可比性。他还说他待爱玲如待自己，宁可委屈爱玲，也不委屈小周，如像克己待客一样。视妻为己，视情人为客，两相冲突时"克己待客"，这本是某些喜欢拈花惹草而道德感未彻底丧失的男子的通性，因此，胡兰成的这一条解释或有部分真实。但整个的辩解只能视为狡辩，只能看作男人移情别恋、推诿责任的不实之词。

她第一次做了这样的质问："你与我结婚时，婚帖上写现世安稳，你不给我安稳？"

胡兰成答道："世景荒芜，已没有安稳，何况与小周有无再见之日也无可知。"爱玲道："不！我相信你有这样的本领。"她叹了一口气，自伤自怜地说："到底是不肯。我想过，我倘使不得不离开你，亦不致寻短见，亦不能够再爱别人，我将只是萎谢了！"

第二天，她走了。胡兰成送她，天下着雨。雨水混同泪水，将之昔日的热焰浇泼殆尽，把欲仙欲死的爱境冲刷得人去楼空。

不几日爱玲有钱寄来，亦有信来："那天船将开时，你回岸上去了，我一人在雨中撑伞在船舷边，对着滔滔黄浪，伫立涕泣久之。"都说女人情多泪亦多，但张爱玲是很少流泪的。与父亲反目时，她大哭过，在香港求学时有次放假炎樱没等她先回了上海，她伤心痛哭又追她而去，再就是这一次。

一代才女的爱之繁花就这样被打落得残红遍地……

他俩仍偶有通信往返，但日渐稀疏。到了1947年春天，爱玲的信亦有了"我觉得要渐渐地不认识你了"之类的词句，但她仍常给他寄钱，用自己的稿费接济他。

1947年11月，胡兰成悄悄来到上海，他在张爱玲处住了一夜。当夜，两人分室而居。第二天清晨，胡兰成去张爱玲的床前，俯身吻她，她伸出双手紧抱着他，泪涕涟涟，哽咽中一句"兰成"就再也说不出话来。

这是两人最后一次见面。

几个月后，胡兰成收到张爱玲的诀别信，时间是6月10日：

我已经不喜欢你了。你是早已经不喜欢我的了。这次的决心，是我经过一年半的长时间考虑的。彼唯时以小吉故（"小吉"，小劫，劫难之隐语），不欲增加你的困难。你不要来寻我，即或写信来，我亦是不看的了。

随信还附加了30万元钱。

收到诀别信后不久，胡兰成曾想通过爱玲的挚友炎樱从中缓和关系，以再修好。炎樱没有理他，张爱玲也没有理他。

这是张爱玲唯一的爱,她不会有第二次。

她曾爱得如此如火如荼、如生如死,末了,不过只落了个"诸多的愁云恨雨"罢了!

陆　美国情缘

1952年,张爱玲以完成抗战时中止的学业为由,申请去了香港。离开时,她是孤单单的一个人,没有送别亦没有告别。从此,她就像一只孤雁开始了自己颠沛流离的漂泊。

在香港生活了三年,也写了些作品,但再没有那时的轰动,至为失落的她觉得香港似乎已没有她的前途。于是,决定移民美国寻求发展。

1955年秋天的一个傍晚,35岁的她孤寂地去了这个遥远的国度。海轮渐驶出维多利亚港湾时,她脸上有冰凉的泪流下。

在最初的日子里,她的小说《秧歌》英文版在美国得以发行,虽得到一定好评,但并没有给她带来收益。她开始为生计发愁,无奈中她申请了麦克道威尔文艺营的救助。

如此,她和她生命中的"美国情缘"相逢。

在各式各样的艺术家当中,她认识了一个叫赖雅的老头。

他们第一次相遇是在3月31日,在赖雅的眼里,爱玲庄重大方,具有东方女子的美。

4月1日,他们并肩坐在大厅中共享复活节正餐。后他们开始互相到对方的工作室做客。

到了5月初,他们彼此已觉得很投趣。

紧接着,他们单独来往了。他们谈论中国的政治、书法,谈论文艺创作,彼此好感日益增多。两个月后,这一对不同国籍的老少作家恋爱了。

彼时，赖雅65岁，爱玲36岁。

甫德南·赖雅，1891年出生在美国费城一对德国家庭，17岁进宾州大学攻读文学专业，20岁以前已有大量诗作发表。他曾在哈佛大学读硕士学位，在麻省理工学院当英文教员，任《波士顿邮报》的战地记者，赴欧洲报道第一次世界大战，后成为自由撰稿人。赖雅于1917年结婚，有一女，1926年离婚。20世纪30年代中期以后，赖雅成为一个忠实的马克思主义者，然而终其一生未能加入。

他曾是被预言会获得诺贝尔文学奖的才子，还曾是被好莱坞圈子内导演和制片人非常欣赏的剧作家，他写的许多剧本都很受欢迎，但是追求享乐的性格淹没了他的创作才华。

在相当一段时间里，他写的大多数作品没有出版。或许是为生活所迫，他申请进了麦克道威尔文艺营。

张爱玲与赖雅的关系发展出乎预料的快。赖雅在麦克道威尔文艺营的期限到了，他又获准去了纽约州北部的耶多文艺营。

面对别离，张爱玲坚持要送他。自从和胡兰成分手后，她自认已心如死灰。没想到，在异国他乡，她的爱情之火，会被另一个男人点燃。可是，新的生活才刚刚开始，他们却不得不面对别离。"此去经年，应是良辰好景虚设，便纵有千种风情，更与何人说？"

在异国的车站上，他们上演了一幕送别。尽管张爱玲手头拮据，临别时她还是送给赖雅一些钱，使赖雅深受感动。赖雅在耶多经常给张爱玲写信，他们盼望着重聚。就在这时，张爱玲得知自己怀孕了，她给他写信，很快她收到了赖雅的求婚信。

但，在他们共进晚餐时，赖雅坚持不要这个孩子。不知道出于什么原因，张爱玲同意了赖雅的意见。

不过，从此以后，漂泊已久的张爱玲在异国的寂冷中找到了一个温暖的、可栖息的港湾了。

柒　执子之手

1956年8月14日，张爱玲和赖雅在纽约举行了婚礼。

这一次，张爱玲拥有了一次完整的婚礼。婚后，他们还一起畅游了纽约。在这蜜月旅行中，张爱玲终于有了一种归家的感觉。小时缺失的父爱，对于这个在外漂泊多年的她而言，渴望太久了。

在和赖雅11年的婚姻生活里，张爱玲从赖雅那里得到了她不敢奢望的爱。这个陌生的异国他乡，成了她所需要的宁静避风港，是一个她累了可以栖息的岸。因此，她珍视这份可遇而不可求的姻缘。

可是，就是这样幸福知足的张爱玲让人生生的疼。失去后，红尘百态，那都是很好很好的。她已不是我们熟悉的那个凌厉的女子，少了她特有的棱角。她回复到世间女子最纯真的一面。

她说："'死生契阔，与子成说；执子之手，与子偕老'是一首悲哀的诗，然而它的人生态度又是何等肯定。我不喜欢壮烈。我是喜欢悲壮，更喜欢苍凉。壮烈只是力，没有美，似乎缺少人性。悲哀则如大红大绿的配色，是一种强烈的对照。"

大红雅，大绿俗。

到底是一个奇特的女子，大红如胡兰成，大绿如赖雅。只是，那个大红早已逝去，不曾再记起。如今，她的眼里只有这个眼神充满爱怜的异国男子。他用他温情的类似于父亲的眼眸把曾冰冷的她融化。所以，她极尽自己的全力去减轻这个身体多次中风男子的病痛。

她为他祈求上苍的恩典，为他远赴重洋到离开过的香港，只为，能让他多一天活在世上。

然而，人世间最诚挚的爱也改变不了生死轮回的自然规律，赖雅最终还是永远地离开了张爱玲。那是1967年10月8日，秋天的叶飘洒得让人眼晕目眩的。

顷刻间,她变成个无牵无挂的人了,偌大的异乡,从此,只剩下她一人。

此后,漫漫30年的人生长河里,她离群索居,只一人,过着与世隔绝的生活。

至死,她都是以赖雅夫人的身份自居。

那个曾让她的感情世界封闭了十几年的花花公子,亦曾借着《今生今世》的源头,向她暗示过什么,然,她心海已再无爱情。所以,只是木然,用寂寥的几个不相关的字打发了那个恶俗的人。

捌　苍凉的背影

张爱玲在"胡琴咿咿呀呀"声中,"在万盏灯的夜晚"幽幽地讲述着"Long Long ago"的"苍凉的故事"。当我们"隔着30年前的辛苦路往回看","30年前的月亮早已沉下去,30年前的人也死了",那么,"30年前的故事"也该结束了吧!

1995年9月8日,张爱玲一个人在纽约的公寓孤独地离去,恰逢中国的团圆节日——中秋节。

她擅写月亮,却不写团圆。

她成名于《传奇》,她本身亦是传奇。因月不圆,便只冷冷地剩下残缺的悲凉,只冷冷地留下一个苍凉的背影。

至此,传奇艳绝的女子的故事结束。

◎ 第七章 ◎

林桂生——醒时空对烛花红

羞日遮罗袖,愁春懒起妆。易求无价宝,难得有情郎。
枕上潜垂泪,花间暗断肠。自能窥宋玉,何必恨王昌。

鱼玄机

她是旧时上海滩上的女枭雄,她的背后深藏着一个让人闻风丧胆的"流氓大亨"——黄金荣。

这个出自"烟花间"的精干女子,从骨子里透出一种强悍而又柔弱相并的美丽,所以,她成了黄金荣的得力助手和高参。在旧日上海滩上她和她的"大亨"呼风唤雨,叱咤江湖,从而把那段历史搅得腥风血雨,因而她也被那个历史记上了浓重黑色阴郁的一笔。

起

她是有今生没前世的女子。

她的前世是一个被模糊掉的影子，人们只知道这个日后叱咤上海滩的女枭雄，来自那烟花漫漫的风尘之地，其余别无所知。

起初在一枝春街经营"烟花间"的她，便以一身上海女子的精明、孤傲惊绝于这一行业。这便暗示着，这个来自风尘的女子的非凡和传奇。

果不其然，在不久的将来她便成了那个上海滩上最大的"流氓大亨"的女人。在相伴的几十年岁月里，她和她霸道的良人，把上海的十里洋场搅得腥风血雨，她亦成了历史上唯一可在上海叱咤风云的红颜。

然而，她的人生并没因此而幸福美满，她的感情世界亦沧海桑田，伤痕累累。

她和那"唯爱女人和金钱"的"流氓大亨"的婚姻，本就建立在"情和欲"的混流之中。

她一再忍受着他带给她的情伤。先是他和儿媳李志清剪不断、理还乱的不伦情事伤了她的心；后是为了年轻的京剧名伶露兰春，不过，这一次伤之更深，不仅为了其忘却自己曾为之立过汗马功劳，更甚的是还把她驱逐出家门。这情伤，便让她没了喘息，孤绝离开了那为之奋斗的"深似海"的白相人的府第。

任她再怎样桀骜不驯，终还是没能逃过那"弃妇"的宿命。

只是，那聪明一时、糊涂一世的"大亨"，忘记了没有精明、足智多谋的佳人在侧，他的江山终若那被挖空的山峦，随时会轰然倒塌。

想那年轻貌美的伶人，怎会甘心陪伴在年老色衰的他的身边？有貌若潘安的美男子在眼前，她必是会遂了自心跟随其私奔走天涯的。于是，在"大亨"不在的日子，她和密谋已久的新良人双双逃离十里洋场。"大亨"回来时，所见的不仅是人去楼空的凄恻，更甚的是人财两空的侮辱。

如此,"大亨"便就忆起原配的好来,为重修旧好,在自家院里花园中种下600棵桂花树,只可惜,深宅似海,那桂花的香终飘不过那森森的石砌的院墙。

彼时,她已修得那百年身,任谁不能左右的样子。

于是,一切只好作罢,他与她都作罢,让各自的生活从此彼此孤立,互不相欠,互不纠缠。

壹　她来自风尘

1900年的上海,俨然被分割成三个独立的小城市,华界、英租界、法租界三界鼎立。此时,大量的淘金者从四面八方涌来,使得原本荒芜的海滩,一夜间成了淘金者的"东方乐园"。

十里洋场之中,风云变幻不定,机会和风险并存,却成为冒险家施展才能、实现飞黄腾达的理想之地。便也诞生了别城没有的"流氓大亨"这特有的产物。

所谓的"流氓大亨"便是那些善于投机的流氓头子,他们利用帮会势力网罗门徒,成为上海滩秘密势力的霸主,在当时的社会生活中横行霸道,无恶不作。日后成为黑帮老大的黄金荣,就是从这些"流氓大亨"中走出来的。

那一年的上海,除了衍生了这些特有产物外,还很好地带动了隐生于它身体里的艳俗事业,使得十里洋场的妓院如同雨后春笋般冒了出来。

那一年,在挤杂的南市区的一枝春街有一"烟花间"尤为火爆,虽为较低级的妓院,却是行业翘楚,声色纵情,且日日财源滚滚。

以一低级的小"烟花间"而声名鹊起,可见这家妓院的老板娘不一般。却说,这老板娘日日妆容明艳、衣鲜光亮得耀花了人眼,一双媚眼直看得那来往中的男人麻酥酥的，其妖娆狐媚自不是其他"烟花间"的半老徐娘可堪比的。

她就是林桂生。那一年，她刚满20岁，可是神态做事却老到得让人不敢直视，一身的娇媚傲骨任谁也夺不去的样子。

她是有今生、没前世的女子。在这条街上，谁也不知道这个一身傲骨的女子是来自何方的"神圣"，只知道她是个混迹在烟花之地的精明女子，那满身的傲骨真实地提醒着她的非凡和传奇。

于是，那段历史便狠狠地为这个来自风尘的女子，记载下最浓重阴郁的一笔。

贰　欲也，情也

20世纪初的上海滩可谓鱼龙混杂、纸醉金迷，这里既有青帮像魔鬼般出没，又有歌伎像天仙般游荡。灯红酒绿之中，酝酿柔情也暗藏杀机，正像张爱玲所说的那样，这是个乱世。

在乱世中的人们心都是彷徨、畏缩、不知所措的，所以，上海女子苏青曾如是写道："在这乱世中，女子究竟该如何是好呢？目前只有一条路，即卖淫是也。……一切权力都集中在少数男人之手，女人没有别的特殊东西可以与之争衡，只剩下一个女人的肉体，待不卖淫，又将何为？"

这也便冷生生地道出了乱世中女子的悲苦和悲哀了，那些小有成就的冒险家们，在用自己的魔法完成了一次次恐怖的刺激后，便会去寻一处歌楼妓院肆意地挥霍他那成就之后的欲望。如是，我们便也知道为何那妓院遍地繁荣和存在了。

那一年，"混世魔王"黄金荣凭借着自己出色的"包打听"本领，受到了法租界警务界高层的重视，快速由华捕提升为便衣探目。

被提拔后的他，工作更为轻松。他成天就混在茶馆、妓院之中，喝茶、泡妞，并从中收集一些情报，联络一下眼线。

那一天，黄金荣破获了一起关系法租界利益的案子，所以，心情大好，于是，便大剌剌地来到一枝春街的妓院。正寻思着该进哪间妓院时，突然就和迈着袅娜碎步的林桂生撞了个满怀。他定睛看时，突然觉得心跳加速，仿若有前世今生的牵系在心头一样。于是，在林桂生妩媚一笑之下，他便不由自主地跟着她来到她的"烟花间"。就这样，情色场上的林桂生和黑道帮派上的黄金荣有了他们命中的相遇。

据说，年少的黄金荣在城隍庙的裱画店时，不知道是裱画时看的仕女图多了，还是什么原因，曾做过一个少年怀春的梦。梦中的女子，娇媚动人，轻柔可人，撩拨得年少的黄金荣自是心旷神怡。于是，黄金荣便发誓若遇不到那梦中的女子，他便不结婚。

如今，看着眼前莞尔一笑百媚生的林桂生，他心底深处便有了那次梦中的悸动。

她身上那股子顾盼生辉、撩人心怀的魅惑劲儿原是那小葱拌豆腐，青是青、白是白地写满了一张桃花人面。那媚更是从她女人身体里弥散开来的，仿若一缕毒香的轻烟，能直接刺激这男人的意识，使其陷入一种奋不顾身、视死如归的激昂状态。

于是，在最初见到林桂生时，他心底也就有了那"情"和"欲"的冲动。

想那林桂生是何许人也，身在烟花之地，必是阅男无数。她那一身透进骨子里的凌厉和精明，在看黄金荣第一眼时，便知他"后生可畏"，必可成就一番大事业。

于是，两个各怀心思的人在彼此的眉来眼去中厮混缠绵在了一起。

当两个人爱到深浓时，便决定结婚。林桂生卖掉了"烟花间"，和30多岁的黄金荣结了婚。同时，也开始了自己叱咤风云的岁月。

叁　红颜亦可叱咤上海滩

婚后，他们一起搬到有名的十六铺。

十六铺，东临黄浦江，西濒丹凤路，南达太平弄，北至龙潭路，此处依水傍城，是缔造了无数故事和传说的繁华之地。这里不仅商铺鳞次栉比，还是沪上水陆交通枢纽。

这十六铺的街道，便是那盛产无数传奇故事的由头。

这繁华喧嚣的十六铺，亦成为她和她的良人黄金荣的风水宝地。

当时，十六铺已是华洋杂处的租界地，成了"三不管地带"。于是，大小的赌场、烟馆、妓院也像苍蝇、老鼠一样在这里滋生蔓延，这里也成了官、商、地痞、流氓以及一切社会渣滓聚集的地方。

一向精明的林桂生经过长久的深思熟虑后，把自己筹划好的未来蓝图给黄金荣描绘了一番。本就雄心勃勃的黄金荣，自是笑开了花，一个劲儿地附和着。

就这样，在精明能干、敢作敢为的林桂生的策划下，一个黑社会的雏形便在十六铺显现，并以凶猛之势迅速蔓延开来。

他们以十六铺为培训基地，开始公开在全上海网罗门徒。不用说，其门徒全都是那些出身低下家道贫寒，但又不学无术的流氓。很快他们的门徒就达到了上千人，他们也一跃成为当时上海滩最大的黑社会帮派。这帮派，就是后来令全上海滩的人们"闻之丧胆"的青帮。

这所谓的"拳头上立得起人，胳臂上跑得起马"的人物，便若那"垂帘听政"的老佛爷，率领着她的万千徒儿们，左右逢源地周旋于官僚政客及帝国首脑之中，成了那叱咤风云的上海滩有名的"白相人嫂嫂"。

他们一路贩毒聚赌，走私军火，行劫窝赃，贩卖人口，绑票勒索，可谓无所不为，穿梭于上海滩的三百六十行里。瞬时间，十里洋场内外便被他们搅得腥风血雨，得不到一丝安宁。

很快，发迹的他们便在上海麦高包禄路钧培里（今龙门路），建造了森严冰冷的豪府黄公馆，并在这里延续着他们黑帮的传奇。

肆　他的本能伤了她的心

却说那年，还在经营"烟花间"的林桂生，从苏州选了一个小侍女叫李志清。

由于这个李志清长相秀丽乖巧，为人又机警聪敏得很，所以，林桂生不忍让她当妓女，就把她留在自己身边当了贴身女儿。在嫁给黄金荣时，她也是义无反顾地把她留在了身边，并把她带到黄家和她一起生活。

由此，可见这李志清在她心目中的位置。可是，万没想到带给她最大伤害的人，也就是她。

整个上海滩的人都知道，作为上海滩黑社会老大的黄金荣一辈子就爱女人和金钱。当金钱积累成山时，他便整日琢磨着如何和女人作乐消遣，这种用钱喝花酒的行为于他而言，也只是出于本能而已。对于这些，容颜渐老的林桂生便也是睁一只眼闭一只眼让它过去。

可是，随着李志清渐渐由小姑娘变成一个妖媚的大姑娘，一切都变得复杂起来。

由于和黄金荣结婚好久都没生养子女，林桂生就领养了一个儿子和一个女儿。顺理成章地，她将自己钟爱的李志清许配给儿子做了童养媳。可惜，儿子在17岁时不幸去世。这样一来，年纪轻轻的李志清便成了黄家守寡的"大少奶奶"。

想那李志清，20岁出头的俏丽少妇，如此年轻便做了那悲情的寡妇，心中自是有几许不甘。所以，她需要一个出口，为自己的后半生做一个计划和打算。

毕竟是混迹风尘中的女子，心底的算盘打得亦精准。于是，她便把后半生的宿命都压在了老头子黄金荣的身上。

面对妩媚妖娆至极的李志清的挑逗，本就好色的黄金荣自是把持不住的，那男性的本能便在她一来二去的挑逗中爆发。

在一个夜凉如水的深夜，金碧辉煌的黄公馆里上演了一幕公公和儿媳的香艳情色。

之后，所有的事情便都如李志清所料。她这位大少奶奶得到了黄金荣的特别宠爱，黄金荣亦让她主持着黄家的一切内务。从而也渐渐削弱了林桂生在黄家的地位。

当李志清和黄金荣的肮脏苟且之事，传到林桂生的耳朵里时，这个久经风月场的女子，却什么也没去做。

许是，觉得自己作为女人，虽为他打下了半壁江山，却未能给他生一儿半女，自是觉得亏欠得很，所以，才如此睁一只眼闭一只眼地任由这事情发生吧。

不过，心仍是被伤了。一个是自己为之付出毕生的情和心的男子，一个是自己视若己出溺爱有加的女子，此二人可谓是她心底最爱的人，独独是这两人的背叛狠狠地伤害了她。想这世间事，便也是无情得很，总无端地作弄着世间微若沙粒的人。

据说，她自此不再过问他们之间的丑事，亦不怎么过问黄金荣事业上的事情，只一个人恢复平静，整日吃斋念佛地空守着偌大的正房，偶尔抽抽鸦片、看看戏。

这，许是这个叱咤风云的女枭雄最大的悲哀吧！

伍　终难逃"弃妇"之宿命

杜拉斯曾在《情人》中深情地写道："比起你年轻的美貌，我更爱你现在备受摧残的容颜。"可这世间有几个男子能够不爱美色而爱那备受折磨的沧桑面容呢？

那才华洋溢的沈从文，致他最心爱的女子张兆和就说："我行过许多地方的桥，看过许多次数的云，喝过许多种类的酒，却只爱过一个正当最好年龄的女人。"如是说来，世间男子也只独独喜欢那好年华的美色女子，没有谁可以伟大到爱一个沧桑满面的女子。

想那林桂生在那美好年华时嫁给了黄金荣，虽出自风尘，却是有胆识和气魄的女子，一心一意帮助他打下了那整个十里洋场的江山。然而，就是这样一个有貌、有才、处处都不输于黄金荣的女子，最后，却也难逃沦为弃妇的宿命。

这悲剧，是拜那年轻貌美正是好年华的上海滩名伶露兰春所赐。

那一年，54岁的黄金荣可谓春风得意、名利双收，当上了法租界巡捕房的督察长。如此，他怎甘心守着容颜已逝又不能生养的林桂生呢？于是，他把目光用在搜寻如花美眷上来，并最终把目光锁在年轻逼人、姿色过人，时为上海滩名伶的露兰春身上。

起初，黄金荣还道貌岸然地收小自己30岁的露兰春为养女，并专门建了那恢宏气势的"共舞台"来捧其成为京剧界的名角。后来，再也抵不过色艺双全的露兰春的美色之诱惑，决定把其据为己有。

但是，他深知林桂生平时虽不管自己在外面花天酒地，若是自己要纳妾的话肯定是不被允许的。于是，他便让林桂生非常信任的杜月笙去帮忙游说。

女子有才有貌，终是不甘寂寞人前、泪洒人后的，所以，林桂生便决绝地回答道，要娶露兰春可以，除非自己出门。只是，她没想到自己当初的良人竟是只看美色,不要为自己发迹立下汗马功劳的年老色衰的红颜。色迷心窍的黄金荣竟真的提出了离婚。他给了她一大笔生活费作为补偿后,就迫使她搬出了黄公馆。

由此,露兰春成了黄公馆内名正言顺的大太太,而曾为了黄金荣付出青春甚至生命的林桂生却成了可悲的"弃妇"。

如此想来,封建古时所提倡的"女子无才便是德"并非须眉男子们的一味妄言,女子无才自是甘于相夫教子、持家度日的,这一生倒也过得乐和安然。女子有才有貌,终是不甘平凡的,自会把自己的生活搞得有声有色、精彩连连的,可是,她们忘记了那最终裁判权却还牢牢地攥在一家之主的男子手中。

如是,倒还真不如无才来得好,只日日守着良人过一世的安稳。

陆　桂花香里的爱恨

鱼玄机一首"羞日遮罗袖,愁春懒起妆。易求无价宝,难得有情郎。枕上潜垂泪,花间暗断肠。自能窥宋玉,何必恨王昌",真可谓道尽了娼门女子的坎坷情路。

据说,被黄金荣赶出家门的林桂生还是在杜月笙的帮助下才寻得一处安身之所。这杜月笙也算是重情之人了,在林桂生被逐出黄公馆那天,亲自在西摩路处为她租了一幢房子,里面的家具摆设尽量保持黄公馆的样式,算是报答她的知遇之恩了。

毕竟是清冽精明的孤傲女子,离开黄金荣的她并不念叨自己曾帮了黄金荣多少忙,也从不以杜月笙的恩人自居。多年来吃斋念佛的她,早已把那句古语深深牢记于心:"若你欠了人,最好牢牢记住;若别人欠了你,最好忘记。"如此宽厚的处世态度,便也使得后来的她可以不负任何人地活在自己的傲气之中,而不是哀怨里。

三个月后,她已平复了所有的心酸委屈,把自己的日子回复到最初的样子。同时,她重新计划了一下自己的将来。她从苏州找来了曾被她抛弃的良人,并抬举他做了个小头目,过起了男耕女织的平常生活。

然,这边厢,黄公馆内在结束了起初的新婚甜蜜之后,便陷入了无边的空茫和混乱境地。

美色终究是一场阴谋,古往今来深陷其间的大有人在,却没有几人能将之进行到底。想那黄金荣在没了有精明城府的林桂生的出谋划策之后,无论生活和事业都让他弄得一团糟。他以为在荣华富贵都已齐全之时,便不再需要她出力帮衬了,今后他只需要一个年轻美貌的女人来供自己享乐,再为自己生儿育女就可美满了。殊不知,多年来,林桂生默默守在他身边,偶尔的点拨就可救他于无数劫难。

于是,在不久后,这个不可一世的"大亨"便连连"跌霸"于上海的十里洋场,最为致命的打击便是那浮光潋滟的美色之伤害了。

想那年华正好的露兰春,怎会就此甘愿与年老色衰的老头子相伴终老呢?却说在她重新回到"共舞台"演出时,便和一直都对她念念不忘的美少年薛恒有了暧昧之情。一来二去间两人更觉那禁欲之情的美好,于是,两个如胶似漆的偷情男女趁着黄金荣到山东公干,来了个冒险的私奔。更甚的是,露兰春还顺带手地把黄金荣的家产来了个大掏空,什么珠宝、黄金、美钞、首饰等凡是能拿得走的统统都没给他留下。同时,颇有心机的露兰春还拿走了他装有机密文件的公文包,用此来作为要挟的法宝。

遭此伤害和打击的"大亨",遂失去了昔日的光芒,于苦恼中幡然觉悟到自己已近暮年,该退出这个花红酒绿的大舞台了。他也没去追究露兰春和薛恒的私情,最后还是杜月笙等人寻到露兰春,恐吓薛恒,要回露兰春用以要挟他的秘密公文包。

这段所谓"老牛吃嫩草"的风流史,便也在这次风波之下溃散。回来的露兰春坚决要和他离婚，这段老少配的姻缘维持了三年后解体。

此时，心如死灰的黄金荣突然记起了那被他抛弃的林桂生的好来，他曾不无感慨地对杜月笙说："我这一生，就走错了这步棋。我黄金荣起家在女人身上，没想到败家也在女人身上。"

于是，他在孤寂的没有女主人的黄家大院的花园里，种下了600棵桂花树，以此来倾诉对林桂生的难言衷情。只是，这600棵桂花树对林桂生而言，是600棵带刺的玫瑰，一挨近便被刺得伤痕累累。

于是，一切只好作罢，他与她都作罢，让各自的生活从此彼此孤立，互不相欠，互不纠缠。

柒　再回首已是百年身

那年，当露兰春席卷了黄金荣的金银珠宝走出了那森严冰冷的黄公馆时，林桂生就已练就了"百年身"，她只躲在西摩路的老房子里，对着镜子，细看稀松的白发和渐生出的皱纹，一副波澜不惊的样子，任窗外风生水起，波涛汹涌。可惜了，那曾凶猛如虎的"大亨"，枯坐于冰冷的石头堆砌的老房子里，独守着那满室的寂寞和冷清。虽然那种于院里的桂花树是年年开、年年香，无奈红颜已走。他知，他深知，她再不会回来，她的傲气，她的骨气，亦使她永不会回来。

这于他而言，真是"落花有意随流水，流水无意恋落花"的哀了！

之后，这个曾把上海滩搅得腥风血雨的传奇女子，渐渐隐没在了那西摩路的老房子里，直至去世。

◎ 第八章 ◎

唐瑛——惜花人去花无主

> 林花谢了春红，太匆匆，
> 无奈朝来寒雨晚来风。
> 胭脂泪，相留醉，几时重？
> 自是人生长恨水长东。
>
> 李煜

二十世纪二三十年代的旧上海，美女明星云集，她们舞姿曼妙、谈吐高雅，且又知性风情万千，若一道道芬芳浓郁的沉香，使十里洋场内外都芳香四溢。在上海所有沉香中最让人惊艳的，非唐瑛莫属。

起

20世纪30年代时,她是和陆小曼齐名的交际花,"南唐北陆"的光华占去了两座城市的风景。一个在古都北京,一个在"东方夜巴黎"的上海。

她们不是传统意义上的交际花,而是系出豪门的名媛,她们尊贵、高雅,经过系统的培训才得以长成。

唐、陆二人既有血统纯真的族谱,更有全面的后天中西文化的调理;她们都持有著名女子学校的文凭;她们讲英文,又读诗词;学跳舞钢琴,又习京昆山水画;她们动可以飞车骑马打网球玩女子棒球甚至开飞机,静可以舞文弄墨弹琴练瑜伽。她们是当时社会上公认的名媛。

20世纪初,出生在上海"新贵"家庭的她,可谓是含着金汤匙长大的幸福小孩。于是,接踵而来的便是好的家教、好的教育、好的环境,从而,造就了一个名动上海滩十里洋场的"交际名媛"。

人说,整日沉醉在声色娱乐之地,人便如吸食了鸦片,渐渐上了"瘾",难戒掉。所以,整日流连翩飞在"百乐门"的她,便也决绝地把自己的一生都绘制成那社交场里的一幅精彩绝伦的华丽画卷。

于是,十里洋场的人们看到了在卡尔登大剧院用英语演出整部《王宝钏》,亦看到了引起万千轰动且才华横溢的她;看到了在上海乃至全国第一家经营女性旗袍引领时尚潮流做着"霓裳羽衣"梦的她;亦看到了在上海"百乐门"翩飞惊动无数男子永做"舞池皇后"的她。

她是以快乐为生活目的的人,所以,在她的生活里便没了爱之繁花的激沲。她以"快乐"的名义,放弃掉家族显赫的宋子文,又放弃掉绅士却不懂风情的富家子弟李祖法。最后,却和那其貌不扬的熊家七公子结为了秦晋之好。原因无他,只因那熊七公子和她是同一类人,都是把人生的华丽画卷交付给"快乐"之人。

至此,她的人生便也没了感情的悬念,一心和她的良人在那艳光四射的上流社交场里舞尽繁华。

20世纪40年代,她去了香港,后来移民美国。从此,一代名媛便在繁华如梦的上海滩销声匿迹。

壹　惊鸿照影

唐瑛和陆小曼都是喜京剧的女子,这"南唐北陆"的绝世名媛亦曾共同登台演出过《玉堂春》。

据说,当时大名鼎鼎的诗人徐志摩也被喊到台上出演"红袍官员",想必如此这番必也把那徐志摩折腾得够呛,要不他怎会在一篇札记中称此戏为"腐"戏来着。

1935年,唐瑛更是为京剧事业做了一件惊天动地的事情,那就是在上海的卡尔登戏院(今长江剧场),用英语演京剧,这一"壮举"也创造了中国京剧史上第一出英文京剧《王宝钏》。

由于用英语演出京剧是第一遭,所以,剧目宣传海报一经贴出,便吸引了数以千计的人在讨论观望。等到真正演出的那天,卡尔登大剧院内可谓人满为患。

薛平贵,由凌宪扬扮演,凌曾担任沪江大学校长,而一袭京剧华丽衣衫的唐瑛,则扮演那爱之女子王宝钏。只见那舞台之上,薛平贵身穿箭衣,头戴软罗帽,奔走于险关重重的剧情之中;而留守的爱之女子王宝钏,则是用一口流利的英语诉尽了薛平贵走后的悲情与思念。

本就天生丽质的名媛,在许多国人甚觉"不伦不类"的演出中,却赚足了舞台之下观众的掌声。

于是,这曾是惊鸿照影的唐瑛,便让人们记了个周全。至今,在上海滩的旧影浮华中还香艳、绰约得让人不敢逼视。

贰　棉花糖里的女孩

旧上海是一杯陈年的酒,于斑驳光影里飘着淡淡的幽香;旧上海是一幅华丽卷,于斑驳光影中炫着绮丽的风华绝代;旧上海亦是一首婉约的歌,于斑驳光影里唱出万千的繁华沧桑。王安忆说:"上海是一个大的舞台,那儿上演着许多故事。"我们也讲一个"旧上海沉香屑"的故事。

20世纪初的上海,"新贵"若雨后春笋般登场。所谓的新贵,不同于传统意义上的老牌贵族:看重血统、门第出身、名分,羞于言钱,耻于言商。他们是西化了的贵族,地位与金钱同等重要,如当时的唐家。古来官商一体,上海本商埠,在商自言商,钞票不可少。男与女同领风骚,更不在话下。

1910年,我们的"沉香屑"就幸运地诞生在这样一个"新贵"家庭。唐乃安看着粉雕玉琢的小女孩,自是欢喜异常,于是,给她起了个心仪的名字:唐瑛。(瑛,玉光也。——《说文》)

唐乃安,清政府获得庚子赔款资助的首批留洋的学生,回国后在北洋舰队做医生,后来在上海开了私人诊所,专门给当时的上海大家族的病人看病。所以,家境很是富足。据唐二小姐(唐瑛之妹唐微红)回忆说:"那时候,家里光厨师就养了4个,一对扬州夫妻做中式点心,一个厨师做西式点心,还有个做大菜。"这样奢华的铺排,要怎样富足的家境才可以承担?

可想而知,唐瑛是在怎样蜜糖似的环境里成长的。

唐家是基督教家庭,所以女孩子地位很高,因此,唐家的女孩子都受过很好的教育。唐瑛当时就读的学校就是中西女塾,即张爱玲就读过的圣玛利亚女校的前身。

中西女塾是个完全西化的女校,风格是贵族化的,负责教会学生怎样做出色的沙龙和晚会的女主人。

这个西化的贵族学校，练就了唐瑛一个"金玉翡翠"般精致之身，使她不仅精通英文，还多才多艺。身材苗条的她，嗓音甜美，秀外慧中，长袖善舞，优雅有节，和当时上海滩名门望族的大家闺秀一样尤其热衷于社交派对，并且成为她们中最吸引人目光的佼佼者。

就是这样一个活在棉花糖里的精致女子，在那时的上海滩里翩然起舞，留给我们无数惊艳，亦成就了上海百年城市历史中最华丽的一幕光影，及最浓郁的一道沉香。

至今，她别致的风情还在繁华喧嚣的上海大都市里隐约，且芬芳沉溺。

叁　情事，宋子文

在唐瑛所有的传奇故事里，和宋子文的情事最扑朔迷离，亦最是让人津津乐道揣测不已的。穿过迷离的光年，我们依稀可看见于"百乐门"翩跹蝶舞的她和宋子文。

由于唐乃安是沪上名医，整日周旋于名流权贵当中，自然会和许多名门世家有交情。作为"四大家族"的宋氏家族自不在话下，而且唐家的儿子唐腴庐和宋子文还是好朋友，不仅一起在美国读书，回国后还成了宋子文的秘书。

由此可见，唐、宋两家的交情不是一般的深。

从中西女塾走出来的唐瑛，年轻漂亮，光彩照人，颀长高挑的身材，配上洋气十足的打扮，浑身都洋溢着西洋女性的味道，加上她又酷爱交际，整日在家举行一些私人的派对，被邀请在列的名流豪门也有当时风云的人物。

自然，抢眼的唐瑛身边便围了不少名门望族的"大少爷"。

而作为与唐家交情深厚的"四大家族"，常去唐家的宋子文可谓"近水楼台先得月"，从众多追求者中脱颖而出，成了唐大小姐的男朋友。只是，这段感情却并不一帆风顺，而是历经挫折。

其主要原因是，在唐家人的眼里，从政并不是一份好事业。所以，唐家夫妇对从政的宋子文并没有什么好感，谈及他和女儿的恋情更是持反对态度。

后来，唐瑛的妹妹在回忆中将他们恋情失败的真相告知给了世人："我不知道姐姐唐瑛和宋子文谈恋爱是源于父亲还是哥哥，但我知道他们是为什么分开的：我爸爸坚决反对。我爸爸说，家里有一个人搞政治已经够了，叫我姐姐不许和宋子文谈恋爱，怕她嫁给宋子文，家里就卷到政治圈里，我爸爸总是说'一朝天子一朝臣'，搞政治太危险。"

一段姻缘，就这样不幸夭折在歌舞升平的上海滩。

不过，这段风花雪月的上海往事却在上海滩起伏多年。仍是唐瑛的妹妹唐微红说的："徐志摩写给陆小曼的情诗，我只看过那本《爱眉小札》，但宋子文追我姐姐时写过的那20来封情书，我可是看到了他亲笔写的一字一句！"

其情可谓深似海，只是，爱与恨、离与分，都有着决绝的宿命，纵你是那伶仃寡傲的宋徽宗，也只是在浮生一片的姹紫嫣红中留下静默着的"瘦金体"而已。所以，深谙此理的宋子文退出了这场无望的爱情，虽然他仍爱她如花的容颜。

而那时年尚轻、梦尚长的唐瑛，便也只如安妮说的那样："甜腻黏稠的恋情，令人生疑。恐怕是彼此掉入幻觉之中，翻江倒海，最后爬上岸，发现仓促间不过是池塘里蹚了浑水。"

这情事，于她无太大伤害，只是那昙花一现的绚丽之后的入世轮回罢了！

肆　沪上第一名媛

1927年，花样年华的唐瑛嫁给了留法归来、时任市政水道工程师的李祖法。李祖法是上海滩有名的"小港李家"的家族成员，李氏家族中的人大多是社会名流或富商，李祖法的父亲李云书便是沪上巨贾。

至此，唐瑛迎来了她社交生活的华丽卷。

有人说，上海人历来是喜欢领风气之先的。这点从这样的记载中可证明无误："20世纪初当交谊舞之风东进时，上海出现了大大小小数十家舞厅，场场舞会办到深夜，这在中国算是首创了。"

1933年，由盛宣怀之女盛爱颐提议，商人顾联承投资白银70万两，购下静安寺有轨电车总站邻近的一片土地，营建高级舞厅"百乐门"。这个在旧时上海滩最负盛名的豪华舞厅吸引了众多的名流权贵。据说，张学良时常光顾，陈香梅与陈纳德的订婚仪式在此举行，徐志摩是常客，卓别林夫妇访问上海时也曾慕名到此跳舞。当时，上海滩小开最时髦的娱乐活动就是吃西餐、看电影，最后到"百乐门"跳舞。

一向喜欢热闹、时时可聚集众人目光的唐瑛自不会少了光顾。

让我们回到十里洋场之中的"百乐门"，华灯初上，灯红酒绿在迷离的舞步中恍惚，一个风姿绰约若一只美丽的蝴蝶的女子，在众多目光的交织中一次次华丽转身，且次次掀起高潮万千。她就是我们的"沉香"，时被誉为"沪上第一名媛"的唐瑛。

当时，上海滩有个杂志叫《玲珑》，整天鼓励女性要学会社交，书中把唐瑛当成"交际名媛"的榜样。其实，这"交际名媛"并不是现在流行的一些小说和电影中的那种"交际花"：长得美艳又擅长交际，没有职业，周旋于男人之间，靠男人供养生活，常年住在高级旅馆或公寓里，就像《日出》里面的陈白露；而是，文史作家陈定山《春申旧闻》里面写到的："上海名媛以交际著称者，自陆小曼、唐瑛始……门阀高华，气度端宁。"

出身名门、漂亮、善于交际、技艺精绝的唐瑛是当之无愧的上海名媛。据说，当时，国外若有什么大亨名流来，她必定出场，而第二天的报纸上必定有她的名字和照片。可想，这上海名媛的风华绝代是怎样于二十世纪二三十年代的上海滩上璀璨辉煌。

上海女子游弱水说："上海就是这样一座城市，百年前已是昌荣繁盛之地，时间之轮细细打磨去它的棱角，却愈发练就出它的绝代风华，一如'美人全是因了时光雕刻而成'的那句谚语。"

诚然，上海就这般造就了一个传奇的"名媛"。

伍　她的"霓裳羽衣"

这世间女子都是为"悦己者容"的，所以每个女子心底都隐藏着一个"霓裳羽衣"的梦。那妖娆风情的旗袍，则是女子们心中至美的"霓裳羽衣"。

旗袍之于二十世纪二三十年代的上海，是一种无尽的妩媚和妖娆、性感和风情。

上海女子把旗袍演绎得最是风情万种、千姿百态。"束身旗袍，流苏披肩，阴暗的花纹里透着阴霾"，这是爱极旗袍的张爱玲笔下的文字。只是她断然想不到，她用一生写就的小说《色戒》，如今成为某种口水般的物质，每个人都在谈论它，当然不仅仅是李安及阴柔男子梁朝伟和女子汤唯的床戏，而是一些"欲语还休"的暧昧词汇，比如欲望，比如性，比如男人和女人……而演绎这暧昧的道具便是那妖娆至极的"旗袍"。

试想，于二十世纪二三十年代的上海滩，一个古韵佳人，温婉如玉，身着那妖娆旗袍，从纸醉金迷的十里洋场里袅袅走来，香肩、蜂腰、玲珑迷人的曲线内敛地演绎着典雅的风情，那必是惊艳的，一如那绽放的妩媚烟花。

旗袍之于唐瑛,就是她心中的"霓裳羽衣"。

据唐微红回忆说:"我那时最羡慕的人就是我的大姐唐瑛。我最羡慕她什么?是她的10个描金箱子,里面全是衣服,旗袍尤多。她一天在家要换三次衣服,早上是短袖的羊毛衫,中午外出穿旗袍……"

当时,她们家还专养着一个裁缝,专门给她一人做衣服。天生丽质的女子,聪明得很,她每每去逛鸿翔百货,看见最新的服装样子,她并不买,而是记下来和家里的裁缝说,改良后再做出来。

她创新的衣服样子成了引领当时上海服装的潮流先锋。

1927年,诞生了一家轰动一时的时装公司,地址在繁华的南京西路。创办者都是风云人物,就是那"登高一呼,闺秀震动"的"南唐北陆"。

这个由唐瑛和陆小曼一起开办的时装公司,便是专门制作旗袍,并引领时尚新潮流的服装公司。当时,全国各地的摩登女郎、交际名媛、影剧明星们纷纷在旗袍式样上大做文章,而"云裳时装公司"就是旗袍式样的大本营。多年后,唐微红去机场接在美居住的唐瑛时,她还着一件翠绿的旗袍在身。可见,旗袍是她一辈子的心头至好,一如那常开不败之花永不凋零。

陆 起舞时,戏如人生

有人说:"上海这个城市啊,骨子里就是风流的。"所以,孕育了像"百乐门"这样男欢女爱的娱乐之地。

每日,从"百乐门"穿梭流转的袅袅佳人可谓万万千。隔着时光我们可遥望,当两名戴着白手套的服务生缓缓拉开"百乐门"黄铜把手的大门时,"交际花"们优雅的身姿如期出现于大理石的台阶,铺着猩红色地毯的弧形转角楼梯,——展开在她们眼前。于此,她们华丽多彩的如戏人生得以绵软展现:她们风姿绰约、雍容优雅,如一群美丽的蝴蝶精灵,在舞池中穿梭。众多目光交织中,优雅有节地、华而不妖地转身,标致而又香艳。

正因为有这佳人万万千,乱世的上海才成为张爱玲笔下永恒的沉香。

漂亮洋气的唐瑛,是美丽不可方物的佳人,她可以风情万种地吟唱瑰丽缠绵的昆曲,亦可八面玲珑地应酬于各类社交场所,于舞台之中,她更被众多痴情男子所娇宠呵护。由此,她生生把自己的生活演绎于这个绮丽的舞台之中,并且让它如同一株瑰丽的奇花高潮迭起。

唐瑛主演洪深编导的话剧《少奶奶的扇子》时,她就是穿着曳地的长裙在"百乐门"跳舞的。据说,当时她的光鲜亮相便引起炫惑万千,掌声和欢呼声于她每个华丽转身之中此起彼伏。真是应了"女人所以红,因为男人捧;女人所以坏,因为男人宠"的谚语。

都说上海女子自视极高,这话恐不是虚言,但却未必真是趾高气扬、眼里揉不得沙子的清绝孤高,却多少带着些孤芳自赏的情愫。

这情愫不是矫揉造作成的,而是经由岁月时光雕琢蔓延开来的,这其间亦有艰辛抑或付出万千。想她唐瑛便是生生把她的喜、她的好,献给了上海"百乐门"这个大舞台,也因此才成了"百乐门"最香艳的头牌交际花。只是不知,这局面到底是她成就了"百乐门",还是"百乐门"成就了她。但是,从唐微红的回忆中,我们可知,能惊艳四座的背后实是付出惊人的努力的。

她,除练就一副多才多艺之身外,还要注重穿衣考究而前卫。据说,在她的深闺中,CHANEL NO.5香水、FERREGAMO高跟鞋、CD口红、CELINE服饰、HANNEL香水袋、LV手袋……凡是法国贵妇人所有的,她都具备。

她,应是现代女子艳羡的"小资"一类吧。

只是,当唐瑛穿着旗袍高跟鞋,奔往"百乐门"跳舞时,在那妖娆的烟花。

旗袍之于唐瑛，就是她心中的"霓裳羽衣"。

据唐微红回忆说："我那时最羡慕的人就是我的大姐唐瑛。我最羡慕她什么？是她的10个描金箱子，里面全是衣服，旗袍尤多。她一天在家要换三次衣服，早上是短袖的羊毛衫，中午外出穿旗袍……"

当时，她们家还专养着一个裁缝，专门给她一人做衣服。天生丽质的女子，聪明得很，她每每去逛鸿翔百货，看见最新的服装样子，她并不买，而是记下来和家里的裁缝说，改良后再做出来。

她创新的衣服样子成了引领当时上海服装的潮流先锋。

1927年，诞生了一家轰动一时的时装公司，地址在繁华的南京西路。创办者都是风云人物，就是那"登高一呼，闺秀震动"的"南唐北陆"。

这个由唐瑛和陆小曼一起开办的时装公司，便是专门制作旗袍，并引领时尚新潮流的服装公司。当时，全国各地的摩登女郎、交际名媛、影剧明星们纷纷在旗袍式样上大做文章，而"云裳时装公司"就是旗袍式样的大本营。多年后，唐微红去机场接在美居住的唐瑛时，她还着一件翠绿的旗袍在身。可见，旗袍是她一辈子的心头至好，一如那常开不败之花永不凋零。

陆　起舞时，戏如人生

有人说："上海这个城市啊，骨子里就是风流的。"所以，孕育了像"百乐门"这样男欢女爱的娱乐之地。

每日，从"百乐门"穿梭流转的袅袅佳人可谓万万千。隔着时光我们可遥望，当两名戴着白手套的服务生缓缓拉开"百乐门"黄铜把手的大门时，"交际花"们优雅的身姿如期出现于大理石的台阶，铺着猩红色地毯的弧形转角楼梯,一一展开在她们眼前。于此,她们华丽多彩的如戏人生得以绵软展现:她们风姿绰约、雍容优雅,如一群美丽的蝴蝶精灵,在舞池中穿梭。众多目光交织中,优雅有节地、华而不妖地转身,标致而又香艳。

正因为有这佳人万万千,乱世的上海才成为张爱玲笔下永恒的沉香。

漂亮洋气的唐瑛,是美丽不可方物的佳人,她可以风情万种地吟唱瑰丽缠绵的昆曲,亦可八面玲珑地应酬于各类社交场所,于舞台之中,她更被众多痴情男子所娇宠呵护。由此,她生生把自己的生活演绎于这个绮丽的舞台之中,并且让它如同一株瑰丽的奇花高潮迭起。

唐瑛主演洪深编导的话剧《少奶奶的扇子》时,她就是穿着曳地的长裙在"百乐门"跳舞的。据说,当时她的光鲜亮相便引起炫惑万千,掌声和欢呼声于她每个华丽转身之中此起彼伏。真是应了"女人所以红,因为男人捧;女人所以坏,因为男人宠"的谚语。

都说上海女子自视极高,这话恐不是虚言,但却未必真是趾高气扬、眼里揉不得沙子的清绝孤高,却多少带着些孤芳自赏的情愫。

这情愫不是矫揉造作成的,而是经由岁月时光雕琢蔓延开来的,这其间亦有艰辛抑或付出万千。想她唐瑛便是生生把她的喜、她的好,献给了上海"百乐门"这个大舞台,也因此才成了"百乐门"最香艳的头牌交际花。只是不知,这局面到底是她成就了"百乐门",还是"百乐门"成就了她。但是,从唐微红的回忆中,我们可知,能惊艳四座的背后实是付出惊人的努力的。

她,除练就一副多才多艺之身外,还要注重穿衣考究而前卫。据说,在她的深闺中,CHANEL NO.5香水、FERREGAMO高跟鞋、CD口红、CELINE服饰、HANNEL香水袋、LV手袋……凡是法国贵妇人所有的,她都具备。

她,应是现代女子艳羡的"小资"一类吧。

只是,当唐瑛穿着旗袍高跟鞋,奔往"百乐门"跳舞时,在那妖娆的转身中，又有谁知道她是生生让自己的生活戏剧化，让自己整个人飞蛾赴火似的燃烧在其间的呢！

柒　想要的快乐

张小娴说："两个人一起是为了快乐，分手是为了减轻痛苦，你无法再令我快乐，我也唯有离开，我离开的时候，也很痛苦，只是，你肯定比我痛苦，因为首先说再见、首先追求快乐的是我。"

唐瑛一直都是那种为快乐而生的女子，情爱于她远没有被万千男子宠爱的荣耀来得真切。唐微红在接受记者访问时，曾不止一次地提到："我姐姐她爱玩，爱打扮，爱跳舞，爱朋友，爱社交，爱一切贵的、美的、奢侈的东西——这所有的爱好，到老都没有改变。"

由此可见，快乐于她而言是天亦是地，是她生命之全部。

所以，我们从一些渐渐消失的资料中看到关于她的第一段婚姻情状时便看到这样的一句话：唐瑛在青春华年嫁给了上海市富商李云书的公子李祖法，但是婚后夫妻性格不合，于1937年离婚，当时唐瑛27岁。

诚然，富足的银行家李祖法是不解风情的商人，他的眼底全然都是花花绿绿的钞票，而明艳动人的妻子却是交际场所的高手，亦视玩乐如生命。如此大相径庭的两个人想也是过不到一块儿的。虽当时以"门当户对"之类理由结了连理，却终敌不过时间。故此，她和他的一段好姻缘终于在年华细数之中灰飞烟灭了。

不过，男欢女爱之事，当事者自不可轻率为之，旁观者更不必妄加议论。于唐瑛而言，此举便许是那"宁为玉碎、不为瓦全"的决绝，换来的何尝不是一种高的境遇！

想，像她这般貌惊天人、才泽四海的奇女子断不肯就此庸庸碌碌的，亦苦等愁煞了那般为她散尽千金、倾尽衷肠只为博红颜一悦的痴情男子。

人说，再是清绝孤傲的奇情女子，一生便也总是要将一颗芳心栽在一个男子手里的，所以，结束了和李祖法的姻缘后，她嫁给了北洋军府国务总理熊希龄家的七公子。

熊七公子是当时美国美亚保险公司的中国总代理，不过，这熊七公子却不是貌若潘安的美男子，个子不但比她矮，而且长得一点也不好看。然，他活跃，喜交际，亦懂她，可以和她疯、和她玩，于是，这便足够。

对于一个女子而言，得一知己为夫，便是顶幸福的事了，是无关其容貌、个头的。

于是，她安然地、开心地做了熊家的少奶奶；于是，她的感情世界里再没了波澜。1948年，她跟随着他到了香港，后移居到美国。

至此，一代名媛便在繁华的上海滩销声匿迹。

捌　沉香依旧飘香

人都说，美人骨头轻不过三两，如花的面孔也终会凋零，化身成泥，但泥土中的芳香在耐住严寒后，总会在每年春归大地时，袅娜成无处不在的风景。

如今，几十年过去，对于美人唐瑛我们虽有"林花谢了春红，太匆匆"的遗憾和惋惜。但是，作为旧上海滩上一道亮丽风景的她，在多年后依然还鲜活地活在每个有上海情结的人心底最深处，一如那永飘芬芳的沉香，依旧香艳如许，馥丽于心。

上海美人就是这样一处风景，几十年过去了，风景虽已被历史风干，但倚风景而立的依旧是那些鲜活的面孔，还有那各自精彩的传奇。

◎ 第九章 ◎

陈燕燕——昨夜星辰昨夜风

孤月冷,寒星点,恨至冰心傲骨,方知天地悠悠!
千秋茫茫若梦,王霸雄图,到头万事俱空!

她是孤岛影坛"四大花旦"中娇艳的"南国乳燕",亦是孤岛奇情女子张爱玲最喜欢的女演员之一。

她娇小可人,惹人怜爱,曾被阮玲玉预言会"夺走她半壁江山",她亦如那清纯的"美丽小鸟"遥挂于那时繁华似锦闪烁着耀眼星辰的十里洋场的"星空",用自己明媚的芳华在似水年华里续写着自己的传奇。

起

她是20世纪上海滩上最耀眼的星辰。

她善于饰演悲剧角色，饰演了众多命运悲惨但恬静美丽而纯情的少女，成为红极一时的悲剧明星，被誉为"名旦"中的"悲旦"。由于她在影片中扮演的都是纯情少女，一如小鸟依人的娇艳特质，因此观众亲切地称她为"美丽的小鸟"，又由于她的观众大都是学生，因此又赢得了"学生皇后"的美称。

1916年出生的她，身后隐藏着一个显赫的家族，这为她的传奇故事渲染了浓厚的神秘色彩，同时，也为她走向演艺生涯做了一个很好的铺垫。贵族的血统，特有的天生丽质，使她有着异于别人的特质，并因此被大导演孙瑜发掘从而走向她向往已久的银幕生活。

她一生的喜怒哀乐，都和那缔造种种传奇故事的银幕有着息息相关的联系。

繁华迷离的银幕，缔造给她一个神话的同时，也"赠"给了她一个不可避掉的"爱之劫难"；缔造给她一个传奇的同时，也"赠"给她一份份"千疮百孔"的爱情。

这个贵族的后裔，由最初的"误坠春梦"，到演绎《南国之春》而风靡整个上海滩，她很好地完成了自己银幕的蜕变，同时也收获了一份最初的感情。这于那时光影激滟的演艺界而言，是个神话。

然而，光影激滟的演艺圈从来都是是非之地，所以，这个被阮玲玉预言说"这个小姑娘将来会抢走我的半壁江山"的闪烁星辰，便也逃不掉是非沾身的厄运。她在事业爱情都如意之时，被影业霸道色魔张善琨纠缠，无奈之中演绎了一出所谓"春江花月"的爱之劫难的人生之戏。

从此，她的感情世界千疮百孔。

不过，她不是那种只为感情而活的女子，她的生之繁花是独属于大银幕的。于是，她放弃所有的感情牵绊，重新投入到她挚爱一生并为之付出很大代价的大银幕。

于是，她的身后便隐随了一长串让铭记的影片，续写了一个独属于她的永不落幕的银色人生。

壹　南国乳燕

1947年4月10日，沦陷区的上海显得尤为热闹，沪上两大豪华剧院沪光、卡尔登内更是人声鼎沸，喧嚣热闹得很，这在那个乱世中的上海滩是少见得很的场景。

原来是因为人们都来看一部名为《不了情》的电影所致。

这部由文华影业公司出品，桑弧导演，张爱玲编剧，打着银幕情侣陈燕燕、刘琼再度合作的宣传旗号的影片，一经放映，便取得了极佳的票房。时因情伤退隐多年的陈燕燕，也因这部"地老天荒，堪叹古今情不尽；痴男怨女，可怜风月债难酬"的惊世之作再度红遍了上海滩的十里洋场。

乱世中的人们，因此记起了这个有着甜腻容颜、娇小可人的"南国乳燕"。于是，十里洋场内哼唱流转着的全是她演唱的"燕燕歌"，大大小小的报纸期刊中刊登的也全是关于她的种种。

据说，当时她的影迷成千上万，不计其数。其间，更有痴迷的影迷，不远千里只身从北平来到上海，经过近半个月的寻访，才得以一窥到她"南国乳燕"的绝代芳华。

由此，可见她的"红"不是一般意义的"红"，她的影迷亦不是一般意义的影迷。她，亦一跃成为"孤岛"时期上海滩的一线影星，并与袁美云、陈云裳、顾兰君并称为影坛之中"一顾倾城的四大名旦"。

贰 贵族后裔"误坠春梦"

二十世纪二三十年代的上海是个缔造传奇的地方,它不仅缔造了那男欢女爱之地的"百乐门",还缔造了盛产无数耀眼明星的联华影业公司。

1930年,富家子弟罗明佑在上海滩正式成立了联华影业公司,并且以迅雷不及掩耳之势一举成为当时国内最大的影院托拉斯。据资料显示当时的上海只电影杂志就有上百种,而一般综合类刊物中也都有专门的电影版面,影星的照片和电影的海报更是被当作杂志封面,这也使当时上海"东方好莱坞"的称号可谓实至名归。

联华公司以自身雄厚的实力吸纳了各路高水准的电影人才,其中就有享誉上海滩的名导孙瑜。便也是他,缔造了一个小女孩的传奇。

那一年,孙瑜带着拍摄联华公司开山之作《故都春梦》的重任来到北平。《故都春梦》作为联华的开山之作,在拍摄前期必定会大肆宣传一番。所以,在孙瑜到达北平拍摄外景之时,便吸引了无数影迷的追逐,14岁的陈燕燕便是其中之一。

当时的陈燕燕,还在北平圣心女中读书,是个十足的"追星族"。二十世纪二三十年代时的影星并不算多,她先是崇拜张织云、杨耐梅,后来便是悲剧旦角阮玲玉。当时的阮玲玉正巧在这部戏中担任女主角,所以,每天放学以后,她就夹着书包去片场看他们拍戏。

在某一天,她被孙瑜导演发现,她的人生便有了传奇的色彩。

当拍摄中的孙瑜发现她玲珑可爱的样子时,心有无限欢喜。于是,他就问这个让人喜爱的小姑娘愿不愿意拍电影,得到的答案当然是"愿意"。

当时,戏中需要一个姨太太的角色,孙瑜便建议她饰演这个角色试试看。初试还是很成功的,于是,她便穿着不合年龄的皮大衣,脚蹬着四寸高的高跟鞋,扮演起高贵的姨太太来。她毕竟是14岁的小女孩,无论阅历和年龄都不可能达到剧中人物的要求,并且还要和片中的马弁调情,这样的角色于她而言显然是无法胜任的。

虽然初次演出并没有成功,但是,孙瑜还是看到了这个小女孩的潜力,便决定把她带到上海。

然而,出身于满族正黄旗一个贵族家庭的陈燕燕,要想当抛头露面的明星是困难重重的。在这个旧式的贵族家庭里,还充溢着四书五经和家规,出身于旗人家庭的女子去做"戏子",更被认为是大逆不道的事情。所以,当陈燕燕提出要去上海当演员时,父亲是强烈反对的。

反对是无法扑灭陈燕燕对电影的热爱和向往的,最后,在母亲的支持及联华公司的一再上门劝说下,父亲总算点头。但是,这个清朝的贵族给她定下了一个"四不准"的条件:一不准用家里的姓,二不准说家里的事,三不准继承财产,四不准败坏门风。陈燕燕全部接受,与联华公司签约,由母亲陪同南下上海。

此后,陈燕燕开始了她一生为之倾情的电影生涯。

叁 《南国之春》一鸣惊人

到达上海后,陈燕燕和联华签了五年的合约。由于父亲"四不准"的约定,联华公司的黎民伟给她起了一个"陈燕燕"的艺名。

初到联华的陈燕燕,由于年龄尚小,所以好多角色都不能很好地诠释。因而,只是在四部影片中担任了一些小角色,用她的话来说,就是"演了四个娃娃戏"。之后,她被调到联华的暗房中工作。

然而,娇小玲珑、天生丽质的她,还是很快被当时的大导演所认同。到了1932年,陈燕燕便开始以标准的少女形象出现在大银幕上她出演的第一部影片是史东山编导的《奋斗》,第二部则是蔡楚生做执行导演的《共赴国难》。

接着,她迎来了自己演艺生涯中最重要的一个篇章,那就是出演由蔡楚生编导的《南国之春》。

《南国之春》是一部爱情悲剧。影片描写一个名叫洪瑜的青年,进城念大学后,与少女李小鸿相爱。后来,迫于父亲临终前的遗命,回乡与表妹完婚。李小鸿闻讯后,悲痛成疾,溘然长逝。

在这部影片中,陈燕燕扮演李小鸿。演技日益成熟的她把一个由于爱人与他人结婚,自己抑郁死去的悲情少女诠释得淋漓尽致,且动人心弦,其楚楚可怜的神情更是迷倒了不少观众,特别是一些少男少女,把陈燕燕奉为偶像,并赠给她很多雅号:"美丽的小鸟""依人小鸟""南国乳燕""大众情人"……

于是,十里洋场的上海掀起了一股"陈燕燕"的风潮,人们记住了这个嘴角有颗黑痣的清丽女孩。

以《南国之春》一举成名后,她的演艺事业开始步入辉煌。

肆 孤岛"第一悲后"

1937年11月,上海不幸沦陷,繁如夏花的十里洋场顿时成为荒芜的"孤岛"。

这一残酷的变故,使得繁荣的中国电影进入了一个前所未有的复杂阶段。很多制片厂毁于战火,故事片摄制基本停滞,大批影人纷纷南下香港,或参加上海艺术界组织的救亡演剧队,分赴前线和内地,进行抗日宣传演出,或参加抗战新闻纪录片和宣传教育片拍摄,或索性放弃电影业。

但是,随着"孤岛"偏安一隅相对稳定局面的形成,"孤岛"影业开始复苏。在这个时候,不能不提到张善琨,他是"孤岛"时期首屈一指的电影实业家。他于1934年创办的新华电影公司亦成为当时上海规模最大的一家影片公司,并拥有赫赫有名的四大名旦:因主演《貂蝉》而声名大震的顾兰君,因主演《西施》而蜚声影坛的袁美云,因主演《木兰从军》而一鸣惊人的陈云裳,再就是善演悲剧人物的"悲旦"陈燕燕。

这一时期也是陈燕燕演艺生涯的丰收时期,她扮演的角色多半是悲剧角色:《雷雨》里的四凤,《琵琶记》里的赵五娘,《白蛇传》里的白娘娘,《杜十娘》里的杜十娘,《家》里的鸣凤……

因此,长相甜美、演技精湛的她亦被称为上海的"第一悲后"。

最难能可贵的是,作为当时炙手可热的大明星却拥有着高洁的骨气。据说,当时日本人的华影公司曾经以1000两黄金的片酬邀请她主演电影《杨贵妃》。最后,她以自己外形不适合贵妃气质为由推掉了这个角色。她说:"在国难深重的时候,我认为骨气比黄金可贵!"

娇小柔弱的小女子,竟也有如此铮铮铁骨,不得不让人叹服。记得前不久看过这样的句子:"这上海女子最是懂得取舍,任是满眼繁华泛滥,却懂得如何去糟存精,以此诠释着经典的真正含义。"

想她虽不是纯正的上海女子,然而从岁起就在繁华如"满汉全席"般五味俱全的大上海摸爬滚打,亦早已练就了一身铮铮铁骨,懂得取舍,亦拥有刻进骨子里的感性和细腻。

真是谁也夺不去她的孤傲、决绝。

伍 爱之劫难

陈燕燕在银幕上光彩四射,但银幕下却历经爱之劫难。

当年进入联华影片公司不久,她就和公司摄影师黄绍芬共同坠入爱河,所谓男才女貌、两情相悦在她和他身上体现得完美而华丽,不知羡煞了当时多少有情男女。

不过，由于当时陈燕燕年纪尚小，又一心忙于事业发展，所以两人婚期一直拖延到抗战爆发才举行。

据说，初相识时，陈燕燕是有婚约在身的，应该是父母之命、媒妁之言，未婚夫是一个叫刘之毅的京剧演员，曾小有名气，但后来不务正业，嗓子也坏了。于是，在黄的鼓励下她勇敢地退了婚，转身投入黄的怀抱。所以，这段姻缘对他俩而言亦是来之不易的。

然而，世间的幸福总是短暂的，劫难总是在你无所防备之下乘虚而入，就在陈燕燕和黄绍芬的爱情结晶降生不久，他们的小家庭就遭遇了致命的劫难，其源头来自那个雄霸"孤岛"电影界的张善琨的插足。

张善琨，1905年出生，浙江吴兴人，毕业于上海南洋大学。曾在药店、烟草公司供职，后投靠黄金荣，加入青帮，主持大世界游艺场和共舞台，因在舞台上使用机关布景而轰动一时。

1937年，他在上海沦为"孤岛"时创办了新华影业公司。以推销香烟起家的他，曾因《貂蝉》一片在上海连映了70天，而把"孤岛"的电影业推上了一个繁荣的至高点，他也因此成了上海滩电影业里的传奇人物。

然，他却是个十足的无耻之徒，除去他善于使用各种诡计，为了目的不择手段，每不惜施以种种恶辣的手段来对付一切事物以外，他还贪色好赌，尤其是好色。他旗下的明星鲜少有不和他有"私情"的。

据说，在当时的女星之中，他独垂涎素有"南国乳燕"之称的陈燕燕。虽然当时的陈燕燕已与黄绍芬结婚，并有了一个可爱的女儿，但是，此时的陈燕燕在他眼底却越发的娇艳动人。于是，他便设了一个毒计。

他知，陈燕燕和他的小妾童月娟为手帕之交，且时有往来；又知小妾童月娟喜珠宝，于是，他便以14克宝石为诱饵，贿赂了其妾，嘱其成就自己的好事。当时童月娟虽有不满，但是看在珠宝的分上，便也答应了他的央求。

于是,一场阴谋在一个月明星稀的夜晚悄悄上演,只是我们的主角陈燕燕还一无所知。那天,她终不敌刻意陷害自己的童月娟的敬酒,不一会儿,便酒醉而不省人事。等到半醒时分,却为时已晚,只见满脸狰狞淫笑着的张善琨立在她的床前。她深知在此深深庭院之中,纵然喊破喉咙便也无济于事,更何况还是一个残醉之身;又见张善琨一手持宝石,一手持支票,以相欢为约,无奈之下被张善琨强奸。

得手的张善琨并没有就此放过她,时有纠缠。故此,她和张善琨之间的暧昧丑闻渐渐传到黄绍芬的耳中,气愤之中的黄绍芬欲拔枪与张善琨拼命。然,张善琨的背后还有杜月笙、青帮之类,故恩怨没能解决。

然而,黄绍芬和她之间的裂痕便也如那破碎的镜子再也无法拼凑如初,那裂痕让他们的婚姻终走向失败之路。据说,深受其情伤的黄绍芬发誓,从此脱离影界。

一段美姻缘就此仓促悲凉落幕。

陆 所谓"春江花月"

和黄绍芬离婚后,无奈的她便和张善琨同居。然而,张善琨是何等糟人?他不过是那繁花丛中飞舞着的恶毒的采花大盗,还不如那流连情场之中的花花公子,其恶毒狠辣被他在生活中诠释得淋漓尽致,即使最让人向往的爱情亦被他糟蹋得体无完肤。

其实,爱情于他而言什么都不是,在他的生活里从来都是欲和金钱,酒和势力,除此之外再无其他。所以,他便也是冷酷至极之人。

和这样的人生活在一起,想也不会有什么好结果。果不其然,在她为他生下一个私生子之后,他便弃她于不顾。曾经在影坛叱咤风云、光鲜亮丽的影后,转瞬间,便成了一个人尽皆知的弃妇。这侮辱让她情何以堪?

于是,她便在悔过中艰难度日,每日恍惚并不可抑制心底翻涌的悲凉和疼痛。不久,她便精神失常,渐渐从她梦寐心往的大银幕隐退。

据说,当时在中国旅行剧团担任编剧的周贻白,以她和张善琨的婚外情事为素材编辑了一幕名为"春江花月"的话剧,来影射其事。

势力强大,又有黑帮背景的张善琨,以20万元巨款威逼利诱,很快摆平了此事。此剧不久就在上海滩的十里洋场消失,再公演之时,已大相径庭,并已换了"满园春色"的名头,便也真应了"乱世之中,霸者为王"那句话,什么丑闻、恶行,总可以在势力、金钱之下遁形。

想,对于后来的陈燕燕而言,这是红尘人生中的一场噩梦。"红尘一梦弹指间,轮回换,宿命牵,回眸看旧缘,浮华失,魂空断,终究是梦幻。曾历爱之劫难,但后看至透明,纵失却之,亦可为不失也。"

当伊人终于逃不过爱之劫数,当爱终成殇,往事、记忆、幸福、欲望,都在镜前幻灭,终被城市埋葬。此时,大上海仍是海纳百川之地,什么伤心过往终会被吞没掩埋。所以,再回首时已是百年身。

故此,从"春江花月"之中走出来的陈燕燕,可谓脱胎换骨之人,从容地征战在她深爱的大银幕之中。

第一部复出的戏,便是由张爱玲编剧、桑弧导演的《不了情》。电影的男主角是继金焰之后的又一位中国"影帝"刘琼,影片的成功也使他们二人被当时的影迷称作"银幕情侣"。

柒　没一样感情不是千疮百孔

人说,受过情伤的女人,总是把自己伪装得密不透风,漠然地阻挡着一切真诚的探询。

可有一天,一个人竟无声无息地走进了她的世界,细致温存地替她小心翼翼地擦拭着心灵窗户上久未祛除的尘垢。渐渐发觉她在他面前似乎总是"无所遁形"般的通透，总是率真地袒露着心声和久久无法释怀的过往。他始终在默默地聆听着，专注得不曾离去半步，一点一滴悉数都为她珍藏。

于是，前尘过往的伤便也渐离了身，遂开始一段新的恋情。

1949年，东山再起的陈燕燕到北京拍摄电影《神出鬼没》，遇到了该片的男主角王豪。他是心细如发的温情男子，亦是仰慕她已久的男子，初相见之下，便被她惊艳的娇柔所迷惑。于是，他硬是把自己男子的豪情变成那女子的柔情，以绕指柔的姿态将她缠绕。

便如是，虽受过情伤之毒，却终抵抗不了这柔情的陈燕燕接受了多情的王豪的爱，很快他们便同居在一起，遂也演绎了一段"南国影坛佳侣"的情话。

这段感情初是幸福满满的，他们夫唱妇随地双双南下香港，并于1952年一起在香港创办了海燕影片公司。终日里夫妻二人同进同出，俨然那如胶似漆的新婚夫妇，亦羡煞了不少红尘里的男女。

只可惜好景不长，那"情深似海"的爱人，竟是深藏于爱海情湖之中的多情种。原来他爱所有的美丽女子，日日流连在婚姻之外艳情诱惑都满溢的"失乐园"里，忘记了家还有娇妻在日日长吁短叹、凭栏远眺。

他终做得比那子安还绝情，这一情之背叛自比那一去三年音信全无还让人伤心伤肺。想那鱼玄机在子安离去时，还有"枫叶千枝复万枝，江桥掩映暮帆迟。忆君心似西江水，日夜东流无歇时"的牵肠挂肚，而她却在被他深深刺伤之后，再看不到天长地久、天荒地老、海枯石烂的情之希望。

他的绝情，他的背叛，让她的爱为之残疾。从此，再爱不了人，亦不让人再爱。安妮宝贝曾如是说："感情有时候只是一个人的事情。和任何人无关。爱，或者不爱，只能自行了断。"

世事原是这样的吧，爱之繁华本就是说有就有、说没有就没有的。即使有过之后没有，也还是没有。如是亦没有什么是放不下抛不开的，有，便也只是那庸人自扰罢了。所以，深谙此禅意的陈燕燕，便也懂得了什么是该放下的，什么是该抛下的。

于是，这一段姻缘便也因了有缘无分的咒语，无以继续终以分手而告终。

就像张爱玲在《花凋》中写下的句子："生于这世上，没有一样感情不是千疮百孔的。"

捌　永不落幕的银色人生

不再在爱里兜兜转转的陈燕燕，于20世纪50年代，定居香港。

在香港的她，回归为最初的自己，她自己买菜，自己做饭，过着普通人的生活。但是她依然喜欢演戏，不断来往于香港和台湾两地拍片。

1992年，她应关锦鹏导演之邀，回到阔别已久的上海拍摄由张曼玉主演的影片《阮玲玉》。这一回，她在银幕上扮演的是自己。

不知，此去经年，上海早已物是人非，她还否把那旧时上海滩的电影往事用回忆串起。若可，那过往的繁花似锦、荣华富贵、坎坷崎岖，是否亦渐迷了她依然潋滟灵动的眼眸？

1999年5月7日，这个已独身生活了30多年的女子，在香港的公寓里安然睡去，身边是曾和她相依为命的女儿。

至此，这个用一生诠释了一个永不落幕的银色人生传奇的女子离开了她钟爱一生的大银幕。

◎ 第十章 ◎

小凤仙——高山流水识知音

不信美人终薄命，由来侠女出风尘。
其地之凤毛麟角，其人如仙露名珠。

蔡锷

在纸醉金迷、夜夜笙歌的浮华光影之中，她是最特殊的一位，犹如莲花水晶般剔透的心，让她成就了一段英雄救国的传奇。所以，即使时光流逝万千，我们透过历史的光影也会记住这个为蔡锷而生、为蔡锷而飘零的传奇女子。

起

她是乱世中声动上海滩、名满京华的名妓。

像所有不幸沦入风尘的女子一样，生于乱世中的她，经历亦坎坷崎岖。本是湖南一官宦之家的碧玉，抑或者闺秀的她，在家道中落、母亡流浪之时，在黑心贪婪的曾孟朴夫妇的威逼下，堕入烟花之地。由于精通琴棋书画，俊美冷艳的她很快成为上海滩红牌名妓女，从此，开始了她红尘飘零的生活……

民国初年，袁世凯复辟，将蔡锷将军软禁。此时，北上求生的她遇见了这个年轻有为的革命者。一个貌美如花，一个血气方刚，于是，两情相悦的两个人建立起一份剑胆琴心的知音深情，同时上演了一幕幕可歌可泣的救国故事。

在她的帮助和掩护下，蔡锷得以脱险，转赴云南开展护国战争。她亦成了名满京华的名妓。

然，世事弄人，蔡锷却因此积劳成疾，不幸辞世。

她终若那鱼玄机，心有无限悲苦，与君再无重逢之日。只把千般情愫、万般柔肠都赋成一首"枫叶千枝复万枝，江桥掩映暮帆迟。忆君心似西江水，日夜东流无歇时"。与君相识相恋一场，终是只与他高山流水相和，全无半点人间烟火气的。

然而，这世间知音难求。她亦是那种脸上写着侠气的女人，不强势却是坚韧不摧的，是将温柔藏在傲骨里。做不了鱼玄机心有爱牵系，却还可过那浮华奢靡的生活，身子在男人之中迎来送往。

她做不到，所以她用半世余生，换取对一瞬甜蜜爱情的忠贞，让自己永世飘零，孤单地落幕。

谁还在说婊子无情，戏子无义？其实，一切不尽然。

她，这个从弥漫着湿答答氤氲气味的上海滩走出的名妓，用她的侠骨柔情续写了一段可与须眉比肩的传奇。

那一段英雄美女情，那一场风花雪月事，留给后人许多谈资。

壹　彼岸莲花

民国初年，二次革命失败期间，革命志士或远逃他乡或亡命国外。一时间，北京城成了官僚、巨贾、豪绅们挥霍无度的乐园。于是，上海的名妓纷纷北上"淘金"。小凤仙也随这股潮流来到北京城。

不承想，却因此衍生出一段流芳后世的惊涛骇浪的爱情来。

那时，袁世凯为称帝，把"为救共和，护国反袁"的蔡锷将军软禁起来。为摆脱监视，蔡锷天天混迹在北京的八大胡同伺机出逃。就这样，终日等待知音的冷艳妓女和为国被困欲出逃的将军相遇。

她为了爱人知己赴汤蹈火，演绎出"总统祝寿探虚实""救妻救子上公堂"等一幕幕可歌可泣的故事，并最终成功护送爱人出逃。京城一时哗然，原来是"美人挟走蔡将军"的。她亦成了人们最为津津乐道的女子。

她的人生历史，因和蔡锷将军的这一段经历，显得出污泥而不染，历风霜而不枯。她再不是绮罗床榻上的性感肉身，只供别人春风一度，而是巾帼英雄，与知己隔岸对望的"彼岸莲花"。

贰　凄凉的身世

清末民初，官吏狎妓成风，书寓和长三堂子是达官贵人、巨商富贾、文人雅士接洽应酬的交际场所，甚至一班革命志士也假书寓高谈革命及"主义"，当时上海连排成行的石库门弄堂里就诞生了一批名闻遐迩的烟花女子。

清和坊，位于上海今广东路和福州路之间，分别由58幢古韵悠扬的二层小楼组成。在一幢挂着"媚莲小榭"的牌子前，我们依稀可透过岁月朦胧的光影看见一位清丽淡雅、抚琴作画的冷艳少女，她就是此长三堂子的倌人小凤仙。

1900年8月，小凤仙出生在杭州，她是满族人的后裔，父亲是一个没落的满族八旗武官，在清王朝彻底崩溃前苟延残喘的年月里，被突然解职了，于光绪年间全家流寓湖南湘潭，后辗转到杭州。

小凤仙的母亲是偏房，备受大母虐待。小凤仙的幼年，生活在一个日趋贫困、充满冷漠的家庭中。后由于母亲不堪大母的折磨，带着她和张家的一个奶妈出来单过。然祸不单行的是，生活的艰辛和困苦很快就夺去了母亲的生命，好心的张奶妈就把可怜的小凤仙收养，她因而改姓张，名凤云。1911年10月武昌起义爆发，那时张奶妈带着她正在浙江巡抚曾蕴家帮佣。随后，杭州革命党人炮轰巡抚衙门，张奶妈就带着她逃亡到上海。因生活困苦，衣食无着，便让她跟着一位姓胡的艺人学戏，并跟随胡到南京卖唱。胡为她取了一个艺名叫"小凤仙"。

1913年，胡老板不知出于什么缘由，把她卖给上海曾出版过庸俗自传小说《鲁男子》的风流文人曾孟朴家当婢女。可怜小凤仙没有落到什么好人家，这个曾孟朴实则是一个寻花问柳之人，每日流连在各种烟花场所。据说他的妻子彩鸾，就是他在上海清和坊"媚莲小榭"狎妓时宠爱的一个雏妓，后来他花重金把她从鸨母手上赎出来，娶回家中。

转眼间，小凤仙已是15岁的少女了。尽管吃的是残羹剩饭，干又重又累的活，但是她仍然发育得很丰满，且出落得十分标致，这让风流成性的曾孟朴有了迫不及待的冲动，急欲摧残这朵鲜艳欲滴的小花。

那日，小凤仙见曾孟朴和彩鸾梳妆打扮完毕，便有说有笑地出门了，以为他们一时半刻不会回来，就走进寝室欲换洗一下自己的上衣。没想到,刚闭门解了衣扣就听见男主人急促地敲着她的门叫她。尚不经世的她以为主人突然回来真有什么急事呢,就掩了衣襟开了门。谁知曾孟朴一头闯进门来,死命把她也拽进来,闩了门便行非礼之举。可怜小凤仙一个奴婢,哪敢有任何反抗,只得在惊慌和恐惧中任曾孟朴凌辱……偏偏这时彩鸾赶回家来,撞见了这一幕。

原来,曾孟朴为了早日得到小凤仙,演了一出"调虎离山"的戏码,可是,却没能逃得过在风月场所摸爬滚打出来的彩鸾的眼睛。其实,她早就在暗暗提防他的言行举动。当初她花银子买下小凤仙,是想使唤几年再转手卖给鸨母赚一笔银子,如今,她自是不会容曾孟朴去宠一个婢女而冷落她,于是,她急急忙忙赶回家中,拿着这把柄便醋劲大发,又哭又闹。

正巧,这时清和坊"媚莲小榭"的那个鸨母顺路看望她过去的"女儿"彩鸾,撞见了这对男女的闹剧。鸨母见小凤仙姿色不凡,便给自己打了一个如意算盘,于是,她用半真半假的语气对曾孟朴说:"当初老身为了成全你,狠狠心把老身最疼爱的女儿给了你,也是指望你们恩恩爱爱地过日子。你如今也该寻一个孝顺的女儿还给老身才好……依老身之见,不如让老身把这个小凤仙带回上海去。她一走,你们两口子也没事了。"

彩鸾一听正中下怀,自然是抢先满口应承。曾孟朴也不便再说什么。

就这样,小凤仙的住处是一换再换,也一再从一个火坑被推到另一个火坑。她从此沦落到上海的风尘之中,并日渐成为上海清和坊"媚莲小榭"的头牌名妓。

叁　冷艳的初会

二次革命失败时期,革命志士或远逃他乡或亡命国外,官僚、巨贾、豪绅们却扬扬得意。一时间,冠盖满京华,挥金如土,上海的名妓也跟风赶潮，纷纷北上"淘金"。小凤仙便是随着这股潮流漂泊到北京的。

北京八大胡同，就是当时达官贵人醉生梦死、妓女们强作欢颜的青楼聚集之地。

据说，小凤仙来到京城后，就住在陕西巷南帮的云吉班里。在美女如云的八大胡同里，小凤仙以自己非凡的气质迅速引人注目。命运的捉弄和折磨，使她在生活中熬了个孤傲的性情，给人以冷艳的感觉。她不善侍候客人，亦不愿逢迎巴结，为此没少遭到鸨母的斥骂讥讽，可她依旧我行我素。

她自是聪慧得很，颇能识文断字，擅长歌缀词，亦能弹一手好琴，爱好读书。所以，她在陕西巷挂牌子不久就名噪京城，成为南帮翘楚。

由此，来到北京的小凤仙也拉开了她被记载于历史的序幕了。

那是1915年的事了，这个淹没在烟花场所的女子，在她高山流水的悦耳琴声中邂逅了让她日后声名鹊起的蔡锷，奏响了一曲旷世恋歌。

蔡锷，湖南邵阳人，自小聪明过人，15岁应童子试名列第一。光绪二十三年，入长沙时务学堂，后留学日本，学成归国后成为各方军统争相笼络的青年才俊。辛亥革命、武昌起义爆发时，蔡锷和滇军将校起而响应，一举光复昆明而被推举为云南都督。

那是民国初年，袁世凯为当总统，想方设法拉拢蔡锷为己所用，并设法把他软禁在北京，同时秘密派人监视他。革命热情高涨的蔡锷绝不会当袁世凯的走狗，他无时无刻不在筹划着如何逃离袁世凯的监视。

这天，为了迷惑袁世凯，他扮成商人来到云吉班散心，刚一进门就被小凤仙身上那股桀骜不驯的冷艳气质惊住。

当小凤仙问他何以为生时，他谎称商人。不过，他忘了小凤仙乃是风月场上的人，对于她们来说，看人，尤其是看男人是不会走眼的，这是因为她们阅男无数。在初见他的那一眼她就看出他和那些平日里醉生梦死的人不一样，断定他必定是个英雄人物。所以，她嫣然一笑后说道："我自落入风尘,生张熟魏阅人多矣,从来没有见过像你这样风采的商人,休得相欺。"

蔡锷闻听此言,不由得有些惊讶,便对她起欣赏之意,细端详后亦发现她并没有平常烟花女子的妖娆之气,不由得心生了敬佩。

于是,他挥笔写就了"自是佳人多颖悟,从来侠女出风尘"这样的字句,并署名"松坡某年某日。"见此落款,小凤仙说道:"你就是大家议论纷纷的蔡都督吗?怎么改换衣服到这里来呢?"他便假意说不过是图些功名富贵而已。

不料小凤仙却正色道:"我的陋室龌龊,容不下你这富贵中人!"蔡锷哈哈一笑:"既然下了逐客令,久留无益,有缘再会,告辞!"

他们的初见,是在"冷艳"的唇枪舌剑中结束的;然而,小凤仙的言谈举止让他至为惊艳,他没想到在如此醉生梦死的烟花队伍中,竟有这样善解人意的奇女子,不由得感慨道:"我此次入京,总算不虚此行了。"

肆　高山流水识知音

在那个宗法时期的社会里,爱情从来是不被张扬的,也只有妓院这个边缘角落还有一点机会,所以,男人也只有在妓院才可寻找到他的爱情。蔡锷虽不是特意去云吉班寻找爱情,但对于8岁就订了婚的他而言,遇见像小凤仙这样冰雪聪明、冷傲孤艳的奇女子,是不可能不动心的。

没过两天,他再次来到云吉班。那时,袁世凯对他的监视更紧了,所以,再次到云吉班的蔡锷显得有些郁郁寡欢。于是,善解人意的小凤仙就离席抚琴,奏了一曲《高山流水》,琴音委婉真切,情意淋漓。蔡锷为歌曲所动,也离席聆听。一曲罢了,他愣在那里若有所思。

小凤仙见状,又为他满斟一杯酒,说道:"细观君态,外似欢娱,内怀忧结。我虽弱女子,倘蒙不弃,或许能替君解忧。请勿视我仅为青楼浅薄女郎!"

蔡锷听罢,心有窃喜,虽与眼前的女子只见过两面,但是,从她的言谈举止之中都可辨出她非无知之人,或许也可帮他渡过这个难关。于是,他便试探说:"现在袁总统要做皇帝,哪一个不想攀龙附凤,图些功名。就连女界中也组织请愿团,什么安静生,什么花元春,都趁机出风头。我为你计,也不妨附入请愿团,借沐光荣。何必甘落人后?"

没想到小凤仙却正色答道:"你们大人先生,应该攀龙附凤,似我命薄,想什么意外光荣?君且休说得肉麻。"

蔡锷并不在意,又问道:"你难道不赞成帝制?"

小凤仙反问道:"帝制不帝制,与我无涉。但问君一言:三国时候的曹阿瞒,人品如何?"

"也是个乱世英雄。"

蔡锷的话音刚落,小凤仙立刻声色俱厉接道:"君去做华歆、荀彧罢。我的妆阁,不配你立足!"

这样几番回合之后,蔡锷知,他眼前的小凤仙是值得他信赖的人,亦是值得他爱慕的人。于是,不由得在心底吟诵起唐代诗人高适的名句:"莫愁前路无知己,天下谁人不识君?"

从此以后,他对她推心置腹,视为知己,她对他欣赏敬佩,亦视为知己。至此,两个相见恨晚的人,坠入两情缱绻之中。

一时间,满京城就流传开将军狎美人的风流韵事来。

然而,这些言论并没有让蔡锷退却,他依然我行我素地到云吉班来和小凤仙相聚,并且还大张旗鼓地请客设局,邀当时各界的官场红人夜夜笙歌。这还不算,他还大肆建屋造堂,把小凤仙娶过去做妾。以至于把家里弄得风波迭起,夫妻反目,蔡夫人还扬言要带着老母亲回老家。连袁世凯都有所耳闻,赶紧派人前去调停,但无济于事。

于是，满城的指责，各种流言蜚语都向她纷至沓来。她难堪，为蔡锷夫妇的不和而愧疚不安。然，她又是这般的倾心于英俊儒雅的他，但为蔡夫人考虑，她准备痛苦地斩断情丝。于是，深明大义的她大胆地去拜访了蔡夫人。然后，一切事情有了缘由，一切真相有了眉目。原来，这是蔡锷巧妙筹划的"佯狂避世"迷惑袁世凯计谋的一部分。

侠义若她，当蔡锷表白一番披肝沥胆的忠心后，就把自己的妆阁内室，改成蔡锷收集情报、拟发密电、隐秘与反袁志士会见接头的安全掩所。

即使蔡锷是铮铮铁骨的汉子，也会为此丹心侠义的女子感动，亦会在私下暗自庆幸自己于茫茫人海中得一如此冰清玉洁的红颜知己。

伍　终须一别

有些宿命的东西，真真是说不清的，注定的缘分该是怎样，就会还原成怎样，半点强求不来的。小凤仙和蔡锷的缘分，是那种有缘在一起却无分长相厮守的。一如那许仙和白娘子，十年修得同船渡，百年修得共枕眠，到最后却还是天人永隔。

当小凤仙配合着蔡锷把"醇酒美人计"演完，蔡夫人也在表面的哭哭闹闹中领着一家老小回到老家云南时，她便知道眼前这个满腹报国之志的人，也要离她而去了。

袁世凯的复辟梦还在紧锣密鼓地张罗着，宣统帝终在他的劝解和威胁之中妥协，于1916年元旦前夕退位。然被皇帝梦扰昏了头的袁世凯，依然没忘记对他仍有威胁的蔡锷。于是，他派军警于一天晚上，突袭了棉花胡同的蔡宅，事后却说是一场误会，又说是"有人冒充军警，企图抢劫"，还装模作样地枪毙了一个叫吴宝鋆的人。

这件事以后,蔡锷知北洋政府是绝不会放过他的,于是,他对小凤仙说:"决计不顾生死,非要逃脱羁系不可。"小凤仙决定与蔡锷生死同行。当夜,她为蔡锷饯行,为他歌唱,为他流泪。

而蔡锷亦目不转睛地看着她,止不住那英雄眼泪,说道:"但愿他日能够偕老林泉,以偿凤愿!"

民国四年十二月一日,离袁世凯登帝位的日子还有11天,蔡锷和小凤仙像往常一样作踏香寻梅之游;只是,北京城内纷飞的大雪在诉说着一个离别。

在小凤仙的巧妙掩护下,蔡锷顺利地逃脱了袁世凯的监视,搭上了开往天津的火车,只剩下一个模糊的剪影在小凤仙的脑海里盘旋。她倚墙而坐,以曲寄情,清歌一曲送知音,燕婉情你休留恋,我这里今宵预约三生券,衷心祈求神灵佑,早日力把渠魁歼,待保得共和重建,到那时也重见将军面……

至此,"美人挟走蔡将军"一时传为美谈。

只是,在后人回忆起这段尘缘过往时,总听到有人在唱:窗外北风,吹树动。深深呼唤,劝君多珍重。离别的时候总伤心,歌不成歌啊,梦也不成梦。最怕萧瑟染窗帘,终须一别,别时终须送……

陆　爱之弥深

寂寞深闺,柔肠一寸愁千缕。惜春春去,几点催花雨。
倚遍阑干,只是无情绪。人何处,连天芳草,望断归来路。

多情似李清照,她把深闺中坚贞女子的悲苦写尽,亦把小凤仙的深闺悲苦写尽。

自那口一别,她日日在曾与蔡君长相厮守的妆阁内室里,等待着他派人来接她。所以,她闭门谢客,杜绝了那些欲与她一夜缱绻,从而获得与蔡锷"同靴兄弟"美名的纨绔子弟。她决定从此对蔡锷从一而终,决绝地坚守着那一份刻骨铭心的思念。

她在一个寂寞煎熬的夜里给他写信:"拟履行前约,愿来川中伴君。"然而,此去路途险远,待到她收到他的来信时,已是数月之后。而这时的蔡锷因操劳过度患了喉疾,所以,她接到的他写的信的大意是这样:自军兴以来,顿罹喉痛及失眠之症,现在都督四川政务、军务,实在是难却中央的盛情,所以勉为其难,等到大小事情布置就绪,就出洋就医,到时偕你同行,你暂时等一下。

他在这封信虽然答应带小凤仙去日本风光,但所述病情更使她担心,有心去看望,兵荒马乱的却不可能成行,只有焦急地等待着。

然而,蔡锷的喉疾越发严重,即向中央政府请假赴日就医。1916年8月9日,蔡锷到达上海。沪上各界隆重欢迎,但因喉痛失音,只发书面婉谢。梁启超闻讯专程从广东赶来探视,月底的一个晚上,他亲送蔡锷登上去日本的轮船。不消说,因病情危急,偕小凤仙同行的承诺也不可能兑现了。

不幸的是,蔡锷终因病入膏肓而在福冈医院逝世,终年仅37岁。

得知死讯的小凤仙,犹如坠入了万丈深渊,悲恸欲绝,泪如雨下。这样的结局,是她怎么也不曾猜到的。她捧着登有蔡锷讣告的报纸,是看了又看,读了又读,就是不相信这是事实。她回忆起和他在一起的甜蜜时光,回忆起他说让她等他,他定会来接她回家……

蔡锷的灵柩运回上海,上海军商学各界及驻沪使节为他举行了盛大的追悼会。小凤仙托人寄来了两副挽联。其一:不幸周郎竟短命,早知李靖是英雄。其二:九万里南天鹏翼,直上扶摇,怜他忧患余生,萍水姻缘成一梦;十八载北地胭脂,自悲沦落,赢得英雄知己,桃花颜色亦千秋。

据说,在中央公园举行蔡将军的公祭时,小凤仙身穿蓝布大褂,亲往致哀，并哭昏在玉栏杆旁，是她的好友苏芸把她扶起。此时的朋友如同岸边的野草，任何的安慰对于小凤仙都是救命的。于是，两人约定在云吉班见面细叙。可是当苏芸来到云吉班时，见到的却是小凤仙留下的绝命书："妾与蔡君，生不相聚，死或可依。或者精魂犹毅，飞越重洋，追随蔡君，依依地下，长作流寓伴侣。如或不能，妾愿化恨海啼鹃，望白云苍莽中，是我蔡郎停尸处，夜夜悲鸣罢了。"这份泣血别书曾传遍京城，脍炙人口。

从此，她便人间蒸发，消失得无影无踪。

曾有人作诗叙述他们的惊世情缘："英雄儿女意绵绵，红拂前身小凤仙。瑶树琼花零落尽，白头宫女话当年。"

就像白头宫女说着唐玄宗的传奇故事，小凤仙当年的凄美与辉煌一直为人们津津乐道，而对她是生是死的种种猜测也一直流传不断。她真的追随她心爱的人而去了吗？

柒　飘零的红颜

原来，自蔡锷去世之后，她就一直心存死意，只是要看着蔡锷入土为安，她才可放心追随他而去。如今，蔡锷已经长眠，她对人间便没有什么眷恋了。于是，她在那天深夜时分，离开了留有她伤痛和回忆的云吉班，踏上了开往天津的列车。

本来，她是想服毒自尽的，可是上天好像眷恋她似的，一次意外的列车事故挽救了她。这样，心灰意冷的小凤仙来到了天津。她租得大院陋屋，靠替别人做手工过着隐姓埋名的生活。也许连她自己都没有想到过，她居然还会有感情！

直奉战争在京津两地打响，奉军一位姓梁的师长率部进驻小凤仙居住的大院。于是，他们相识了。小凤仙被其军人气质所吸引，梁师长也钟情于小凤仙的美貌和谈吐。不久，奉军兵败，梁师长带着小凤仙来到他的老家辽宁铁岭，让她做了自己的四姨太。两个人过着相敬如宾的生活，直到1940年梁病故。

后来，生活无所依的小凤仙，为了生计便和梁师长的马弁王尚世生活在了一起。她拿出积蓄盖了6间新房，拴了两辆马车，还开了一家"广元和"糕点铺，然而，遇人不淑。

据说，后来王尚世拿着小凤仙的钱出去做生意，结果一去不返。她只好卖掉房产，于解放时流落到了沈阳。

那时，无所事事的小凤仙常到皇姑区的金城电影院听评书，而早已丧妻的李振海也是个爱听、爱讲评书的老书迷，并且两人都住在大西门附近，就这样一来二去熟悉起来了。

1949年，53岁的李振海和49岁的小凤仙结为秦晋之好。从此，她便成为3个男孩、1个女孩的继母。她还把"小凤仙"改为"张洗非"这样一个意味深长的名字。

1951年年初，京剧艺术大师梅兰芳率团去朝鲜慰问志愿军，途经沈阳并演出。默默无闻生活了十几年的小凤仙突到省交际处会见故人。梅兰芳热情接待了小凤仙，在知道她的拮据生活状况后，马上托付交际处李桂森处长"无论如何想办法"。

1951年6月23日，小凤仙被正式安排在东北人民政府机关学校当保健员，有了一份较稳定的收入。为此，她十分高兴，于6月28日特地给梅兰芳写了一封表示感谢的信。梅兰芳没有给她回信，倒不是不礼貌，而是有意在保护她，不愿就此引起人们对她的过度关注。在政治气候日益紧张的情况下，还是小心些为好。

关于小凤仙的一切，他除了对身边的秘书许姬传说过，任何人再也不曾提过一丝一毫。

1961年，随着梅兰芳病故，小凤仙便也被人遗忘了。

捌　孤单的落幕

李振海去世后,她和他的女儿一起生活。

据她的儿女们回忆,她把自己的生活安排得很有规律,每天早晨出去遛弯儿,衣服从来都是自己洗,性情温和,知书达理,对孩子们特别有感情。她唯一的爱好就是喝酒,几乎每餐都要喝两盅白酒。她最大的乐趣就是去听评书,听得有滋有味。

"无论从哪儿看,她都是一个不一般的人。"她的子女们只是从她与梅兰芳的接触中证实了这种猜测。对于自己的经历,她却从来不讲。他们的父亲李振海亦不讲。

她默默无闻、平平淡淡地生活在市井中,只是,她的一个柳条箱使得平凡的她变得至为神秘起来。

据说,当年她就是带着这只柳条箱,毅然决然地离开了八大胡同。在颠沛流离的日子里,她丢了许多东西,唯独留下了这只箱子。谁也不知道这只箱子里放着什么,她也从来不把它示人。只是,偶尔她会一个人,打开箱子,悄悄地看。许是,在看那些逝去不复返的岁月及那段青春年少时的乱世传奇吧。在历史尘埋网封几乎被人忘却的一角,掀开了自己含泪带笑神秘而苍凉的一隅。

1954年秋,她患上了类似老年痴呆和脑血栓的病症,生活不能自理。据说,在去世的前一周,她一直想说话,但却终不能讲出一言半语。就这样,这个曾经繁华如云烟的女子,在孤单中终于走完54年曲折而苦涩的人生之路。

只是,再没有谁把她和那个曾声动上海滩、名满京华的小凤仙联系起来。她带着谜一样的身世和经历,在冰冷的北方城市里孤单落幕。

◎ 第十一章 ◎

王人美——梨花欲谢恐难禁

阅尽天涯离别苦,不道归来,零落花如许。
花底相看无一语,绿窗春与天俱暮。
待把相思灯下诉,一缕新欢,旧恨千千缕。
最是人间留不住,朱颜辞镜花辞树。

王国维

在旧上海繁华奢靡的浮光掠影中,有一个把青春活力散发得淋漓尽致的女子,像旷野上肆意绽放的"野玫瑰",艳丽而多刺;亦像逾越房梁的"野猫",时刻舞动着轻盈的身姿。她就是王人美,一个知性的传奇红颜。

起

她是那种吐气如兰、爱恨了然的性情女子，知性，敏感，纤细。

若一朵开到极致的"野玫瑰"，以清新的妆容、率真的性情，肆无忌惮地招展在那时的上海滩。有人说，她并不是一个标准的美人，但却绝对是那时上海滩最风情万种、最让人心惊肉跳的女子。

出身于书香门第的她，自小就精通古典文学和书法，且能歌善舞。这让她一出现在银幕上，就散发出一种温润香浓的芬芳。她像足了一杯温暖的奶茶，虽没有红酒高贵典雅，却让人经久迷恋不能遗忘。当她以知性的面貌演绎《渔光曲》中的"小猫"时，立时就轰动了30年代的上海滩，创造了一个电影的神话。

她也因此成了享誉影坛的大明星。

只是，年少的她还不能将爱情看透，就摇曳着"野猫"的魅惑，投入当时红极一时的"皇帝"小生金焰的怀抱，狠狠地留给旧时上海滩一段"神仙眷侣"的佳话。然，这段美好的佳话终成一场风花雪月的往事。

不过，知性若她，当她依然深爱却不能再爱时，她亦不纠缠，坦荡磊落地放他走。只委屈地、纤弱地、孤单地，走过那十几年的漫长岁月。直至那个她称之为"倔老头"的叶浅予出现，她的感情世界才哗然回转。

至此，这个眼神清澈、泼辣另类、通晓世事的女子，才有了一个最终的安慰。

知性之外的她，亦是敏感、纤细、易受伤的。

对于那个叫金焰的男子，她始终不能够忘怀。缘尽了，她依然记得他的美好，依然在暮年回忆录里一再提及他的名字。这伤，虽不说明了，却隐随她一生。所以，她在最后总结自己的一生时，把成名看成是自己一生的不幸。正是这样轻省回望的字句，让人看了心冷之余，竟全都是敬望仰止。

她就是王人美。

以"野猫"之名，曾摇曳在那时迷离焕彩的上海滩上。她主演的《野玫瑰》曾香飘万里，红遍神州；她主演的《渔光曲》堪称百年中国电影的经典；她演唱的歌曲《铁蹄下的歌女》则70多年传唱不息。

曾如惊鸿照影而来的她，留给旧上海的是一个知性红颜的传奇人生。

壹　万千风情

1934年6月14日，由蔡楚生导演、王人美主演的《渔光曲》在上海金城大戏院首映。

没想到影片一放映顿时轰动了整个上海滩，并创造了连续84天爆满的票房奇迹。

王人美则以其塑造的"小猫"形象深入人心，而由她演唱的《渔光曲》亦出现了万人传唱的情境。她因此获得了野性不羁、热情似火的"小猫"雅称。

一夜之间，她成了上海滩最红的明星。

人们惊奇地发现，在王人美的身上没有病态美人的忸怩作态，也没有摩登女郎的搔首弄姿，才恍然，原来硬朗健康的姑娘也是这般可爱、这般美丽。

她有着令现代人羡慕的健康肤色，她会化妆、会打扮，她健康、活泼、兼具优雅。

正是她的出现，给当年的上海滩带来了健康、清新的新鲜空气。

如今，人们一提到《渔光曲》，透过光影还依稀能看到那个风情万种的女子来。

贰　素面朝天的"野玫瑰"

1927年，中秋之夜，在上海一所小学礼堂里，黎锦晖以"我们要高举平民音乐的旗帜，犹如此刻当空皓月，人人得以欣赏"为宗旨，宣布了我国最早的专业歌舞表演团体"明月歌舞社"的成立。

从此，这一团体在上海十里洋场里不断创造着"奇迹"。

这一年，有个叫王庶熙的湖南"细妹"来到上海，在懵懂中进入了该剧团，并在以后的岁月里成了明月歌舞社叱咤风云的"四大天王"。

这个小"细妹"，就是王人美。

1914年，王人美出身于在湖南长沙一家书香门第。虽然那时王家已有7个孩子，但是，对于最小的她，父母宠爱有加。这个标准的湖南妹，有着湘妹子特有的开朗活泼、热辣奔放，活像一个红彤彤的小辣椒，亦深得兄弟姐妹的喜爱。

父亲王正枢是湖南第一师范学校的数学教师。他博学多识，触类旁通，不但精通数学，而且对诗词歌赋、书画医道等也很有研究，在湖南本地极负盛名。毛泽东就曾是他的得意门生。

父亲为人和善，是个正义凛然之人。对于子女教育方面，他也是一个严父。小人美记忆最深刻的是，兄妹几个在自家的院子里认真地复习着父亲安排的功课，而父亲则在他们旁边用自制的风扇帮他们消暑解乏。母亲陈氏，亦是个贤良淑德的女子，虽然不识字，但也十分重视对子女的教育。

王人美就是在这样一个文化氛围浓厚、充满无限温情的家庭里慢慢成长的。然而，快乐的时光不长。母亲在她5岁的时候，突发脑溢血逝世。这是她第一次面对和亲人痛彻心扉的离别。第二次离别，是父亲的不幸辞世。那是1926年的夏天，父亲不小心被黄蜂蜇了一下，不承想却化脓成疾，最后竟不治而去。

如此，刚刚考入省立第一女子师范学校的她，不得不中断只开始了几个月的学业,于1927年,跟随在国民革命军中任职的兄长来到上海。那一年,她13岁。这次迁移也在冥冥中改变了她的命运,并且使她成为旧上海滩最独特的"野玫瑰"。

到达上海不久的小人美,很快就进入了明月歌舞团。拥有着原始艺术天赋的小人美很快得到黎锦晖的重视,而她泼辣的性格,朴素不矫揉造作的气质很快使她成为明月社的"四大天王"之一。

1931年,王人美随明月歌舞团加入联华影业公司,翌年主演孙瑜编导的影片《野玫瑰》,扮演渔行杂工的女儿小凤,并以一股傲人的泼辣劲征服了上海滩的观众。人们惊奇地发现这个硬朗、健康的姑娘原是这般可爱、这般美丽。于是,记住了这个素面朝天却有着让人不能拒绝的傲人气质的"野玫瑰"。

叁 锋芒"小野猫"之舞

1933年,明月歌舞团因无法维持不得已改体,王人美便正式加入联华影业公司。由此,她迎来了生命中的另一个辉煌。

她总是说,自己的成长成熟是在别人的启发和际遇的催生下完成的,就像她第一次迷上舞蹈、爱上电影一样;就像她成为"四大天王"之一,被伯乐一眼相中一样,所有的成长都是在无声无息的偶然中完成,又在必然中继续。进入联华公司的她,签订了一份一年必须完成四部影片的合同。然而,在此后的一年六个月里她只拍了一部电影,虽然没有兑现合同,但这部电影却使王人美乃至整个中国受到了世界影坛的关注。这部电影就是在1935年的莫斯科国际电影节上获得评委团荣誉大奖的《渔光曲》。话说1934年,蔡楚生筹拍《渔光曲》,其中女主角"小猫"的挑选颇费功夫。蔡楚生希望找一个既有成熟演技,又有一点新鲜感的演员,事实上成熟的演员比较多,可兼具那份单纯和陌生感的是少之又少。直到快要开拍时,有人才推荐了因拍摄《野玫瑰》而受人瞩目的王人美。王人美身上所透露出的淳朴及未经雕琢的韵味,让蔡楚生眼前一亮。于是,当场敲定了她。

王人美的表现没有让大家失望。她的表演自然出之,未见斧凿,她通过对人物性格的构想,恰如其分地将"小猫"身上的坚韧和隐忍表现得淋漓尽致,同时,又把自身所具有的粗犷和健美巧妙地赋予"小猫",从而使"小猫"立时生动起来。与此同时,影片本身对残酷现实毫不矫情的白描,也引起了那个时代为生活苦苦挣扎的人们的共鸣。

当本片于上海金城大戏院首映时,竟创造了84天连续爆满的放映奇迹。据说,当时正值上海60年罕见的暑热天气。由此,可见影片的轰动程度。一夜之间,王人美的清新形象深入人心,平民化的美丽让人感到亲切。由她演唱的《渔光曲》亦被万人传唱。从此后,"小猫"亦成了王人美的代名词,后来喜爱她的影迷就干脆给她起了个绰号——"野猫",的确,她恰如影坛上的一只猫,野性不羁,热情似火。

后来,这部造成万人空巷的影片,在1935年苏联莫斯科国际电影节获得"荣誉奖",成为我国第一部在国际上获奖的影片。王人美带着她妖娆的"野猫"气质,亦走向了国际舞台的光圈里,舞着那让人过目不忘的轻盈舞姿。

肆 "小野猫"和"电影皇帝"的佳话

才女三毛这样说过:"男人是泥,女人是水,泥多了,水浊;水多了,泥稀;不多不少,捏成两个泥人——好一对神仙眷侣。"

那时的王人美和金焰,在许多人的眼里便就是这样的一对神仙眷侣,他们的结合亦成就了上海滩一段让人意犹未尽的佳话。

金焰原名金德麟,生于朝鲜长在中国,加入中国国籍。他喜欢电影和表演艺术,下定决心以此作为自己终生奋斗的目标,并凭借着和阮玲玉主演的电影《野草闲花》,成为万众瞩目的电影明星,并以此赢得"电影皇帝"的称号。

那时的金焰,亦是上海滩的风云人物。

"电影皇帝"的桂冠,是对他声誉和演技的充分肯定,也证明了他非凡的个人魅力。成名后,金焰每天都会收到成百上千封影迷来信,其中大多是年轻女性。她们无不为金焰英武的外形、爽朗的个性所倾倒,纷纷写信表达爱意。只是,他并不为所动。只因在他的心中早已有了心爱的姑娘——她不是天香国色,却热情开朗;没有似水柔情,但生机勃勃。这个姑娘,就是"小野猫"王人美。

他跟王人美相识在联华歌舞班,那时,她17岁,他20岁。相当的年纪,亦都是情窦初开的青年男女,且又情趣相投,所以,脉脉温情就很自然地在两人身上蔓延开来。

后来,有人回忆说,那时金焰常常去歌舞团找王人美。一个是俊朗的靓仔,一个是娇艳的"美猫",这样的两人走到一起,旁人无不称羡,觉得他们是不可多得的神仙眷侣。

没多久,两人主演了电影《野玫瑰》。剧中,金焰扮演她的青年恋人。就这样,本就互生爱慕的两个人在合作的日子里,更近地走进了彼此的心里,并且让爱恋在心底开出了娇艳的花来。

很自然地,这对银幕上的情侣很快走在了一起。

1934年元旦,王人美幸福地嫁给了金焰。他们的婚礼简单又不失隆重——在新年钟声敲响的时候,在联华公司的新年晚会上,当着众亲友的面,由孙瑜宣布了两人的结合。

从此,"电影皇帝"和银幕"野猫"的婚恋被传为一段佳话。

伍　缘尽今生

记得一位哲人曾说过：爱情总是失败的，不是败于难成眷属的遗憾，便是败于终成眷属的厌倦。这句话适用在每对爱情中不幸的两个人，王人美和金焰亦如此，他们俩，虽没有"难成眷属的遗憾"，却不可避免"终成眷属的厌倦"。

婚后，王人美快乐地做起了幸福的小女人。每日里为他操持着家事，虽依然开朗如初，却也渐渐地收敛起自己的锋芒和野性。像所有爱恋中的女人，她亦小心翼翼地做他希望的那个姣美的、可爱的小女人。

在最初的时光里，她渐渐地为他失了自我，甚至连接戏拍片都由他替她做决定，以至于很多朋友都说她变成了一只"家猫"。然而，这对于一个沉浸在幸福婚姻中的女人来说，是无伤心情的。

这时的她，眼里只有家庭，家庭就是幸福生活的全部，其他种种不过是锦上添花。

也就是在和他生活的那几年里，她度过了一生中最甜蜜、最惬意的时光。闲适自在的家庭生活，使两人一度想双双息影。

然而，幸福总是那么短暂。

1937年抗日战争爆发，这年年底，上海沦为孤岛。日本人看上了"电影皇帝"，妄图利用他宣扬殖民思想。然而，金焰是个铁骨铮铮的男儿，他热爱祖国，痛恨外国殖民者，他的父亲就是因受到日本帝国主义的迫害才背井离乡逃到中国的。为躲避日本人的纠缠，夫妻二人逃离上海，开始了长达8年的流亡生活。

这次的逃亡，也把他们甜蜜的生活打乱，并为他们的分离埋下了沉重的伏笔。

他们在合作拍摄了《长空万里》之后，因工作关系分开，开始了"牛郎织女"的分居生活。

金焰在成都参加了中华剧艺社，王人美则赴昆明加入了大鹏剧社。然而，战乱的时局，变化总是比定局快。王人美到大鹏剧社不久，剧社就解散了。

王人美希望可以去争取属于自己的一份事业，于是，为打击日本侵略者，她考入美军总部物资供应处昆明基地，做起了英文打字员。这样的抉择促使了他们之间感情的裂痕。金焰是一个传统观念很深的人，他认为作为一个丈夫，有理由，也应该由他来养活妻子，因此坚决反对她做打字员来贴补生活。

金焰不了解在颠沛流离中的王人美的思想，他认为王人美伤害了他作为一个丈夫和一个男人的自尊心。1945年初夏，就在人美因为工作努力而受到提升的时候，金焰向她提出离婚。

她平静地同意了离婚请求，没争，没吵，没闹。

诚然，男欢女爱，情爱欲念，古往今来，你情我愿抑或你情我不愿的，皆是尘缘与业障，不是不还，终究是时候未到。既然，那业障出现，还是顺其自然的好。不然，又能怎样？

只是，没人看到，她是流着眼泪离开昆明的。

女子若是倾尽性命去爱了人，哪还有高贵可言，只生生地剩下那爱后的强颜欢笑，不过，那亦都是做给旁人看的世俗荣辱，心里明白终究是如那"珊瑚枕上千行泪，露生白袜"的绝望。

即使绝望，即使缘尽，她依然记得他的好，依然在暮年的回忆录里一再地提到他的名字。不管他已早成了别人的良人亦不管他是否还记得自己。她就这样，决绝地记得。

是不是爱里的女人都是这样的可悲，可悲得让人不由得心生怜爱和疼惜！

陆　最后的美好时光

在之后的10年中,人美的人生只剩那怯生生回望的记忆了。许多前尘往事于她,成了梦境,迷幻而不真实。直到认识了画家叶浅予,她才从那迷幻中真实起来。

此时,她已由一个风华正茂的少妇变成一个风韵犹存的半老徐娘。

叶浅予很早就和王人美相识,第一次见面还是当年王人美在上海当歌舞演员的时候。这之后,他们各自过起了自己或惊涛骇浪,或伤痕累累的生活,并无任何交集。然而,命中注定的两个人,不管怎样错过,总是会相遇的。

那时,他已和最后一任妻子戴爱莲离婚,因对其仍怀着一份思念和歉意,已独居了五年。他在上海的一个熟人家里邂逅了到那里做客的王人美,于是,两个同病相怜,同时也需要相互扶持的人,在朋友的有意撮合下,谈婚论嫁起来。

1955年,41岁的王人美和47岁的叶浅予举办了婚礼。

这两个社会名人的家庭生活并不一帆风顺,由于对彼此缺乏了解,很快他们的婚姻生活出现了矛盾,这其中更多的是因为性情上的差异。叶浅予早年从事漫画创作,富有幽默感;而王人美由于经历了20世纪50年代初的文艺整风,在心理上倾向自闭。久而久之,叶浅予觉得人美太严肃,缺乏生活情趣。王人美做事小心谨慎,稳妥周到,叶浅予却不拘小节、大大咧咧,这也让她受不了,两个40多岁的中年人竟一时找不到共同生活的方式。

不过,时间还是把他们紧紧地拴在了一起,让他们共同走过了30多个春秋。争吵——和好——再争吵,一路"吵"过来,他们竟也创造了独特的生活情趣。正如王人美在给叶浅予的一封信中说的那样:

"……尽管我们之间有点小小别扭,但我从来不耿介于怀,因此我对你不存在什么戒心。希望你也不要对我存什么戒心，都是四五十岁的人了，让互相容忍代替互不相让吧！我想。两个都有点小脾气的人凑在一块，是天作之合，来个'相克相生'，岂不更加丰富了我们的艺术生活？"

也许，他们之间的感情注定不会轰轰烈烈，亦不会如胶似漆，这是因为他们的年龄、性格使然。

1957年的"反右"运动中，王人美的过去再次让她遭到严重诋毁，致使精神再度失常入院治疗。（整风运动时她曾因精神分裂而住院）十年浩劫，她更是被扣上了"30年代的黑猫"的罪名，与此同时，叶浅予也因为政治问题而被判入狱7年。虽然两人都遭受了人生的重大挫折，但他们都坚强地挺过了那段艰难岁月，久别重逢，他们学会更珍惜彼此。

那段相濡以沫的日子，对于人美来说，应该是她后来生活中最美好的时光吧，虽然平淡，但应该也是很幸福的吧。

记得后来在回忆录里，她曾这样称呼他：我的丈夫 —— 倔老头叶浅予。淡淡的几个字，却也深藏无数的真情。

也许，真像那首歌里唱的那样，平平淡淡才是真！婚姻亦还是平淡的好！

柒　繁华落尽

"我不懂什么表演艺术，也不喜欢拿腔拿调地说话，装腔作势地表演。我在镜头面前就像日常生活那样去说话、去表演。"王人美曾经这样评价过自己的表演风格。

她从没专门学过表演艺术，却把《野玫瑰》中的小凤、《渔光曲》中的小猫，处理得朴实自然。正因为她没有学过表演，所以才没有留下丝毫雕琢的痕迹，让人耳目一新。

20世纪30年代，是王人美演艺事业的黄金时代，《渔光曲》的轰动让她一夜之间家喻户晓，此后她陆续接拍了《小天使》《黄海大盗》《长恨歌》《壮志凌云》等影片，名噪一时。

然而，日本人攻陷上海以后，对上海的文艺事业进行了毁灭性的打击，上海完全丧失了以前的繁华景象。王人美的事业也随同上海的沦陷进入下滑的趋势。

这之后，她再也没能塑造出像"野玫瑰"和"小猫"那样经典的人物形象。她也曾努力寻找突破的途径，但却始终一无所获。对于曾经辉煌过的人来说，这可能是最大的悲哀吧！

解放后，调入北京电影制片厂的她，把自己更多地奉献给了话剧舞台，也许她是在替自己还愿吧——舞台是她的开始，也应该是她的结束。

1956年底，她以42岁的年龄参加了巴金经典话剧《家》的演出，并在剧中扮演17岁的少女瑞珏，这对她无疑是个严峻的挑战。以不惑之年去演一个情窦初开的少女，即使她再热情活泼，亦是不可完成的任务。但是，她毅然决然地接下了这个角色，并将它视为一个锤炼演技的机会。

她像一个初学表演的学生，日日揣摩17岁的瑞珏，最终，当她以一个既逆来顺受又充满憧憬的17岁少女的姿态出现在观众面前时，她获得了成功。

这样的成功显然没有20年前来得容易，也没有20年前来得轰轰烈烈，但让她觉得至为欣慰。

进入20世纪80年代，她仍然舍不得她的舞台，依旧孜孜不倦地活跃在独属于她的舞台上演绎着俗世的悲欢离合，直到1987年4月12日的凌晨，她永远地睡去，才诀别了她多彩的人生和心爱的舞台。

一切繁华终落尽，属于老上海的王人美，若那娇艳的"野玫瑰"，在灿烂地盛开后，安于凋落的凄凉。

捌　如梦无痕

无可奈何花落去，似曾相识燕归来。

安妮宝贝曾说，即使在深切的热爱里面，我们也是孤独的。繁华落尽，如梦无痕。

属于20世纪的那段美丽，亦早已随着时光的无情流逝消失殆尽。世事没有轮回，我们也就只能透过上海滩那旧影浮光，窥视到她曾怎样璀璨地存在过，她的欢歌笑语亦还如昨日那般爽朗、清脆地响在每个人的心间。

只是，一切都恍如隔世。隔着100多年的岁月，我们亦无从看明了上海滩风月朗朗中关于她的风华绝代。

她始终在寂静中让繁华落尽，亦让它如梦，无论是深爱着，还是孤独着，都了无痕迹。

◎ 第十二章 ◎

赵四小姐——人间自是有情痴

初闻征雁已无蝉，百尺楼台水接天。
青女素娥俱耐冷，月中霜里斗婵娟。

李商隐

如果说，20世纪那个动荡的年代除了战争之外还留下玫瑰的话，那么，"少帅"张学良与"赵四小姐"赵一荻无疑是其中最绚丽的一对。

很多女人都会爱上风流倜傥的少帅；但是，能够没名没分地陪伴着一个失意的男人度过几十年寂寞的幽禁生涯，这世间便只有赵四小姐一人。

起

她是一朵开在颠沛流离之中寂寞的梅,终其一生都在面对于月中霜里斗婵娟的坎坷,且用一身傲骨坚守着自己至情至性的爱情。庆幸的是,这世上始终有一个人可读懂她的美丽,牵手和她共同度过长长的七十几年的岁月,并给她一个传奇的带有神秘色彩的人生。

1912年,她出身于香港一个书香官宦世家,是家中最小的孩子,加之从小天资聪颖,故得三千宠爱于一身。如果没遇到风流倜傥的少帅,她的一生许会和历史上那诸多的名媛一样,生活得安稳富足,而不会有那么多惊涛骇浪。

只是,人世间的事全然是宿命。

那年她16岁,他27岁,两人于舞会上初初相见,便被彼此吸引不可忘记。于是,相互纠缠一生的情缘便以决绝的姿势蔓延开来。

16岁,正是天真烂漫的年纪,爱情在她的梦里宛如蓝天白云般干净。为了心中梦幻般的爱情,她弃自己富家小姐的身份于不顾,不惜违背父命,毅然决然地跟着他私奔。

可是,那多情少帅在北国的冰城已有一妻一妾,她为之牺牲亲情的良人,并不能够给她想要的婚礼。然而,爱情至上的她却仍是不要名分地相伴跟随。只因她是个要爱,为爱梦一生的女子。什么俗世的名分、婚姻于她而言都比不上和良人长相厮守来得重要。

所以,她才那么心甘情愿没名没分地跟随少帅走过36个颠沛流离的年头。直到52岁,她才得以和63岁的少帅结婚,为有爱的红尘写下了一出"白首鸳盟"的爱情传奇。

在她88年的有生岁月里,她用去了72年漫长的岁月去爱少帅,如此漫长的72年,是可以改变很多的,可是,她对他的爱却如当初那般忠贞,好似韧如丝的蒲苇,又似无转移的磐石,让这世间所有的热恋和浪漫都黯然失色，她用梅花暗自香的态度，诠释尽了这世间所有的爱和浪漫。

想，这世间便也只有一个叫赵一荻的四小姐，能为了爱梦一生，既可承受繁华，亦可承受荒凉。

壹　梨花海棠

1964年7月4日，对于赵一荻和张学良来说，是个终生难忘的幸福日子。他俩历经30多年坎坷岁月之后，终于向世人宣布——结成伉俪。彼时，张学良64岁，赵一荻53岁。

那天，年过花甲的张学良穿上藏青色长褂，炯炯的目光和不凡的气宇中仍透出一种飒爽英姿。此时的赵一荻虽已知天命之年，但透过那素雅的装束、温婉的容颜，依然光彩照人。

在台北投温泉附近的一座基督教堂里，他们举办了一场别致新颖的"兰花婚礼"。原来，张学良与赵四小姐都特别喜欢兰花，在被"幽居"的长久岁月中，他俩把养兰花当成是一种享受。

婚礼在优雅的音乐声和淡淡的兰花幽香中庄严地进行。当牧师唱到"交换饰物"时，手指颤抖的张学良深情地把那兰花的戒指，戴在了双眸满溢幸福泪水的赵一荻的手上，至此，这对患难与共的悲情爱侣终得以真正携手，有了那名分的证明。

张、赵两人的兰花婚礼，堪称千古绝唱。

据说，洞房花烛的夜里，张学良曾深情地对赵一荻说："一荻，你我患难与共30余载，今日终成正式夫妻，此刻，我没有贵物相赠，只有这朵白兰花送给你。你还是我当年的绮霞，我离不开你，你是我的一切！我永远的姑娘！"

不过，于赵一荻而言，长相厮守便已足够。

贰 豪门名媛

1925年,以张学良少帅为首的东北军打败孙传芳后,首次进入十里洋场的上海,风流倜傥、英姿飒爽的少帅立时成为这十里洋场之中最光彩夺目的花花公子,什么名媛,什么明星,都团团围着他一个人转。当时的上海滩,最能吸引媒体小报眼球的就是他和宋美龄。他们一个英气逼人,一个美若天仙,确实是不可多得的一对璧人。只可惜,少帅当时已有妻于凤至。然,相见恨晚的两人终忍受不住彼此之间的吸引,遂频频约会、跳舞、游玩。因此,他们的绯闻亦闹得满城皆知,小报上亦不乏他们一起的合照。

赵一荻便是从这些小报上,看到这个传奇中的少帅张学良。只是,她还不知道这个可远远仰望的男子会和她有长达一个世纪之久的爱之纠缠,但是她清楚地记得自己最初的悸动——少女懵懂的心,只为照片上的少帅而偷偷地且狂欢地悸动着。

那一年,赵一荻14岁,天生丽质、聪明灵慧的她,已是天津有名的名媛,亦是《北洋画报》上令人惊艳的封面女郎。

1912年出生在香港的赵一荻有着显赫的身世,其父赵庆华,号燧山,是晚清监生出身,任过九广铁路督办、交通银行上海行经理、津浦铁路及京(南京)沪——沪杭甬两路局局长。在北洋军阀统治时期担任交通部次长、参议院议员,是个典型的老派人物。

交通系最初是在晚清及民国初年随着兴办铁路而形成的一个金融财团。经办铁路在当时确实是一个肥差,赵庆华又主管几处重要铁路局,无疑有敛财的大好机会,他在京津两地购置了多处房产,并在京郊八大处修建了西式的西山饭店和两处自用的小别墅。所以,当时的赵家可谓是典型的豪门。

有着这样显赫家世,又接受过天津教会学校教育的赵一荻,在十四五岁的时候,便混迹流连于天津上流社会的交际圈。彼时,她亭亭玉立、身材颀长、体态婀娜，虽论漂亮只能属于中上等，但她的气质和风度绝佳，爱打扮也会打扮，故很快成为天津有名的豪门名媛。由于她在家中排行老四，家人亲友都唤她赵四，所以，人们亲切地称她为赵四小姐。其实，她本名叫赵绮霞。据说，在她出生时，天空突然出现了一道霞光，因此而得名。后来大家常叫的赵一荻是她少女时代的英文名字 Edith 的音译。

世间事，从来都是有其特定的渊源的，尤其是情缘这回事。也是有着这豪门的渊源，她才可以出入上流社会，并也因此得以和那个传奇的男子相遇，并衍生出一幕海枯石烂、天长地久的爱恋来。

叁　一见钟情

她和他之间，到底有着怎样的电光火石般的初始呢？

一个是风情艳绝的名媛，一个是雄姿英发的少帅，四目相望之间便也惊动天与地，山与海，风与雨。这世间情从来都是这样。

就让我们定格到他们初识的那场舞会吧！

1927年5月的一个夜晚，在天津的蔡公馆举行着一场别开生面的家庭舞会，15岁的赵一荻紧紧地跟在姐姐身后来到蔡公馆。摩登、妖娆，幅如华盖半偏，裙如夏荷怒放，胭脂红唇的她，立时成了舞池里的焦点。

而那天，年轻的少帅也在其间，初见赵一荻的他，顿被这乱世中"艳不惊人死不休"的女子所折服。不知是哪个好事者，匆匆过来给二人做了介绍，于是两个人便不由得相拥着滑向了人影暧昧的舞池。

舞池之中，两人都心怀情愫万千。他知她是名满津城、惊艳世人的封面女郎，她亦知他是威震沙场、叱咤风云的少帅将领。一曲毕，惺惺相惜亦相见恨晚的两人却还不知返，于是便一曲接一曲地跳下去，都想就这样一直跳到天荒地老、海枯石烂。

想他本是多情郎,在如此娇艳动人的佳人面前,便忘了自己已是别人的夫君,竟在临别时,偷吻了佳人。这世间注定的缘分,不管经过多少回转都会回到起点,犹如一场人生的"圆舞",不管你在舞池中换了无数的舞伴,转了无数的舞步,最后还是要回到最初舞伴的身边,这是规则,任谁都不可破坏,否则就要出局。情缘亦如此,它往往会有它既定的、冥冥之中的规则,所以,这世间无数的有情人才可终成了眷属。

所以名媛和少帅的情缘还没结束,故事还在继续。

1928年6月3日是这段故事的转折点,我们都知道这一天发生了震惊历史的一个大事件,那就是军阀张作霖因不和日本人合作,在返回奉天的专列上被日本人炸死。

当时,身在天津的张学良得知噩耗后,自是痛苦不堪,于是,他决定回沈阳老家去为父亲办丧事。他亦深知自己作为一个军人,作为奉系首领、安国军大元帅张作霖儿子身上的重任,这一次别去将不知何时才能与佳人再相遇。于是,在离开的前一天,他找到赵一荻欲向其告别,却不承想,道别的话没说出,却忍不住道出了相思之苦及那浓浓的爱慕之情。望着眼前这个深陷于哀痛之中且深情的男子,多情的佳人更是不能自控,泪眼蒙眬之中,她与之相拥在一起痛哭。

这一场离别竟无端演绎成一段牵绊一生的情缘。

肆 为爱"私奔"

很快这郎情妾意的事情便被人知晓,瞬时间,津城上下顿时流言四起,小报更是极尽夸张之能事把这段乱世中的错爱情缘渲染到极致。真真是寂寞苍白的乱世经不起这点滴艳事的渲染,竟被闹得众人皆知、满城风雨。

想那老学究赵庆华，在得知自己宠爱的小女儿与有妇之夫张学良的私情时，会是怎样的怒火攻心、暴跳如雷，他用最笨的法子将女儿软禁在家中，满以为这样的"休克疗法"能够奏效。然而，赵四小姐得到兄姐的暗中相助，得以成功逃脱。

1929年秋天，时年16岁的赵四小姐逃离出天津，不管不顾地走出山海关毅然决然地搭乘上开往奉天（沈阳）的火车，去追随自己心目中的白马王子张学良了。

至此，她笃信江山有义、良人有靠，走上了一条遍布荆棘的不归路。

赵四小姐的私奔，立时在赵家掀起轩然大波。而小报记者得此爆料，更是忙得不亦乐乎，把"赵四小姐失踪"的悬疑新闻作为头条登在了各大版块。

20世纪20年代，封建礼教的罗网虽被一些追求个性自由的年轻人不断冲破，但也有人随破随补，依然十分严密。私奔即为淫奔，不但玷辱门户，而且为社会所不容。赵庆华受人指戳嘲笑，面子上早挂不住了。面对如此不堪的情况，他的愤怒已经无法用言语来形容了，勃然大怒的他即时在报上登了一则"兰溪赵燕翼堂启事"来表明自己的态度。

这则启事在报上连登了5天，把断绝父女情分的决绝表露得淋漓尽致。赵家父女从此成了陌路。据说，耿直的赵庆华直到1952年病逝于北京时都不肯饶恕这个小女儿。这也成了赵四小姐心底永远的痛。

与此同时，少帅府内也不平静。那原配夫人于凤至并不是传统观念里的小女子，面对丈夫带来的光鲜惊艳的美佳人，她亦不会做出一哭二闹三上吊那样的蠢事。她有谋有识，有胆有魄，并深知少帅对赵四小姐的情深义重。于是，她给自己立了个大度宽容的形象，使其免遭鹊巢鸠占的命运。

张学良担心赵四小姐的私奔有辱张家门庭，只给了她一个秘书的身份，连姨太太的名分都没打算给她。然，赵一荻就是赵一荻，她奉行的是爱情至上主义，只要能陪伴在张学良左右，怎样的牺牲她亦无所谓。

其实，她不是不知道情人角色的悲苦，可是唯有这样才可和自己深爱的人在一起，所以，不管面对什么，她都能决绝而义无反顾，即便屈尊做个小秘书，她亦心满意足。

想她的那一番久恋亦是苦的，正如理查·德·弗尼维尔的至理名言："爱情是一片炽热狂迷的痴心，一团无法扑灭的烈火，一种永不满足的欲望，一分如糖似蜜的喜悦，一阵如痴如醉的疯狂，一种没有安宁的劳苦和没有劳苦的安宁。"

1930年，赵四小姐和张学良的儿子张闾琳出生。面对赵四小姐的隐忍和知书达理，温柔贤惠的于凤至终被打动，在同情和谅解的基础上，她力主为赵四小姐在少帅府东侧建了一幢小楼。

从此，于凤至与赵一荻姊妹相称，二女共侍一夫，赵四小姐虽无名分，但是得以和心爱的人朝夕相处，心亦欢喜。

伍　上海的日子

海纳百川充满传奇的上海滩，是赵四小姐心底最痛的烙印。因为，在这里她经历着生命里两段痛得不愿再忆起的往事。

张学良自1933年后，曾三次来上海居住，其中两次有赵四小姐陪伴。然而，也是这两次陪伴留给她最痛的记忆。

第一次是1933年3月，张学良从北平来沪，宋子文为他安排住在福煦路（今延安中路）181号。在这里，赵四小姐度过了如地狱般的七天七夜。

她此次来沪，是为了帮年轻的少帅戒毒。

我们知道，年轻的少帅在情场得意之时，军旅生活却并不是很顺，父亲的惨死、战事的纠葛，促使他染上了吸毒的恶习。为了让他彻底戒掉毒品，她联合德国名医史密勒博士一起对他进行治疗。治疗的过程尤为残酷，医生将他的手脚都给捆绑住,犯了毒瘾的少帅因无法动弹,就用牙齿来撕扯衣服,并且发出惨烈的哀号声。其状,真的是不忍目睹。随行的人都欲冲进去解救少帅。这时,一向温顺的她便拿起了枪,死死地守护在门口。

人们畏惧了,她却痛苦难抑。

不过,结局总算是好的,经过一番死去活来,少帅终于戒掉毒瘾。只是,这七天七夜的守候陪伴于她而言,太痛了,他的每一声呻吟、哀号,都若针,针针扎在她心上。

窗外是繁华十里洋场的热闹喧嚣,窗内却是看不见底的深渊暗黑,这惹人恨的对比让多年后的她还记忆深刻。

再一次,1934年张学良差使他的副官谭海租下高乃依路(今皋兰路)一号的花园洋房,作为他和她在上海的居处。这洋房,便是现在还端在的"张学良公馆"。

在这个"张学良公馆"里,她度过了她人生中最惶恐的一段时光。

起先的日子是好的,她常常伴在英姿飒爽的少帅身侧,心是欢喜异常的。然而,幸福总是短暂如烟火,璀璨绚丽后便瞬间消失无影踪。

1936年12月,震惊中外的"西安事变"发生了,张学良联合杨虎城一起以兵谏这一最激烈的方式逼迫蒋介石掉转枪口,全力抗日。"西安事变"收到了奇效,使全国抗日力量得以重新聚合。事变之后,愚直的张学良决意担当全部责任,陪同蒋介石返回南京。飞机刚刚降落在金陵机场,张少帅就沦为阶下囚。

对张学良恨之入骨的蒋介石,决意用软刀子来凌迟年轻的少帅,他立即让特务头子戴笠把张学良软禁起来。其实,久经战场的张学良在送蒋介石夫妇回南京前,就意识到蒋介石是不会轻易放过他的。于是,为防止不测,他吩咐参谋长在他离开西安后,立即将赵四母子送往香港。

可是她说什么也不肯离开上海。就这样,她在处处留有他气息的空房间里,惶恐地等待着他的消息。想,那孤寂寒夜将是怎样冰凉彻骨地袭击着她疼痛的心。据说，那时的赵四小姐非常孤单，既不能与张学良见面，又不能投奔天津赵家，她孤身一人带着儿子间琳在上海过着一段如履薄冰的艰难时光。

陆　幽禁岁月

最伟大的爱情的标记，是为自己所爱的人献出生命。

——罗丹的情人卡米尔

记得前段时间看到这样的句子：如果举办本世纪的"罗密欧与朱丽叶"大赛，张学良与赵一荻无疑会榜上有名。张学良能度过如此漫长的幽禁生涯，还能健康长寿，这与赵一荻息息相关。他们相濡以沫70余载，忠贞的爱情生活经受了生与死、血与火的考验，真可谓千古绝唱。

诚然，这样的赞誉亦是真切的。

少帅遭囚后，她携着幼子在上海孤独守候，直到于凤至从国外回来，她才于1937年1月11日携幼子张间琳去南京，后转赴香港。然而，她的内心一刻没有平静过，她时时刻刻都在挂念着被软禁的张学良。1940年，张学良转移到贵州修文阳明洞，于凤至因病去美国就医。于是，她便像16岁那年一样挺身而出，忍着万般心痛将年幼的儿子送到美国托付给张学良的一个朋友，然后千里迢迢跑到贵州陪伴深陷荒凉之处的张学良。

从此，她成为他漫长幽禁生涯里不离不弃的伴侣。在这漫长的幽禁生涯里，她不但要承受因"名不正，言不顺"而遭的诟病，还要忍受颠沛流离。这决绝牺牲，许就是卡米尔所说的最伟大的爱情的标记吧！

1945年抗战胜利，原本以为会得到自由的张学良，又被辗转幽禁到台湾新竹的井上温泉，这个与世隔绝潮湿寒冷的深山成了他们最后的幽禁之地。她和他在这度过了那十多载与世隔绝的囚居岁月。

井山温泉山间的一座和式旧木屋，就是张、赵寄身的园囿。自由，到院子篱笆处便被割断。院角立哨岗，出院门需请示。外围哨所林立。蒋介石派来的监视头目是特务刘乙光，此人整日虎视眈眈地跟踪着张、赵的行迹。曾经叱咤风云的烈性男人，在失去了他视如生命的自由后，就快速衰老，曾经的桀骜不驯早已不知遗失在哪段时光里。深山与世界的距离，杳然不知深处，两岸人们已久不闻世间有她和他的消息。

山中岁月，寒来暑往。除了木叶纷纷开落，便是无涯的寂寞。将军麾下的千军万马，如今变成了他锄头下一畦畦整齐排列的瓜果花草。养鸡鸭，逗小猫，让赵四不时换上新衣裳为她拍照，成了他排遣苦闷的日常消遣。

幽禁生活尽管艰苦，赵四小姐却仍然保持着名门淑女爱美的天性。修指甲，涂指甲油，梳妆严整，鬓发一丝不苟。自己打毛衣，做裁缝。春日里的一件花式毛衣，配上山中桃花，依稀间，依然的人面桃花相映红，美人如花隔云端。夏日里新做的一条洁白连衣裙，衬着山间绿枝，束出一身的窈窕依旧。秋日里的一袭旗袍悠然孑立，如山泉秋色般的宁静气爽。山河轮转，美人依旧。此时的她，即将不惑，被岁月淘洗过的容颜，铅华洗尽，风云俱净，留下的是霜华浸染出的清韵与波澜不惊。

日子在她和他的相互安慰相互陪伴下，亦过得平静，这可能也是爱情的至高境界吧——是因为爱，唯有爱，才可温暖那深不见光明的深渊！

柒　白首鸳盟

1957年10月，张学良终于获得了自由，结束了10多年的山中幽禁岁月。在半个多世纪的幽禁生活中，始终陪伴在侧的赵四小姐是张学良生活上最大的支柱，他们之间的爱情也越发浓烈。

1964年，远在美国的于凤至感念于赵四小姐的至情至性，主动与张学良解除婚约，成全了他和赵四小姐的爱情。同年7月4日，张学良与赵一荻终于在台北市正式结为夫妻。

在经历了36年遭人非议的同居生活后，赵四小姐终于获得了一个对任何女子而言都至为珍贵的名分。

半个月后，台湾《联合报》刊出一条这样不新的新闻：

卅载冷暖岁月，当代冰霜爱情。少帅赵四，正式结婚。红粉知己，白首缔盟。

夜雨秋灯，梨花海棠相伴老；小楼东风，往事不堪回首了。

那一日，赵四没穿婚纱，只穿一件白衬衣，一条黑色百褶裙，虽是花甲之年，但风韵犹存，依然宛如一朵白菊花，三秋过后，清韵汩汩流过河山岁月。

有人说："在张学良、于凤至和赵一荻三人之中，没有感情的失败者。"此言不虚。于凤至的"禅让"行为十分高尚，单凭这一义举，她的灵魂就能升入天堂。然而，赵四小姐的牺牲，亦是世间绝无仅有的。

想，那个一世风流的少帅，此生拥有了这两个奇情女子，该是无憾了吧。人常说，人生得一知己足矣！而他何止得到了一个，而是得到了两个世间少有的红颜知己。

不过，最心存欢喜的应是她了吧。用了几十载的荒凉孤寂年华换来这渴求已久的婚礼，她亦该是充盈的吧，因了此生终是没被那盛名浮华所累及，像是白朗宁说的"我是幸福的，因为我爱，因为我有爱。"她倾尽一生终是寻到了最完满幸福的情感归宿。所以，我们可在她的回忆录中看到这样深情的句子："为什么才肯舍己？只有为了爱，才肯舍己。世人为了爱自己的国家和为他们所爱的人，才肯舍去他们的性命！"

捌　永恒的传奇

有人曾感叹，赵四小姐真是深爱张学良，她撑着沉疴的病体，死死吊住那口悠悠长气，只为看着丈夫快乐地度完百岁华诞。此情此景让人在泪眼蒙眬之余，亦让人唏嘘不已。

于是，被她爱了一生相伴了一生的良人便在生日宴会上动情地对采访的记者说："我太太非常好，最关心我的是她！"末了，还当着众人的面，紧握着她的手并用一口地道的东北话亲昵地说："这是我的姑娘！"

只可惜，此时的一荻已病入膏肓，走到了生命的终点。

2000年，夏威夷时间6月22日上午11时11分，赵四小姐停止了呼吸。在病床的另一侧是她挚爱的张学良。他坐在轮椅上，始终握着她的右手，久久地深情凝望着陪伴他一生的女子，不发一言。

就这样，心已随赵四小姐而去的张学良久久地守在她身边，就像她当初始终守在他身边一样决绝。直到最后，他的眼中都没有泪水。人家说，伤心到极致便是没了泪水可流，因为泪水已流到了心底。

在夏威夷神殿之谷的一块墓碑上，镂刻着这样的诗句："复活在我，生命也在我，信我的人虽然死了，亦必复活。"那是赵四小姐生前叮嘱镂刻的诗句，是《圣经》中约翰福音第11章第25节中的诗句。

2001年10月14日，张学良在美国檀香山去世。他留下遗嘱："与夫人合葬于神殿之谷。"于是，这对爱情传奇的主角在小别一年多后，终会合于天堂之中。

茵茵绿草，漫漫岁月，绵绵情怀，属于她和他的一个时代的传奇结束了。不过，他们留下的却是历史之中最永恒的传奇。

◎ 第十三章 ◎

胡萍——繁花落尽皆成梦

> 原来姹紫嫣红开遍，
> 似这般都付与断井颓垣，
> 良辰美景奈何天，
> 赏心乐事谁家院！
>
> 汤显祖

她多才多艺，能编善演，被人称为"作家明星"。她把自己的一生硬生生地幻化为戏剧，从而，她的身后有了戏剧性的传奇："女间谍""出没舞厅的神秘影踪""孤岛离奇迷踪""达官贵夫人"……

她主演的最为动人的影片，其实不是《夜半歌声》，而是她以"欲望和革命"为主题的传奇一生。

起

她从彼岸来,归于彼岸去,不变的是那一身摩登的"红裳",那是乱世中飘摇的裙摆,也是那隐随身边"赤化"的革命的"红"。

从来没有一个明星可以把"上海的摩登"演绎成这样。她纤细柔美,美丽不可方物,如同一朵鬼魅的"红玫瑰",曼妙的舞影在上海滩的十里洋场之中,魅惑千里,她是上海滩上最红、最另类的社交奇葩,足以颠倒众生。

1910年出生于湖南长沙的她,亦是个深藏欲望的女子。

最初到"咖啡馆"做女招待的工作,便已流露出蕴藏在她心底的欲望来。她终日在这个可接触到上海名人的咖啡馆,寻觅自己的出口。终有一天,她邂逅了从上海来的声名显赫的剧作家田汉。于是,她以"心有多大,舞台就有多大"的豪迈与决绝,赢得了田汉的赏识,从而得以来到让她魂牵梦萦的上海。

至此,她的"生之华章"便在上海这个阴柔、妖娆的城市中绽放。

她以她艳绝的才情,创作并亲自出演了轰动上海滩的电影《姊姊的悲剧》,并以此赢得了"作家明星"的美誉;她以她火热的"红"、妖娆的"舞",成了上海真正的"弄潮儿"。1937年的一部《夜半歌声》,更是让人们记住了她这个风姿绰约、万千迷人的娇媚女子。

只是,于滚滚红尘中,她这个我行我素的奇绝女子却做了那女版的"陈世美",为了俗世的安逸和诱惑,无情地离开至死也愿追随于她的痴情男子阿唐。

这个为戏而生、为欲望而活的女子,生生把自己的一生搬上了华丽却梦幻无边的舞台。只是,她演绎的不再是折子戏,而是那悲凉的生活。任她怎样才华横溢,也编排不了自己的人生。她传奇的一生有了开始,却没了结局。

她摇曳的身姿消失在她钟爱的上海滩,她的影踪便也成了一个永远的谜。而在她的身后,便也隐随着一长串世人揣测的结局:"女间谍""出没舞厅的神秘影踪""孤岛离奇迷踪""达官贵夫人"……

人们说,她主演的最为动人的影片,其实不是《夜半歌声》,而是她以"欲望和革命"为主题的传奇一生。

壹 另类奇葩

1937年,"孤岛"上海的半空中悬浮着一个夜半的歌声。

这是因为,新成立的新华影片公司推出了我国电影史上第一部恐怖电影《夜半歌声》。

这部由素有"东方郎却乃"之称的导演马徐维邦亲自执导,影坛巨星金山和胡萍联袂出演的恐怖片,上映第一天,就在"孤岛"造成了空前的轰动,并创下连映34天场场爆满的纪录。

当时,报纸这样报道:"中国影坛第一部有声恐怖巨片《夜半歌声》在金城开映以来,卖座盛况打破金城历来纪录,每场因迟到而抱向隅之憾之观众,达千余人。"以后又到北京、天津等地上映,盛况亦然。报界称之为"大量观众倾巷而至,影迷府上十室九空"。

人们亦因此记住了那个为爱疯、为爱死去的李晓霞的扮演者胡萍。

这一次,这个外来的长沙姑娘,用她的"口唇红,衣服红,腮帮子也透着点红",彻底征服了由来就排外的上海本邦人,成了那深入骨髓的海上繁花中最令人惊艳的一朵。

如今,由不同名角分饰的李晓霞的身影还摇曳在不同的菲林胶片中,只是,再没有谁可以是那个令人惊艳的奇葩了。

贰　咖啡馆女招待

旧时上海这座城市,就像一束妖娆盛开的罂粟,始终用它隐秘的暗香撩拨着浮生男女的心。它的弄堂,它的鸦片香,它的百乐门……都若暗涌。尤其是那细细密密纠葛痴缠于整座城市的弄堂,更是吸引着无数爱做梦的男男女女。

彼时的长沙便显得灰土土的,终日弥漫着的还是让人无可喘息的"四书五经"的琅琅声训。这不得不让那个隐匿在这城市里,唯一传播时尚的咖啡馆里的小姑娘艳羡不已、向往不已。

这个小姑娘叫胡萍,眼波潋滟,骨子里却充盈着上海女子的清冽、傲绝。

1910年,生于湖南长沙的她,不仅沿袭了南方女子的纤细和柔美,还具有让人惊艳的才情。这个混迹在咖啡馆当女招待的小女子,并不是为了糊口才在此工作的,而是因为这儿是这个城市唯一具有时尚元素的地方。在这里她不仅可以看到各色的艺术名人,接收各种新鲜信息,更重要的是,还可以用打工赚来的钱,买于她而言还很奢侈的电影票。

人说:心有多大,舞台就有多大。的确,命运就是这么回事,只要你有梦想,冥冥之中便有梦想的大舞台在前方等待着你。所以,一心向往去上海滩去做一个弄潮儿的胡萍,迎来了改变她命运的贵人 —— 时任上海滩南国剧社剧作家的田汉。

据说,那日,田汉因回故乡会一老友,刚好约其在胡萍工作的咖啡馆碰面。

不甘于终老在长沙这个小水塘的胡萍,就大方地来到田汉身边诉出了心中的愿望。本就惜才的田汉,顿时对毛遂自荐的胡萍欣赏有加。

于是,他毫不犹豫地把她带到上海,安排进自己创办的南国剧社,胡萍就此闯入上海电影界和戏剧界。

不久的将来，这个从咖啡馆里走出来的女招待，成了上海滩上最具传奇色彩的花朵。

叁 奇情的"作家明星"

那个写过《中国奇情女子》的王开林曾如是说："出类拔萃的女子身上多半具有相当的传奇性，她们活出了美丽和善良，活出了真情和至爱，活出了快乐和成功，也活出了血性和悲伤，总之，她们活出了女人之为女人的生命质量。"

诚然，旧时上海滩中那些至今还让人津津乐道的名女子们，可谓个个都是传奇，且个个至情至性极富才情。

胡萍，这位奇女子亦并非浪得虚名。用今天的话说，她是一位"超女"，演戏、撰文、编剧……集各项本领于一身。

大上海真是一个缔造神话的地方。刚刚到南国剧社的胡萍，在没学过任何表演、没受过任何训练的情况下，凭着过人的天赋和才情，在话剧《苏州夜话》的演出中一举成名。从此，她也真正融入灯红酒绿的十里洋场之中。她暗藏着的待挖掘的表演潜质，亦受到了电影界的注意。不久，她便被明星影片公司的星探挖走，开始了她真正的水银灯下的光彩人生。

也是明星公司，缔造了她这样一个传奇的"明星作家"。

据说，她到明星公司后并未被重用，直到她出演了自编的电影《姊姊的悲剧》，才真正把自己的才华和演技完美地融合在一起。也就是这部电影，为她赢来了"作家明星"的美誉。

为了有更好的发展，1933年，田汉介绍她进"艺华"，她由此迎来了银幕生涯里最关键的一个时期。

初到艺华，她便一连主演了《烈焰》《女人》《黄金时代》《人之初》《时势英雄》等电影,这很好地奠定了她在电影圈内的地位。她亦成为艺华炙手可热的台柱。

然而,这个执着于演艺事业的女子并不满足现有的成就。于1936年,她又跳槽到新华影片公司。

这成了她演艺生涯中最重要的一个乐章。在这里,她出演了那个让她惊艳全城、轰动全城的《夜半歌声》。她亦因此让十里洋场内外都记住了电影界有一个她这样的奇情"作家明星"。

人们记住了她,记住了她的才情,亦记住了她的传奇。

肆　海上"弄潮儿"

宋之的在《红姑娘胡萍》一文中写道:"在中国的女明星里,胡萍女士是最有美国风情感的,你看她那两条弯弯的眉,你看她那一只扁阔的嘴,不很像美国的女明星吗?可惜是画的,要是真的,那就好了。"可见,胡萍的容颜之美是当时的稀缺之美。

然,在她风姿绰约、万千迷人的娇魅外表下,一直都深藏着一颗敢于追求、不受约束,又强烈自尊的心。

正因如此,她才在那些有着华丽外表却内心空洞的明星之中脱颖而出,也让她不至于让自己成为那一座架在上海半空之中的日式浮桥,美妙,却易倾倒。

穿越历史的浮影,我们可以清晰地看到从头到脚都是"红"的她:"口唇红,衣服红,腮帮子也透着点红。"这"红"还不足以来诠释好她,宋之的在《红姑娘胡萍》中亦如是说:"在20世纪30年代的大上海,胡萍有'红姑娘'之称。这不仅因为她主演了'恐怖片'《夜半歌声》红极一时,更因为她从头到脚都是'红'的:口唇红,衣服红,腮帮子也透着点红。似乎还有人说,她的思想也是'红'的。"

把口红、红裳与"赤化"放在一起说,似乎显得过于突兀,可它们的确都是"上海摩登"。

20世纪30年代出现的新型都市文化。穿红衣,在革命青年这里已成一种时髦:既可宣示自己的政治立场,又能让人"道路以目"。

Morden,可译为"摩登",也可译为"现代",革命是最最现代的意识,摩登青年怎会甘于落伍?

可见,"红姑娘"这个时髦的称号对她而言是当之无愧的。

她的"红",亦是尽人皆知的。

据说,就连当时的国民党特务也知道她是"红"的(即思想的"红",因田汉的缘故,在到上海不久,她就加入左翼戏剧家联盟,成了最早的左翼明星。)

1933年,国民党特务组建了一个"上海电影界铲共同志会",捣毁了田汉、胡萍所在的艺华影片公司摄影场,并向上海各影院发出"警告信":"对于田汉(陈瑜)、沈端先(夏衍)、卜万苍、胡萍、金焰等所导演、所编剧、主演之各项鼓吹阶级斗争、贫富对立的反动电影一律不予放映,否则必以暴力手段对付,如艺华公司一样,决不宽恕……"

然,这威胁并没把个性决绝的胡萍吓住。在"红色的30年代",在深重的民族危机下,她成功地把自己"商女"的角色转换成最英勇的"左翼剧人",拿着艺术这把唤醒民众的武器在"自由厅"中演绎着田汉的《暴风雨中的七个女性》。

就这样,这个让人敬佩的"红姑娘",以异于其他女明星的魅力,成为那时上海滩真正的"弄潮儿"。

伍　伊为舞狂

张爱玲曾说过，中国是没有舞蹈的国家。所以，当殖民地的上海民众初初接触到从西洋界引进来的社交舞时，这个最喜新兴事物的时髦岛屿顿时疯狂了。于是，整个上海十里洋场便变成灯红酒绿的"不夜城"了。人们疯狂地迷恋上这个暧昧的"脚谈"（张爱玲在《谈跳舞》中写道：跳舞是"脚谈"）。其间尤以名媛、明星为多，她们多容貌娇艳、技艺娴熟，最能在衣香鬓影之中衍生出无限的情调来。

胡萍，便是这疯狂舞迷之中的一个。

她顶着"左翼文化人"的身份，堂而皇之地出入上海滩各大舞厅。要知道，那时候各大舞场都备有舞女，舞客自然是各行的富豪之类的男人了，他们花钱买舞票只为吃舞女的豆腐。所以，跳舞在正经人看来可不是一件正经事，何况她还是一位进步的左翼文化人。

然而，这舞的魅力是那样的无可抵挡，男与女相拥之间暗生出的无限暧昧，及深藏其间的许多"艳"的想象，总是吸引着凡俗中的男女。

故，伊人会为舞狂！

于是，我们便看到了这样一幕轻喜剧：

胡萍就在这时候，看了看表："哟，10点钟了，我还有约会，得快走！"

我的朋友开着玩笑："这样急，大概是赴情人约会吧！"

"鬼话，一个朋友请我到'大沪'去跳……"停了一会儿，"不，我要回去睡觉了。我每天晚上10点钟睡觉，真寂寞死了！"（出自《红姑娘胡萍》）

想来为舞痴狂的胡萍，看到同志们怀疑、嘲笑的眼光，自然是欲说还休。然而，她是我行我素的女子，必不会因谁改变自己的喜好。有时，欲望会超越一切的理念，她亦不例外。

所以，人们经常可看到，穿着红色的西装、红色的皮鞋，戴了一顶红绒线帽子的胡萍，舞动于那不眠的都市之夜中。翩飞之美，艳丽至极，却总是让人不放心的，总怕会发生什么不幸的事情。

不过，这担心是没必要的，因为她身边时时跟随着一个"护花使者"，他就是胡萍的男友，人们都叫他阿唐。

陆　滚滚红尘

那个才情女子三毛说："男男女女醉生梦死，爱来爱去，就这样滚滚红尘的来，滚滚红尘的去！"

对于胡萍的这个痴情男阿唐而言，认识胡萍是幸亦是不幸。但是，对于胡萍而言，认识阿唐是她几世修来的福分。

潘子农在《舞台银幕六十年》中如是写道："无论胡萍去哪里，他都不言不语地跟着，'好像不存在似的'，就连胡萍排戏时，他都默坐一旁微笑。"看到这样的资料时，不禁让人想到《红楼梦》中那位对香菱一见钟情的薄命公子冯渊。

想那冯渊遇见有着惊世容貌、袅娜纤巧的香菱，是怎样的心存欢喜？于是，他从人贩子那儿把她买过来，不承想却招来致命的祸，让他早早告别了爱着的滚滚红尘，成了那最薄命的人。毕竟是乱世，爱不能与势与钱等衡。真说不清这红尘中的情缘，到底是那生命匆匆不语的胶着，还是那人世间的交错，抑或是那前世流传的因果？

同样，阿唐这位来自东南亚的华侨男子，义无反顾地爱上了同样有着惊世容貌的女子。不管它乱世难料，亦不管它命途多舛，决绝地追逐着这乱世的情缘。

初相识时，他还是上海暨南大学的学生。见着美艳如花的她，便如那少年冯渊一样，忘了身在何处，只记得心乱若小鹿。就这样深深迷醉其间，不能自拔，遂做了飞蛾赴火的决绝之势，奔向了自己的爱情。

原来，这滚滚红尘之中亦还是有为情为爱奔忙的七尺男儿的。但是，那我行我素的奇绝女子胡萍却在俗世之中做了那女版的"陈世美"。

那时还真真是乱世，到处都是说不尽的苍凉故事，没一个有圆满的收场……

1937年"八一三"事变后，上海大批演艺界人士来到汉口，投奔郭沫若主持的国民政府军事委员会政治部第三厅。不爱红装爱武装成了艺人追逐的时尚。胡萍亦在第三厅兼有职务，她背起武装带，着了军服，出现于各处公共场所，并且发誓将从事救亡工作到底。可是，不久她便留下一连串的问号，从公众的眼中消失得无影无踪。

那时，她和阿唐已经同居。阿唐不知得了什么病，突然双目失明。战火又阻隔了来自东南亚的接济，二人生活相当困难。某日阿唐外出归来，感觉屋里有点异样，伸出双手摸索一番后，明白这一天终于来了：胡萍的衣物都不见了！阿唐呆坐空房良久，慢慢地把手指伸向电灯开关，连通了正负极……

也许，在乱世的孤独盛宴中，谁都不会是谁的谁。

想她从来都是那朵叫做"依米"的非洲花朵，即使生长在荒漠的地带，亦会在某个清晨突然绽放出美丽的花朵来。它是天生危险的，为了绽放，穷极了一生亦要追求那苍凉的美丽。

而阿唐却只是守护在她身边孤独的"护花使者"，坐在寂静的一隅，于无声无息中用深情的目光追随着自己心爱的姑娘，看一场烟花梦幻，梦一场花好月圆，等一个他深爱的情人。只是，他始终不知道，毒日下生长的花朵，是危险而无情的。

故，在滚滚红尘里于芸芸众生中遇见她，是阿唐最致命的伤，<u>丝丝缕缕痴缠的宿命</u>，末了化为那苍茫的灰烬。

柒　如戏人生

王安忆在《长恨歌》里如是说："做戏如果连性命也搭进去，戏便成了真的了。"

胡萍，这个为戏而生的女子，生生把自己的一生都搬上了舞台。她即使洗去了胭脂，卸下了行头，游戏于人间，也不过是又戴上了另一副面具，换上了另一身皮囊，扮演着另一个角色而已。一如那个为霸王而生的戏子，舞尽长袖，他还是那个为戏而生、为戏而死的虞姬。

从来戏子都是有墨守成规的宿命的，想那风华绝代的程蝶衣，无论在舞台之上如何的光彩照人，落了幕，下了场，卸了妆，却仍是社会中最底层的微贱的生命。所以，当繁华散尽，他只能够舞尽长袖为君吟一曲，拔剑离去先去做那爱的魂灵。

悲剧是一早就注定的，当他嘴角带血，伸出纤纤玉指唱道"我本是女娇娥，不是男儿郎"的时候，宿命在那一刻便启动，错位的性别，错位的感情，谁是谁命中的过客，谁又是谁的宿命，前世的尘，今世的风，无穷无尽哀伤的精魂。他一直是那从一而终的虞姬，然而，碰上的却是一个不能和他心有灵犀的霸王。那霸王不是真的不解风情，而只是"我是假霸王，你是真虞姬"。所以，纵你虞姬痴缠了一生却也是无果的终，终究怪不得谁，叹只叹那造化弄人罢了。

如此，戏子演绎的人生都是一出惊艳的折子戏，而折子戏不过是全剧中的几分之一。所以，一般演了开始，便没了上演结局的机会。只空空留下那遗憾之美的凄凉和无奈。

想那胡萍，在人生之初轰轰烈烈地演绎着自己的角色，亦以燎原之势在万花筒似的上海滩上红红火火地燃烧了一把，然而，折子戏总有办法让她的角色很快隐去，且悄无声息，所以，我们在她的名字后看到了那一大串的问号。

她，是在武汉大撤退前后神秘失踪的。

一说她做了"女间谍"，打入日军内部，牺牲了；一说她一直活到抗战胜利；后来又有人说"文革"后还有人在长沙见到她。

另有唯一纸媒如是报道：1939年6月出版的第13期《电影新闻》称，胡萍去了香港，又脱掉军装，恢复了自己的标志：红色西装，甚而有时穿起男装来，妖冶万分。据说，胡萍在港交结了一腰缠万贯的富家郎，仍时时出没于跳舞场。（《影息香港·行踪神秘的胡萍》）

更有时为影评人的潘子农亲见的一幕：1942年，陪都重庆，一辆崭新的雪弗莱汽车划过街道，在路边停了下来，从车上跨出一位衣饰华丽、浓妆艳抹的少妇，尾随其后的，是一位五十开外的白胖胖的绅士。那少妇是胡萍，那绅士是国民政府粮食部部长……

此上种种，便使她如戏的人生染上了戏剧的神秘色彩，并暗藏种种猜想。这个爱戏的女子，在人世间演绎了一出凄凉的折子戏。有了开始，便没了结局。

捌　梦一场

一切繁花终成梦，一切精彩终成梦。

在人生的大舞台上，其实每个人都是艳装的戏子，人生这场戏总有落幕的那一刻。舞台的时光转过了特定的季节，传奇也会收场，不同的是，她演绎的是最鲜活的自己。

唱断了"除去天边月无人知"，唱尽了"愿我如星君如月"，最后一曲"衣带渐宽终不悔，为伊消得人憔悴"，便把一生的华彩都唱完了。

可是，在短暂的生命中，能够留下那一抹倩影，那一缕芳魂，在传奇艳绝的上海滩的十里洋场之中，便也足够使世人缅怀回望一辈子了。

◎ 第十四章 ◎

林徽因——你是人间四月天

一身诗意千寻瀑,
万古人间四月天。

金岳霖

她是惊世绝艳的才女,和徐志摩彼此欣赏,互为心灵知己;她和梁思成情定终身演绎了一幕旷世之恋;她和大哲学家金岳霖两心相悦但又互相坦诚相待。三个男子,成就了她美丽的传奇。她就是被时人誉为"第一才女"的奇女子林徽因。

起

　　她是男人心目中最知性的女子。

　　绝代的容颜，惊世的才情，使得她的名字和三个顶级男子联系在一起：建筑大师梁思成，天才诗人徐志摩，学界泰斗金岳霖。

　　梁思成是她的夫君，对她体贴呵护，且理解欣赏，他们一生相濡以沫。徐志摩把她作为诗的源泉，情感的寄托，后来在赶赴北平听她演讲的飞机上魂归蓝天。金岳霖则是为她固守柏拉图式的爱情，终身未娶，一生与其相邻。而她自己，是建筑师、教授、诗人和作家。

　　20岁，她以才貌双全闻名于上层文化。1924年4月23日泰戈尔访华之际，陪同在侧的她更被当时上流社会叹为"人艳如花"。她的才华和传奇经历都为当世仰止，如果不是生不逢时，如果不是多病的女子，如果她的诗作文集有人编纂整理，或许她会是一个真正的女诗人，会是一个近代建筑史上的泰斗。

　　理性和感性，在她身上得到最完美的结合。

　　虽出身于官僚知识分子家庭，在生活和感情上她却是一个都独立的女子。所以，她始终站在男性主流社会的塔尖上，她以优雅睿智、聪慧凌厉的才情，成为"太太学堂"永远的"女主角"。她亦可以在才情横溢却挂有"离婚"头衔的徐志摩面前，以完美的姿态华丽转身。

　　她在爱的滋润中享受人生的悲喜，得到了爱也付出了爱。她用爱包容一切的情：爱情、亲情、友情以及所谓的第四种感情。她认为被爱是幸福，爱人是责任。她说她"爱思成，爱自己的家胜过一切"。她同时又以不同方式和同样的真诚爱着徐志摩和金岳霖。

　　回望她的一生，你会惊奇地发现，这个鼎盛繁华过的特别女子，不仅是中国男人诗意的理想，还是知识阶层男人们的红颜知己。她用她繁华而短暂的一生创造了一个时代的传奇。

壹　人艳如花

1924年,北京迎来了诺贝尔文学奖获得者、印度诗人泰戈尔。

为了迎接泰戈尔,文学界在天坛草坪上举行欢迎会,林徽因任泰戈尔的翻译,始终陪同在侧,一时间,她被当时的上流社会惊叹为"人艳如花"。

在当时的报刊上,有这样的记载:"林小姐人艳如花,和老诗人挟肩而行,加上长袍白面、郊寒岛瘦的徐志摩,有如苍松竹梅一幅三友图。徐氏翻译泰戈尔的演说,用了中国语汇中最美的修辞,以硖石官话出之,便是一首首小诗,飞瀑流泉,琮琮可听。"

在泰戈尔5月8日的祝寿会上,她又以《齐德拉》中的公主齐德拉的面目出现,精彩的表演,洋溢的才华,惊艳了全场。人们都在惊叹这世间竟有如此奇女子,集才气、美丽于一身。

就连印度大诗人泰戈尔都上台慈爱地拥着林徽因的肩膀赞美道:"马尼浦王的女儿,你的美丽和智慧不是借来的,是爱神早已给你的馈赠,不只是让你拥有一天、一年,而是伴随你终身,你因此而放射出光辉。"

由此,可以想象当时的林徽因是怎样的绝代风华!

所以,之后,我们得到的画像,总是一群男人如壁脚灯一样地抬头仰望她,用柔和的光线烘托她,越发显得她眼波灵转、顾盼生姿。

贰　失意的少女

1904年6月10日,林徽因出生于杭州。祖父林孝恂得知消息,喜悦地吟着:"思齐大任,文王之母。思媚周姜,京室之妇。大姒嗣徽音,则百斯男。"并为孙女起名"徽音"。后来,为避免和当时一男性作家林徽音相混，在1934年为她改名为林"徽因"。

林徽因两岁那年，父亲林长民赴日本留学，林徽因与母亲跟着祖父母生活。在徽因幼年的记忆里，父亲就是一封封从日本寄回来的信。那些信都是写给祖父母的，信中抨击时弊，谈论政治，抒发抱负。林徽因和母亲是父亲在信的末尾一笔带过的句子。

1910年，其父从早稻田大学毕业。回国后，他开始参与政治，随着他升迁的脚步，林徽因一家由杭州搬到上海。

这一年，林徽因12岁。

12岁的林徽因姿容秀丽，笑起来颊上有两个深深的酒窝。因从小多病，她看上去有些纤弱，似一株亭亭的嫩柳，纤细柔美，又带有几分青涩，这让她无论在同学中还是在众多姐妹中，都是最受喜爱的那一个。

可是，少女时期的她，是失意的，并且因着母亲的失宠而变得郁郁寡欢。

林徽因的母亲出身于浙江嘉兴一个商人家庭，14岁时嫁给林长民做了二夫人。她既不懂琴棋书画，又不善操持家务，所以，她既得不到儒雅风流、才华超群的丈夫的疼爱，也得不到婆婆的欢心。

她为林长民生了两个女儿，大女儿林徽因和小女儿林麟趾。林长民对两个女儿疼爱有加，对妻子却十分冷淡。后来，林长民又在上海迎娶了年轻美貌的三夫人程桂林。从此，林徽因的母亲就过着被丈夫冷落遗忘的生活。当时她的母亲才31岁。

漂亮的程桂林为父亲接连生下了几个儿女。他们住在前面的大院，林徽因和母亲住后面的小院。父亲回家后，总是待在前院。前院有弟弟妹妹们的欢笑吵闹声，还有父亲买的各式新奇物件。

林徽因只要一去前院，回来就会听到母亲的数落。她数落前院，抱怨父亲，边数落边哭，哭自己命苦。每当这时，林徽因心里就交织着对父母又爱又怨的复杂感情。她爱父亲，却怨他对母亲冷漠无情；她爱母亲，却怨她在抱怨和嗟叹中使父亲离开得越来越远；她爱那些同父异母的弟弟妹妹，却又小心翼翼地怕伤了母亲的心。

这一切在林徽因的心灵里，留下了痛苦的记忆，对她的性格形成有久远的影响，也直接影响着她以后的人生选择。

叁　康桥，邂逅徐志摩

1920年初夏，16岁的林徽因跟随父亲来到英国。同年10月，徐志摩从美国来到伦敦，入伦敦大学政治经济学院读书。

1920年11月16日，一个雾蒙蒙的日子，徐志摩亲自上门去拜访林长民。当时的林徽因，做梦也不会想到这个戴着一副圆眼镜的"叔叔"会从此闯入自己的生活。

初见林徽因的徐志摩，即被林徽因美丽的外表，聪慧、幽默、追求独立、坚持己见等内在的品质所折服；而情窦初开的林徽因也被徐志摩渊博的知识、风雅的谈吐、英俊的外貌所吸引。两位才华横溢的青年热烈地坠入爱河。

那一年，徐志摩24岁，她16岁。

当时，徐志摩已是两个孩子的父亲，妻子张幼仪和孩子也在伦敦。但是这些却不能抹杀他心底对林徽因的痴爱。于是，在某日，他情深义重地向林徽因正式表达了爱意。

面对真诚示爱的徐志摩，林徽因动心了。可是，她毕竟出身名门，不能处于一个尴尬的境地。所以，她要徐志摩在她与张幼仪之间做个抉择。唯爱的徐志摩，当即回家向张幼仪提出离婚。虽然张幼仪能理智地对待这件事，但却遭到了徐父的反对。梁启超作为老师，得知此事，也以导师的名义给他写信，斥责他不要"把自己的欢乐建筑在别人的痛苦之上"。

这边，林徽因虽深爱着志摩，但家庭的背景以及教养还是使她做出最明智的选择。她毅然跟随父亲提前回国，离开了他。后来，归国的徐志摩在回忆起这段往事时说："那一年，我一个人回。"其凄凉伤痛让人听得心里凉丝丝的。

等徐志摩回国，林徽因已与梁思成订婚。虽然如此，徐志摩仍不放弃，甚至在林与梁因车祸感情已经发展到密切阶段，还闯入两人圈子。出于无奈，两人不得不用英语在门上贴了一张纸条："恋人想单独在一起。"这时，徐志摩才知趣地离开。

肆　梁上君子与林下美人

1921年秋，回国的林徽因看着久违的故园，想着又可以进培华女子中学读书，心里有说不出的激动。而此时，她的心里亦泛起了涟漪，因为她爱上了一个人——和她终生厮守走过漫漫一生的男子，梁思成。

梁思成，1901年出身于书香门第，其父就是维新派的领袖、文学巨匠梁启超先生。梁启超与林长民同是维新人士，也是志同道合的朋友，更是民国政府的同事。

如此算来，两人可谓是两小无猜。林徽因喜欢和梁思成在一起，他们无论是出身教养还是文化构成都很相似，性情、趣味相投使他们的交流十分默契，以至许多年后，成为中国建筑学界的权威专家的梁思成，在谈起他最初为什么选择搞建筑时，竟说是为了徽因。

梁思成是十分怜惜冰清玉洁、口齿伶俐的林徽因的。他就像一个宏大的结构和支撑，和着灵动若飞檐的林徽因，组合成一个完美的艺术品。

值得一提的是，虽然双方家长有意成全这对金童玉女，但他们并没有包办。他们的婚姻，两个人的感情是自然发展、水到渠成的。那时，林徽因和母亲居住的小院有一架紫藤，梁思成常到这里来找她。很多次，在林徽因家的那棵紫藤架下，他望着林徽因，满怀深深的喜悦。他发觉，对面前的这个女子，不仅仅是情爱，而更多的是欣赏、是珍爱。

他们倾心地交谈，静静地相守，使得那时的林徽因整个人都沉浸在爱的幸福中。她第一次知道，真正的爱可以让心变得像白云一样轻柔。由于从小生活在不幸福的母亲身边，她的内心积淀着忧郁。两心相许、真挚深情地去爱一个人和被人爱，是她从少女时代就有的梦想和渴望，而梁思成让她的梦想成真。

他们的恋爱充满了无限乐趣，梁思成虽不善言语，却很幽默，他用自己的方式讨好着林徽因。有一次，他们到太庙约会，林徽因一回头不见梁思成，抬头一看，梁思成爬上了林梢。林徽因又气又恼地看着他，而他挑眉调皮地一笑说："可你还是爱上了这个傻小子。"他们都笑了。从此，梁思成也就有了一个"梁上君子"的雅号，朋友们为了对仗，遂给林徽因起了个"林下美人"的雅号。

1928年3月，林徽因和梁思成在加拿大渥太华举行了婚礼。

也许，是上帝被他们矢志不渝的爱情所感动，让梁思成与林徽因结了这段美丽的尘缘，于是，在中国建筑史和爱情史上都有了他们这最灿烂的一笔！

伍　太太的客厅

冰心曾写过一篇小说，题目叫"我们太太的客厅"。据说，这篇小说影射的就是林徽因。不过，冰心后来辩解说，她写的并不是林徽因，而是陆小曼。

然而，林徽因并不计较。

在林徽因看来，所谓这"太太的客厅"，不是什么神秘之境，说白了，只是一间家庭文化沙龙。是一些志同道合的朋友的一个聚会场所，只不过聚会的主体是男性，他们多是当时各领域的佼佼者，比如政治学家张奚若、经济学家陈岱孙、逻辑学家金岳霖、物理学家周培源，以及名满天下的胡适、沈从文、徐志摩、朱光潜、朱自清、梁宗岱、冯至、郑振铎、周作人、卞之琳、何其芳、萧乾等。

他们来到这里当然是被女主人的魅力给吸引了，但这吸引却不仅仅因为一个女人生得漂亮，而是因她知识渊博、思想独特、个性特别、语言幽默，还因为她比一般人更人性化，能够理解人，也比一般女人落落大方。

萧乾回忆说："她话讲得又多又快又兴奋。徽因总是滔滔不绝地讲着，总是她一个人在说，她不是在应酬客人，而是在宣讲，宣讲自己的思想和独特见解。那个女人敢于设堂开讲，这在中国还是头一遭，因此许多人或羡慕或嫉妒或看不惯或窃窃私语。"

这客厅是有些特别，它不同于权贵的客厅，不同于交际花的客厅，也不同于社交界一般的客厅，它不带任何功利色彩和无聊成分。

为什么会有越来越多的朋友聚在林徽因的周围呢？

一方面是因为她美丽可爱、活泼动人、直率、真挚，但更重要的是她有宽广的胸怀，对人性有透彻的了解，对情感多有包涵，对事物有独特的见解。还因为她心性极高，悟性极好，见多识广，比别人更具理解力。她不仅能够理解自己了解的情感和事物，也能理解自己所不了解的情感和事物。当朋友需要她解决问题时，她有能力给予帮助。

因为这些，当他们从她的"太太客厅"散去后，她的音容、表情，特别是她的观点、见解，都让他们感慨不已。而下一次，他们仍然会被她的魅力、见解给吸引了来。

可以说，这样的聚会几乎成了他们的精神食粮，心灵的盛宴！

陆　此情可待成追忆

有人说，这个世界上除了亲情、爱情、友情，还有第四种感情。林徽因和徐志摩之间的感情就属于这第四种感情。

这种感情比真正的爱情少一点点，比纯粹的友情又多一点点，没有情人间的那种灵与性的疯狂，亦没有朋友间的那种随意和淡然，他俩之间的感情无法真正言明，既刻骨铭心，又不可捉摸，既浸入骨髓，又超然永恒。

当年在康桥偶遇的两人，其实是一对很好的恋人。虽然，最后林徽因嫁给了梁思成。但是，他们之间的联系却也持续了10多年，这样的感情，也只能用第四种感情来诠释。

1931年11月19日，为参加林徽因在北平举办的中国建筑艺术演讲会。徐志摩搭乘"济南号"邮政飞机由南京北上，抵达济南南部党家庄一带时，忽逢大雾，飞机撞上山头，当即机毁人亡。

而那天，演讲的林徽因，则几次都将热盼的目光投向门口。当第二天她获知志摩遇难的消息后，当场昏倒在地。

徐志摩的离去是林徽因心中永远的痛，为了永久地思念，她让赴济南的梁思成带来了一片失事飞机的残骸，并把它珍挂在卧室的一隅，直至去世。同时，她还写下了《悼志摩》这篇不朽的散文。长歌当哭，椎心泣血，不胜哀痛。这应是林徽因对徐志摩感情流露的最真实写照。

此后在给胡适的信中，林徽因剖析了自己跟徐志摩之间的关系："这几天思念他得很，但是他如果活着恐怕我待他仍不能改变。也许那就是我不够爱他的缘故，也就是我爱我现在的家在一切之上的确证，志摩也承认过这话。"

恐怕，这就是他们两人情感延绵10多年而终不能成眷属的原因吧。

几年后，林徽因和梁思成路过徐志摩的家乡浙江硖石，触景伤情，林

徽因再一次陷入了感情的撞击之中不能自已,和着泪花和火车的轰鸣,她把不可名状的思绪倾泻到纸上:

别丢掉／这一把过往的热情／现在流水似的／轻轻／在幽冷的山泉底／在黑暗的松林／叹息似的渺茫／你仍要保存着那真／一样是月明／一样是隔山灯火／满天的星／只使人不见／梦似的挂起／你问黑暗要回／那一句话——你仍得相信／山谷中留着／有那回音!

这首诗中的情绪,真真切切地表现了林徽因对诗人徐志摩的怀念和追忆。只是,不知道在天国的徐志摩是否感应得到呢?

柒 人生自是有情痴

在林徽因的爱慕者中,金岳霖的地位最为特殊。他以柏拉图式的爱情成就了林徽因的另一种完美。

1914年,金岳霖毕业于清华大学,后留学美国、英国,又游学欧洲诸国。回国后主要执教于清华和北大。他从青年时代起就饱受欧风美雨的沐浴,生活相当西化。西装革履,加上一米八的高个头,让他看起来仪表堂堂,极富绅士气度。

金岳霖在晚年回忆说,他还是通过徐志摩认识林徽因的。林徽因一家在北京东城北总布胡同居住的时候,金岳霖与林家是邻居。两家的距离只有一扇小门之隔,所以,当时的金岳霖就常常穿过这扇门,参加林徽因"太太的客厅"的聚会。

据说,金岳霖的生活很讲究,他家的面包做得好,每天早上就给林徽因家送过去,没事就到梁家一起喝茶聊天。这样交往久了,这个满腹学问、留过学、见过许多中外女子的大教授，就被美丽年轻的林徽因吸引了。

林徽因也很欣赏这位理性又能说会道的哲学教授。这使她非常苦恼，最后只好向丈夫求助。

大概是1932年夏天，梁思成从河北宝坻考察古建筑回来，林徽因告诉他自己同时爱上了两个人，不知道该怎样办才好。当晚梁思成想了一夜，第二天他跟林徽因说："你是自由的，如果你选择了金岳霖，我祝你们永远幸福。"

后来，林徽因把梁思成的话告诉了金岳霖。金岳霖说："思成能说这个话，可见他是真正爱着你，不愿你受一点点委屈，我不能伤害一个真正爱你的人，我退出吧。"从那以后，他们三人毫无芥蒂，金岳霖仍旧跟他们比邻而居，相互间更加信任，甚至梁思成、林徽因吵架，也是找理性冷静的金岳霖仲裁。

爱她，就成全她。那该是爱的最高境界吧。想这世间滚滚红尘中也只有金岳霖这一人可以做到吧。

林徽因的追悼会上，他为她写的挽联格外别致："一身诗意千寻瀑，万古人间四月天。"

四月天，在西方总是用来指艳日、丰盛与富饶。她在他心中，始终是最美的人间四月天。他还记得当时的情景，他跟人说追悼会是在贤良寺举行。那一天，他的泪就没有停过。他说着，声音渐渐低下去，仿佛一本书，慢慢翻到最后一页。

他对林徽因的至情深藏了一生。为了她，他终身未娶，因在他心中，世界上已无人可取代她。

即使多年以后，当他已是八十高龄，可当有人拿来一张他从未见过的林徽因的照片请他辨别时，他仍会凝视良久，嘴角渐渐往下弯，像有千言万语哽在那里。最后他还是一语不发，紧紧握着照片，生怕影中人飞走似的,许久,像小孩求情似的对别人说:"给我吧!"

一个顶级的男人,对一个女人的爱,不因她的婚姻、不因她的逝世而中断,迟暮之年还如此珍惜她,这不能不说世间亦有纯爱,亦有真爱!不得不说,这世间自是有情痴!

捌　相伴天涯,不离不弃

选择梁思成做自己的终身伴侣,可能是聪明绝顶的林徽因最聪明、最正确的抉择,所谓金风玉露一相逢,便胜却人间无数,正是这个选择成就了林徽因人生的完美。

从1930年到1945年,她陪着他走过了中国的15个省、200多个县,考察测绘了200多处古建筑物。她以她病弱的身躯,以惊人的爱的毅力,始终陪伴其左右,照顾着他的生活、辅佐他的事业。

尤其在那段无可回望、颠沛流离的日子里,多病的林徽因一直陪在梁思成的身边,不离不弃。

抗日战争开始不久,梁思成就被日本人盯上了。北京已非久留之地,当时因肺病的折磨非常虚弱的林徽因,为了丈夫的安全毅然陪着梁思成逃亡。从1937年到1946年,这一逃就近十年。从昆明到李庄,她不仅陪着为了事业奔忙的梁思成上山入林,还要操持家务,养儿育女。她用她一身病痛的身体,不离不弃地辅佐着梁思成的事业。

她买缸蓄水,买菜做饭,打扫补衣,全然没了那个不食人间烟火的女子的面貌。她只是那个爱着的女子,恢复了平常可爱女人的面貌,成了让梁思成感动,亦甘愿包容、深爱着的女子。

1943年的李庄,在梁思成写《中国建筑史》时,病中的她始终坚持靠在床上翻阅各种资料,并参与了部分写作和绘图工作,还对书稿进行修改、补充和润色，融入自己的审美。后来，在这部巨作以英文版本《图像中国建筑史》的面貌出现在全世界时，梁思成以深情的、真挚的笔触写道："……在战争时期的艰难日子，营造学社的学术精神和士气得以维持，主要应归功于她。没有她的合作与启迪，无论是本书的撰写还是我对中国建筑的任何一项研究工作，都是不能成功的。"这样的语言无关风月，而关乎爱和感动。

她亦有回报，重病中自知将不久于人世，她把日后成为梁思成续弦夫人的小同乡带进了梁家，留给了放不下的夫君。然而，可爱的梁先生日后向这位"新欢"示爱时，吟咏的却是已逝去的林徽因的诗："忘掉腼腆，转过脸来，把一串疯话，说在你的面前。"噫歈！天意乎？

是这样相知相爱的两个人，在漫漫相伴的岁月里，无论怎样，总在是相互牵挂着。

玖　人间四月天

1955年4月1日凌晨，51岁重病在身的林徽因平静离去，陪伴她的是深爱的丈夫梁思成。

林徽因的离去，或许是"上帝"再一次的偏爱，否则，后来的文化大革命，她将在劫难逃。

犹记起，她写过的句子：你是爱，是暖，是希望，你是人间的四月天！……

诚然，前尘如梦，隔着时空的风烟，这个"人间四月天"的女子和着那些鲜活的生命和动人的故事已渐行渐远。春事既歇，芳菲已尽，掩卷长思，唯有那悠悠的往事仿佛落红的香瓣一样在人们的记忆里散发着淡淡的芬芳。

第十五章

姚玉兰——人生只似风前絮

高城鼓动兰釭灺,睡也还醒,醉也还醒,忽听孤鸿三两声。
人生只似风前絮,欢也飘零,悲也飘零,都作连江点点萍。

王国维

曾是上海滩红极一时的名坤伶,出身梨园世家的她不仅貌美如海棠,还拥有技压群芳的唱功。因而,把素有"天下头号戏迷"之称的上海闻人杜月笙深深迷醉,终难逃过嫁作闻人妇的命运。这对于她而言是幸还是不幸我们都无从猜测,关于她的种种,随着时光的流逝渐行渐远,只有那幽幽哀怨的旧上海舞曲才知晓。

起

她是那种奇情的女子。

出身于皇城根下梨园世家的她,生就有一股凌人的傲骨,虽在颠沛流离的演艺生涯里奔忙,却出淤泥而不染,成了名震江湖的红坤伶,故得以在舞台之中徐徐地开启属于自己的传奇故事。

在京剧迷离的光影里,貌美若海棠的她,把那"天下头号戏迷"之称的上海闻人杜月笙深深迷醉,于是这一场命里的邂逅得以精彩上演。因此,她和他便有了一辈子的纠缠,她的人生亦有了惊奇的波涛汹涌。

她淡定、慧智,亦知人生还是随遇而安的好。

在邂逅闻人杜月笙之后,她做了顺从的"闻人妇"。她深知抗争只是一种姿态和祈祷,还是顺其自然的好。而在她和孟小冬、杜月笙三个人纠缠不清的京剧情缘里,她亦做了那个大度的"月下美人",她一直懂得佛经里所说的那份大爱和舍得。

她骨子里亦还是那个三从四德的传统女子,她嫁夫随夫,相夫教子,以其为中心,忘却了曾经的繁华盛事,只单单相随于他一人。无论他是闻人,还是大亨,于她眼里,她是她的天,她的地,是她爱恨里的怨。她曾为了他固守着风雨飘摇的杜公馆,为了他跋涉千山万水,为了他遗忘自己的身份和他心仪的女子共侍奉于他身侧。

只是,他末了却说,小冬才是他的最爱,这让曾付出全部真心的她情何以堪?这于她而言,是一种不见眼泪的悲伤,不见血肉的折磨。

于是,她把一切俗事繁华都放弃,只安安静静地守着一双儿女过自己的日子。

壹　出身名伶世家

在20世纪初的上海滩,那个穿着丝绸扣短打扮的"白相人",无所顾忌地抽着强盗牌香烟,伴随着不时响起的枪声隐没在那结实而阴冷的黄公馆里。

他,就是日后威震上海滩的流氓大亨杜月笙。就在那天,在北方皇城根下的四合院里诞生了一个漂亮的小生命,她用灵动的眼睛看着这个陌生的世界,南方那个城市响起的枪声仿佛惊动了她,小小的身体紧张地颤动了几下。

她,就是日后红极一时的女伶姚玉兰。这个日后成为杜月笙四太太的她,与杜月笙的缘分似乎一早就被注定。

住在四合院的小家庭是名伶世家,女主人是京城正当红的女老生筱兰英,男主人则是梆子青衣姚长海。筱兰英自小入天津宁家班(坤班)学艺,所以,练就了一身好功底,无论老生、小生、武生甚至花脸,无不擅长,还曾与杨小楼合演过《连环套》。她扮演的窦尔墩,气魄非凡,工架老练,口齿刚劲,成名后的她和丈夫来到了"京剧的天堂"北京。

对于聪明的小姚玉兰,筱兰英是喜爱有加的。所以,在她很小的时候,筱兰英就很用心地栽培她,并在她9岁的时候,把她送到汉口作科学艺。这个日日在母亲和父亲咿咿呀呀抑扬顿挫的美妙音韵里熏陶的小女孩也很争气,于12岁就登台正式演出,并赢得了满堂彩。

于是,母亲带着她开始了走南闯北的演出生涯。14岁时,和已经学成出师的妹妹姚玉英在烟台同台演出了《虹霓关》,一唱王伯当,一唱东方氏,让京剧界和圈里人都知道了有这么对让人惊艳的姐妹花,更记住了那个还能演关公、把红生戏演得惟妙惟肖精彩连连的姚玉兰。

这样的她,对于上海滩那个以"天下头号戏迷"自居的闻人杜月笙而言,无疑是最大的惊喜。她亦在走南闯北的光景里,听闻过关于他的种种。一切缘由好像是命中注定的,他喜欢京剧,她出生在京剧世家,并以之为生,若想不相见好似很难。

正是这戏剧的缘,牵着这天南地北的男和女,有了那逃也逃不脱的缘分。这段情缘也延绵了她传奇的一生。

贰 逃不脱的邂逅

在黄金荣的黄金大戏院,姚玉兰邂逅了杜月笙。

那是1928年的事情了,成名于天津的第一代河北梆子、京剧兼工的女演员筱兰英,受黄金大戏院之邀带着女儿姚玉兰、姚玉英姐妹到上海演出。以母亲唱老旦,姚玉兰唱须生,姚玉英唱武生的奇妙组合,很快吸引了各方戏迷,一时红透了整个上海滩。"黄金大戏院"是场场客满,夜夜财源滚滚。想来这样轰动的演出是不会少了素有"天下头号戏迷"之称的杜月笙的。

第一天,去看戏的他,便被貌若海棠的姚玉兰所吸引,惊艳之余,便生出了要将他据为己有的心。于是,他不仅在百忙之中专门去给姚玉兰捧场,还邀上几个亲近的朋友一起去。只是,他想要将姚玉兰据为己有是有阻碍的,这阻碍来自姚玉兰的母亲。

原来,他一早就对姚玉兰展开了追求攻势,并亲自去到后台拜访。然而,由于一切事宜都由老太太筱兰英出面打理,他即使有天大的本事,也是近不了姚玉兰的身。他只远远地对她说些仰慕艺事之词,抑或者眺望一下便装之下越发温婉美丽的她。而她,常常只是嫣然一笑,并无他话。这更让他辗转反侧,坐立不安,更激起他"不得此一知己誓不罢休"的好胜之心!

忽一日,尝尽爱情之苦的杜月笙想到一个人来,那就是黄金荣的大儿媳李志清。精明能干的李志清,跟筱兰英三母女由于业务的往来,早已结成闺中密友。于是，一桩乱世姻缘在她的巧妙周旋下被促成。

理查·德·弗尼维尔说："爱情是一片炽热狂迷的痴心，一团无法扑灭的烈火，一种永不满足的欲望，一份如糖似蜜的喜悦，一阵如痴如醉的疯狂，一种没有安宁的劳苦和没有劳苦的安宁。"

于姚玉兰的心底，不知道到底有没有爱情。但是，在那个强势的男人面前，她只是手无寸铁的弱女子，她能如何！逃不脱的邂逅，便只好认了命。

叁 嫁作闻人妇

以杜月笙当时的声望、财势以及他对姚玉兰的一片诚心，筱兰英是不会反对的，走南闯北这么多年，其间的艰辛她一人可深有体会。所以，能得这么一位如此呼风唤雨的金龟婿未尝不是她多年所愿！

于是，她私下征求姚玉兰的意见。

未曾经历过任何感情的姚玉兰，只幽幽说道："只不过，除却年龄的悬殊，他还有三房妻妾。"然后，便没了下文。姚玉兰时正锦绣年华，花容月貌，虽说小姑居处本无郎，可是，拜倒于她石榴裙下的少年子弟也确实不少，嫁给杜月笙诚然一生有靠，但她又很不甘于做小妾。

筱兰英知她心事，于是便跟李志清商议。杜月笙这厢，也真是动了真情，听后，便决绝地对李志清保证："你可以代我向她们说明：第一，我一定要跟姚玉兰白首偕老；第二，我绝不会把她当作偏房。"

于是，几经交涉，最后达成的协议如下：

一、必须公开宴客成亲。

二、必须和华格臬路杜公馆里的那三位夫人分开来住。

对于筱兰英母女开出的这样"苛刻"的条件，杜月笙是照单全收。这也真难为了这个叱咤上海滩的大闻人了,为着感情的缘由也知道什么叫做"屈服"了。

至此,杜、姚之间的婚事,有了一个明了的结果。

1928年,姚玉兰和杜月笙正式结婚。那一年,杜月笙42岁。四度做新郎的杜月笙,虽对外尽量避免张扬,可是以他的势力,知道的人依然不少,各界名流亦都纷纷前来送礼祝贺,所以这场婚事仍旧办得相当风光热闹。婚后,杜月笙兑现了婚前的承诺,在辣斐德路另建一所新宅让姚玉兰母女住进去。

他们像所有新婚的夫妇一样,过起了甜蜜的生活。自幼跟随父母闯码头,见过世面的姚玉兰操着一口清脆的京片子,紧紧伴随在杜月笙身边,渐渐也有了小鸟依人的情态,这让每日穿梭在交际场所的杜月笙大大有了面子。所以,他对姚玉兰的宠爱更是到了极致。

按照婚前的约定,姚玉兰婚后不再从事演戏事业。

一年后,她给杜月笙生了个女孩,杜月笙欢喜得如获奇珍异宝,把其视为"掌上明珠",并给她取名叫美如。

至此,姚玉兰便洗去铅华,一心一意地做起了杜夫人,告别了舞台的生涯,只偶尔和夫君在闺房高歌一曲,抑或在亲朋好友一时兴起来彩排时,她也兴致盎然地粉墨登场。

毕竟是坚守三从四德的传统女子,嫁了便也就嫁鸡随鸡、嫁狗随狗。爱情于她,可能是一辈子都不曾有,亦可能是一直都有吧?

肆　三个人的情缘

佛说:"舍迷入悟,舍小获大,舍妄归真,舍虚由实。"所谓"舍得"者,实无所舍,亦无所得,是谓"舍得"。

这个聪慧的女子，一早就醒世高洁，深谙世事。所以，在孟小冬和杜月笙之间的情缘中她做得最滴水不漏，一如一个冷眼观望的旁观者，也让后人意味深长地觉得，她亦如肖邦情人女作家乔治·桑那般，有着"那种用美好的感情和思想使我们升华并赋予我们力量的爱情，才能算是一种高尚的热情；而使我们自私自利、胆小怯弱，使我们流于盲目本能的下流行为的爱情，应该算是一种邪恶的热情"的爱之顿悟。

那年，感情失意的孟小冬伴着无情的梅兰芳来沪演出，心力交瘁的孟小冬本就和姚玉兰是情同姐妹的好朋友。据说，两人曾不分彼此、形影不离；所以，当孟小冬一到上海，姚玉兰就立刻将她迎到辣斐德路的宅子里小住。这时的杜月笙和孟小冬已有整整10年不曾见面。对于杜、孟之间剪不断理还乱的情事，她不只是耳闻，亦深知其间彼此的苦痛。

她知，他对于抛却爱恋、一心苦苦学艺的孟小冬，依然爱重深浓；她亦知，孟小冬虽看破红尘，却一直对默默给予她关爱的杜月笙，是有爱意的。

所以，她借着好友叙旧的机会，把这两个曾有缘无分的人往一起拉拢着。也许这便是佛家说的"舍得"吧，也是许多凡俗世人一直参不透的"大爱"吧。

再说，这时的杜月笙，已是一个抱病延年、行将就木的人了，只要世间还有能够使他快慰欣悦的事情，她姚玉兰是无不乐于让他尽情享受的了。只单单苦了那个薄命的红颜美人了，自以一介弱质在余叔岩病笃的时候，亲侍汤药，衣不解带达一月有余。如今，又一次要负起侍疾之责。

不过，这个曾为爱飘零天涯多年的女子，是知恩图报重情义的女子，所以，面对情深义重的杜月笙，面对温情和煦的姚玉兰时，她是无法拒绝的。于是，她便自然而然地代姚玉兰承担起了侍疾之责，待在杜的身边嘘寒问暖。这对于久病缠身的杜月笙而言，是欣慰至极的事了。而对于姚玉兰的深明大义应该是感激涕零的，他遂把杜公馆的事务交由她全面执掌。

从此，孟小冬和姚玉兰一起服侍着杜月笙，姚玉兰支撑着的是杜公馆的事务大权，孟小冬则单纯地侍杜月笙的饮食起居，以妾的身份。而姚玉兰虽是妾却有着妻的名头，她依然胜出一筹。

其实，姚玉兰一早就深深知道，这个男子一开始就不全然属于她一个人，早她之前他就有三房的妻妾。如今，再多一个又何妨？她的成全，欢心了他，欢喜了她，在二人之间亦显出了她的大度，何乐不为？

在三个人的情缘战局上，她全胜！

伍　不离不弃

1941年12月8日，太平洋战争爆发，日军偷袭珍珠港。

一瞬间，祖国大地多处城市都沦陷，上海、香港亦没逃脱此沦陷命运。当时的杜月笙因正在重庆陪戴笠，所以避免了这次厄运。但是，身在香港的姚玉兰和他在上海的妻妾子女们却没这么好运，无一幸免地落入日本人的魔爪中。

焦急不安的杜月笙整夜和戴笠寸步不离，筹划如何利用日军尚未占领的启德机场，派遣飞机，救出姚夫人和一大帮与杜门相关的人。

人多飞机少，这一纸名单的研拟，真是绞尽脑汁，煞费思量。

然而，12月9日傍晚，杜月笙好不容易等来的专机上却没有姚夫人的影子，更没有他们杜家的任何人。被这架飞机载运回来的，当然也是必须抢运脱险的重要人物，但是，跟杜、戴所拟名单上的诸人全然不同。

其实，姚玉兰在最后一架飞机离开香港以后，她的闺中密友曾用电话告诉她说给她留了一个空位子的。可是她的回复唯有一声苦笑："我这边人多着呢，何况杜先生交代了我不少事情，譬如说陶希圣不曾脱险，我就不能走。"

就这样,这个倔强的深明大义的女子,决绝地留在香港的杜公馆。因她知道,在香港,杜月笙是日本人最大的目标,随时都会向他们下毒手。而香港饥民暴徒,说不定也在动他们的脑筋。所以,谁都可以走,就她姚玉兰不可以,因她一走,全香港的杜门相关人物就无法通信联络。

也是她的这种为了杜月笙死守柯士甸道的举动,才让东躲西藏的杜门中人,有了一个联络中心。于是,一批批与杜家相关的人陆续都逃离了香港。如果没有她对杜公馆这个大本营的不离不弃,就算杜月笙、戴笠在渝沪两地用尽心机、煞费气力,其结果也会化为泡影。

她是最后离开的那个人。

当所有人都安全到达重庆时,她才和她共患难的杨虎夫人陈华一起化装成广东乡间女子,蓬头垢面地抵达重庆。

据说,一心记挂着姚夫人安危、病倒在床榻上久日的杜月笙,听到姚夫人平安回来时,竟奇迹般地好了起来。他欢天喜地把姚玉兰迎到汪山,喜极而泣到完全没了那个霸道人的模样。

姚亦为了纪念一生之中这一次不平凡的旅程,而特意穿上携来的乡间妇女衣服,再施原有的妆,在汪山附近拣一处与粤西极相似的背景,拍了两张照片。

陆　情何以堪

她和孟小冬都是奇情女子,是几百年不曾有的兼具傲骨和才情的女子,是犹如鸢尾一样的奇葩。这样的两个女子,同在庭院深深的杜公馆里,即使是情同姐妹,也还是有牙齿咬着舌头的时候。

所以,在香港的杜公馆里,孟小冬是孤寂的、忧郁的,整日陪护着随时都有生命危险的丈夫;而她,虽风光地周旋于对外与内的交际应酬之中,心亦是戚戚然的。

如今的杜月笙虽非当年的英雄,但于她眼中依旧是那个她心系牵挂着的人,当初的美好是一直在眼前晃的,犹如黑白的电影胶片定格亦交替的变幻,常常使她眼底泛起闪烁不定的泪花。她日日看着,他和孟小冬在咿咿呀呀中含情对视,日日听他轻声细语地和她交谈,并亲切地称呼她为"妈咪"。孟小冬想买什么,要吃什么,只要略一透露,他便忙不迭地命人快办。

目睹这些的她,一定不是滋味。想当年,她亦有和他在闺房高歌一曲的好时光,只是,一切都随时光的飞快流逝无影踪了。

虽说,当年是她把深受相思之苦的他们拉拢到一起,可毕竟她只是一个女子,而且还是一个在爱的女子。她亦曾为他不顾自己的安危死守着他的阵地,苦苦地追随在他身后,她能跟他享受了奢华,也可以为其牺牲性命。只是,这些于现在的他而言,想来已经遗忘了吧,要不然他不会在人生的最后阶段对人发出这样的感慨:"直到抗战胜利以后,方始晓得爱情。"这是他对孟小冬而发的感慨。

原来,她于他而言,并不是爱情,孟小冬于他才是。小冬不仅成了他在人间最后的温暖,还是他最后的安慰,所以他一刻都离不开。他们之间上演的是最伟大的爱情,是世间少有的死生契约,纵然命运欲用生死将相爱的他们分隔两岸,他们的情意,却仍可星河欲转千帆舞。爱,于他和她而言,原来是红尘迷途中的另一种皈依!

这,让一生都追随于他身后、不离不弃的她,情何以堪?

钟鸣漏尽,数十载华年流逝,却只如夜凉如水里的一声叹息。

只叹,中国的旧式女子怕是女人里顶悲哀的,千篇一律被冠以贤良淑德的美名,就此失却了自己的秉性好恶。

柒 只是风前絮

1951年，一代枭雄杜月笙在香港去世，随着他的去世，姚玉兰的一切爱恨情仇便也消失殆尽。

据她的女儿杜美如说，杜月笙去世不久，姚玉兰就接到宋美龄的电话，邀请她去台湾定居，于是，姚玉兰带着女儿、儿子去了台湾。而孟小冬依然留在香港。从此，这对姐妹在晚年分道扬镳，各过各的人生了。

迁往台湾的姚玉兰和儿女们，受到了宋美龄和孔二小姐的照应，尽管如此，没有固定经济收入的她还是要常常拿杜月笙曾经送的首饰变卖，以此来维持日益没落破损的家。

一切前尘奢华于此时的她而言，都成了过往的云烟。在台湾的她，便只是那万千老太太中的一个。等到儿子杜维善开始独立谋生，等到女儿杜美如和台湾中校飞行员蒯松茂终成眷属，她才有了一个安定的晚年。

至此，属于她的传奇故事便也有了一个终结。

想她终是深谙王国维诗中"人生只似风前絮，欢也飘零，悲也飘零，都作连江点点萍"的慧智女子吧，一直用仰望的姿态，冷眼观望着爱情、婚姻，演绎了一段不朽的传奇。

◎ 第十六章 ◎

董竹君——风絮飘残已化萍

世事短如春梦，人情薄似秋云。
不须计较苦劳心，万事原来有命。
幸遇三杯酒好，况逢一朵花新。
片时欢笑且相亲，明日阴晴未定。

朱敦儒

她用一个世纪的风雨华美，细细碎碎地编织了一个青楼女子蜕变成实业家的传奇，为那时的上海滩增添了一道永恒而又绚丽多彩的风景线。她的传奇，有张爱玲笔下上海女子馨香而幽怨的味道。在二十世纪三四十年代旧上海的纷繁复杂之中，这个出身青楼的坚韧女子执着地追逐着那个可以托付终身的男子。然而，路遇革命党青年夏之时却成了她的劫。难道，在那个乱世繁华的上海滩觅一知心爱人是奢望？一代传奇女子董竹君用她留下的锦江川菜，让多年后的人们细细品味那个年代的酸甜苦辣。

起

她,是中国的"娜拉",中国的"信子"。

她的一生,可谓坎坷,亦可谓华美。

出生在20世纪老上海洋泾浜贫民窟的她,为生活所迫,不幸沦落为卖唱女。然,上海这一方水土,却练就了她铮铮的傲骨。虽深陷卑贱之地,却出淤泥而不染,怀拥一份高洁的性情,不苟且、不退缩、不屈服地追求新生活,终在遇到革命志士夏之时,使自己涅槃。

不过,世事终难料。

转瞬间,那个志向高昂的革命者便沉溺到封建世俗里去。于是,她决绝地摆脱掉男权色彩浓厚的家庭,来到冒险家的乐园——上海,成了轰动一时的中国的"娜拉"。

于是,属于她的华美人生开始在历史的舞台上演。

自古巾帼都不让须眉,她自强、自尊,面对迂腐的丈夫,她毅然放弃荣华富贵,带着四个年幼的女儿,坚韧地走着一条独立自主的道路,一身傲骨的她,不仅把四个女儿都送往美国留学,还在风雨如磐的上海滩赤手空拳地开辟了一份自己的事业。以中国"信子"的名义,创造了一个白手起家的神话。到如今,由她一手创建的"锦江饭店"还在诉说着一个又一个的传奇。

她,亦是一个让人景仰的女子。

她知性、通达,面对情人知己陈清泉的妻子时,她决绝放弃掉这份"得不到的爱",苦痛着自己,却也不愿让别人受到伤害。

她洞悉世事,练达人情,却又不失赤子之心,为了革命信仰,她曾冒死秘密救助了不少革命同志。

新中国成立之时,她亦捐出大笔财产给国家。

这个从青楼走出来的女子,用她特殊的女性魅力,留给历史一个华丽的转身,成就了上海又一个传奇。

壹　红尘奇葩

1935年3月,位于华格臬路的"上海锦江川菜馆"正式开张。

一时间,华格臬路上,鞭炮齐鸣,人声鼎沸。小小的两层楼的锦江菜馆里,挤满了来自四面八方的客人。

据说,当时上海滩的头面人物杨虎和杜月笙也前来捧场,其轰动可见非同一般。

这是怎样的一家饭店,可以让上海滩赫赫有名的黑白两道人物都来齐聚一堂呢?

缘由无他,只因这间饭店的掌柜是轰动一时出走的"娜拉"董竹君。充满传奇色彩的经历使这位曾在上海滩红极一时的头牌艺妓,成为上海滩极具风云的人物,再加上她颇具才华,善于交际,很快就成为新闻界捕捉追逐的采访对象。所以,在"锦江川菜馆"未开张之前,她的故事及她的"锦江"就被宣传到上海的边边角角了。

被老上海们宠溺地称做"十八层楼,十三层楼"的"锦江",在以后的岁月里陪伴着董竹君迎来了一个又一个的传奇。这里曾经接待过134个国家500多位首脑人物,这些人每个都是一部传奇,而"锦江饭店"则成了他们人生传奇的一个交汇点。

如今,历经近一个世纪的风雨,这幢十几层的建筑风姿依旧。

透过时光的荒野与历史的洪流,那个自强自立的"红尘奇葩"渐行渐近,依稀间我们可见一个"不是和羹劳素手,哪知香国有奇才"的婉转女子,带着那一丝冷艳的唯美如流星划过夜空般飘然而去,让人目眩神往。

贰　青楼里的"冷西施"

旧时上海滩上最高级的妓院被叫做"长三堂子",也被称作"书寓"。

这种妓院装修豪华精致,里面的妓女个个技艺精湛,且琴棋书画样样精通,亦被叫做艺妓。在这样高等的妓院里有这样一个规矩:姑娘未成年不接客,妓院老板这么做是为了要等卖唱的姑娘红了,接客时能开出更高的价钱。

正是这样的规矩,董竹君才侥幸逃过了接客的悲惨命运。

1900年,董竹君诞生在上海洋泾浜的一个贫民窟里,父亲是拉黄包车的车夫,母亲是给人家做粗活的娘姨,虽然夫妇二人拼命地干活,但一家人仍然得不到温饱,过着艰辛的日子。出生在这样的一个家庭,注定了她命运的坎坷。从小就长得清丽出尘的她被人们称为"小西施",虽然很懂事地帮父母分担着一些家务,但是,悲剧的命运还是降临到她的头上。

13岁那年,拉黄包车的父亲突然病倒,这一病再没能好,拉黄包车的活自是不能再做了。他们家顿时陷入更大的困境,别说温饱,就是房租都不能解决。万般无奈之下,父亲只好把还年幼的董竹君抵押给高级的妓院,从而换来得以维生的300元钱,董竹君的抵押期限是两年,只卖唱不卖身。当时的艺妓在上海称为"小先生"或"清倌人",从此,董竹君顶着"杨兰春"的艺名沦落到风尘。

初入青楼的董竹君心情是极其抑郁的,每日只沉浸在学习技艺之中,脸上终日是愁云惨雾。然而,她与生俱来的美貌和好嗓子,使得她很快成为堂子里的头牌艺妓,每日里都有数不清的客人来捧场。由于她从来都不苟言笑,只冷冷地坐在一隅歌唱或者弹奏,于是,大家都称她为"冷西施"。

那时,堂子里的红艺妓身边都会配备一个专门伺候的用人。作为当时上海滩有名的头牌艺妓，董竹君的身边也有这样的用人。就是这个孟姓的用人，使深陷风尘的董竹君得以涅槃。

这位被董竹君称为"孟阿姨"的中年女子，是一位知书识礼、颇有见识的人，她态度温和，总是笑眯眯地打理着董竹君的生活起居。眼见董竹君就要步入接客的年纪，她甚是焦急，她对董竹君说，妓院不会放掉她这样的头牌艺妓的，即使抵押到期，老板也不会轻易放手，他们会利用黑社会的势力，让你回不了家。有许多好姑娘都没能逃脱这悲惨命运。

就是在孟阿姨循序渐进的引导下，董竹君的心底存下了一份心思，就是在接客以前嫁出去。于是，她开始在客人里挑选能够托付终身的对象。

也正因为如此，才有了她和革命党人夏之时的那段乱世情缘。由此，她的人生有了一个华美的舞台。如今，我们依稀可透过历史的层层迷雾看到一袭旗袍的她摇曳在她的舞台上，华丽旋转，迷离惊动。

叁　凤凰得以涅

1911年的辛亥革命改变了中国的命运，但是不幸被帝王梦冲昏头脑的袁世凯窃取了大权，为了称帝，他不仅秘密杀害了新党领袖宋教仁，还大肆残害大批革命党人。为了筹划讨袁的二次革命，大批的革命党被迫转入地下。上海红灯区四马路，就是当时革命党人经常出没的地点之一，他们常在那里举行秘密活动。

当时的四川省副都督、革命军总指挥夏之时是这里的常客。他早年留学日本，后来加入同盟会。辛亥革命时，他以新军军官身份领兵起义，为实现中国内地的政治变革立下了显赫战功。

于是，英俊豪放的革命战士夏之时遇上了情窦初开的头牌艺妓董竹君，一段才子佳人的情缘就这样在迷离嘈杂的烟花柳巷上演。

面对浑身都散发着迷人男子气概的夏之时，董竹君的心里犹如乱撞的小鹿四处奔腾，心底溢满的全都是爱的幻想。那时的她，亦出落得俏丽动人，沉鱼落雁的美貌更是惹得人高马大的夏之时怦然心动。就这样，两个互生情愫的年轻男女的恋情在彼此的心间蔓延开来，犹如盛开着的莲花香飘于那个烟花之地。

爱到情浓之时，夏之时欲将她赎出这个是非之地。然而，生性刚烈的她却说不能用他的钱来赎，那样会让她看轻了自己。接受过新式思潮的夏之时明白了她的心思后，在佩服之余，亦尊重她的抉择。

不久，袁世凯以3万大洋悬赏夏之时的人头，他只能藏身于日本租界的旅馆。于是，这个为爱而不顾一切的女子，在1914年春末的一个深夜，丢弃所有的珠宝首饰，设计从堂子里逃了出来，投入到正被通缉的夏之时的怀抱。

由于董竹君出身青楼，他们的结合曾遭到许多革命党人的反对，然而，这对于共过患难又彼此深爱的两个人来说是微不足道的阻碍。两周后，穿着一身白纱裙的董竹君和穿着笔挺西装的夏之时，在松田洋行里举行了仪式简单的婚礼。那年，夏之时27岁，董竹君15岁。

几天后，他们踏上了去往日本的游轮。在异国他乡，以自由之身呼吸着樱花香气的董竹君，以涅槃凤凰的姿态获得了她真正的重生。

肆　出走的"中国娜拉"

他们一起在日本生活了六年。

六年里，她收获了一个爱情结晶，同时也收获了六年的文化知识。有人说，她真正的文化及后来的很多开明思想均源自于这六年。

确实如此。

只是，生活中始终暗礁无数，一不小心就会触及。即使在爱里，也会掀起暗涌无数。回国后的董竹君就不幸触及这样的暗礁，那个给了她重生的男子，亦给了她无数的伤害。

那年，她跟随着他回到国内，成了显赫一时的四川省都督夫人。然而，此时的国内，到处是军阀火并的混乱局面，不久，夏之时突然被解除军权，意志的消沉使他逐渐由革命者转变为一个守旧乡绅，他开始以搓麻将和抽鸦片度日。

董竹君是个懂得感恩的人，她张罗着家里的方方面面，并容忍了这一切。一方面，她希望丈夫能够找回当年那种革命青年的朝气；另一方面她也怀着一种深深的感激，毕竟是夏之时把她从火坑里拉出来，给了她重生的机会。然而，她的隐忍却助长了他的无理和暴虐。

他不仅对董竹君连生四个女儿非常生气，还对董竹君热心社会事业深感不满。那时的董竹君已显现出强大的社交能力来，并因此受到人们的认可和赞扬。大男子主义的他，断是看不得妻子比自己有威望和优秀。于是，他常常无端地折磨董竹君。

一次，为了一点小事，他竟然掏出手枪威胁董竹君，甚至连她的父母也遭到无端的侮辱，这让董竹君伤心绝望至极。

她终于为夏之时生下一个男孩，重男轻女的夏之时竟不允许四个女儿读书。这一次，董竹君真的失望了。她终认识到：过多的自我牺牲让婚姻陷入两难，不是让自己长期陷于痛苦，就是让另一半不胜其扰。

于是，细思量之后，她决定离开夏之时，离开这个让她窒息的封建大家庭。

1929年，她带着四个女儿（因当时儿子大明儿太小，无奈留在了老家）抛弃荣华富贵来到了曾经养育过她的故乡上海，成了出走的"中国娜拉"。这一壮举瞬时间震惊了成都，成为当时各家报纸纷纷热炒的新闻。

不久，她和随之而来的夏之时有了一次详谈，在这次详谈当中他们签订了一份最后的协议,即暂时分居五年。她想,假如五年之后双方谁都没有改变自己的思想和观点,那么就离婚。

也就是在这次谈话中,夏说了那句伤透她心的话:"你董竹君要是能在上海滩站住脚,我夏之时就用手板心煎鱼给你吃。"想那时,董竹君在听到这番让人心凉如冰的话时,是怎样心如死灰,那残存心底的一点爱意和敬意也化为了烟尘和齑粉。

五年后,这段让人神伤的婚姻终黯然落幕。

伍　从来巾帼都不让须眉

离婚后的董竹君带着四个孩子在上海苦度岁月,生活的艰辛有时到了令人绝望的地步,为了生计,她整天出入于当铺。但是,这一切并没有把坚强的董竹君打倒。她的苦难是因为离开夏之时,她的辉煌却也因着这苦难得以耀眼上海滩。

为了给孩子最好的教育,为了给双亲筹钱治病,亦为了能帮助她一直认定的先进组织共产党,她决定发挥自己的特长——经商。多方筹集资金后,1930年春,她创办的群益纱管厂正式开始营业。

眼看事业慢慢红火起来,不料淞沪战役爆发,厂房被突如其来的这场炮火烧成了灰烬。而这时,夏之时更是火上浇油,不断写信劝说董竹君回来,甚至想出一些荒唐的谋害计划。

然而,这些困难和阻碍都难不倒不屈不挠的董竹君。为了办厂,董竹君让孩子们去上寄宿学校,自己则没日没夜地苦干。但产品销路并不好,厂子只能勉强维持。正在这时,房东带着一批华侨前来参观,准备投资入股。一位叫陈清泉的菲律宾华侨见了董竹君,大有相见恨晚之感。他钦佩董竹君的人格魅力,决定帮助她,且欲带她去厦门老家筹资。

没想到，紧接着却发生了一系列不幸的事情：先是因她就淞沪战役发表过抗日的言论，差一点被抓。后是有一进步学生手持一包宣传材料来到她家，不巧被租界探子跟踪。探子本来是想敲诈一笔钱就算了，却想不到这位女子死都不肯给钱。在敲诈不成的情况下，恼羞成怒的探子将董竹君投入监狱。后来，在多方的共同努力下，才终于得以解脱。在那一年里，她的母亲去世，父亲病倒。这接踵而至的灾难让这个弱小的女子几乎不能够喘息。然而，否极泰来，四川人李嵩高送来的2000元钱让她重整旗鼓。她不顾多人反对，于1935年创办了当时在上海滩毫无市场的四川菜饭馆——锦江菜馆。一切都有了转机，董竹君从此开始了她一生中最辉煌的创业。

饭馆出人意料的红火，每日里顾客是络绎不绝。据说，杜月笙、黄金荣、张啸林以及当时南京政府要人和上海军政界人物来吃饭都要等上很久，红火程度由此可见。然而，在旧时上海滩上欲办成一件事并不是那么容易的，何况她还是女流之辈。那时，各方的势力遍布在上海滩的各个角落，让人防不胜防，所以，每天，董竹君除了要应付饭店里的各种事务，还必须面对各种势力。

她深深知道"以德服人"的道理，所以，为了整顿店务她曾亲自下厨三天三夜。此外，她又从四川老家请来和尚师傅掌勺，使"锦江"的面貌为之一新。后来，因发展需要，锦江菜馆多次扩建，同时又投资分设了锦江茶室。两家店在董竹君的经营下逐步闻名中外，甚至连卓别林、美国大使等人都成了饭店的座上客。

据说，当时上海滩的很多头面人物都对她倾慕有加，希望可以将她纳入自己帐下或者家中，她始终不为所动，而是巧妙地周旋于他们中间。

她这个孤身一人独闯上海滩的奇女子，更以自己或刚或柔的非凡气质，赢得了黑白两道人的尊敬和捧场。这不得不让那些以自我为中心的大男人汗颜，且在汗颜之余感叹：原来"巾帼从来不让须眉"。

陆　不能得到的爱

"八一三"事变爆发，日军大举进攻上海，残暴的日本人把上海滩轰炸得一片狼藉。这个昔日繁华的城市在沦陷后，显得萧条凄荒，人们每日都活在惶恐之中，真真是水深火热。

她的"锦江"由于名声在外，便不幸被汉奸利用。一天，一个汉奸为了讨好日军，便带着两名日本特务来"锦江"吃饭。特务吃过后，就对"锦江"的菜肴赞不绝口。

祸事由此发生。

他们邀请董竹君到日本军部的虹口旅馆开个"锦江"分店，这让董竹君非常犯难。答应吧，自己马上就会背上汉奸的罪名；不答应吧，日本人是什么都做得出来的，后果是不堪设想的。

于是乎，上海成了董竹君手里的烫手山芋。舍不得，亦拿不得。不过，最后她还是毅然放弃上海的"锦江"，决定在菲律宾开个"锦江"分店。于是，她把上海的"锦江"托付给经理张进之后，便登上了前往菲律宾的海轮。

这次菲律宾之行，促成了她和陈清泉的相遇。

那日，之前到那里的两个孩子国琼、国秀的音乐演出获得成功，陪同在侧的董竹君十分高兴。陈清泉也来看望两个孩子，没想却见到了董竹君。久别重逢的两人深深沉浸在相逢的喜悦之中，心中千言万语便都化为脉脉温情。

这之后，在异地的国度里两个惺惺相惜的人，不经意间便让情愫以燎原之势蔓延开来。深陷在爱里的陈清泉更是不能自拔，他让好友桂华山劝妻子跟自己离婚，被桂华山所拒，不得已只好自己亲自去说。

陈清泉的妻子是位虔诚的天主教徒，为了捍卫自己神圣的婚姻，她徒步来到马尼拉，向董竹君摊牌，并表明了自己的立场。董竹君在惊诧之余,也陷入了深深的困惑之中。她自责原本就不该来菲律宾,于是,她从爱的狂恋之中抽身而出,决定悄然退却。

就在这时,陈清泉因不愿与日本人合作,被抓进了监狱。纵心中觉得对不起陈清泉的妻子,她还是在担忧之余,前往监狱去看望陈清泉。并且凭借当年在日本学到的日语,顺利地见到了被囚的陈清泉。

董竹君的到来,令陈清泉倍感欣慰。他觉得来日无多,因此,再次大胆地向董竹君发起了爱的攻势。情缘不到头,寸心灰未休。面对此情此景,董竹君泪如雨下。不过,她是聪明善良的女子,明白爱若建立在伤害的层面上,是不会有幸福可言的。所以,这一次,心亦被相思煎熬的她,还是毅然决然地离开了这个本就不属于自己的男子。

至此,一段良缘在她明智的放弃下难以续写。

柒　华丽转身

这个奇女子,在她短暂的生命里一直不断接受着命运的波折起伏,历经无数难以想象的艰苦,闯过无数难以逾越的难关。然而,她总能够华丽地转身,回头让世人看到的依旧是那个活得从容美丽的女子。

1941年,太平洋战争爆发,日本远征军入侵到菲律宾,董竹君和两个女儿不幸沦陷在这战火纷飞的国度里,原来的一切打算都化为泡影,她们成了名副其实的难民。然而,坚韧、机智若她,在兵荒马乱之时,依然拿出了男子才有的临危不乱的气势来。她关照和她一起的难民朋友要穿戴整洁,略施脂粉,因为当时的菲律宾宪兵们很尊重富人和女士,打扮得漂亮些能博取同情,容易获得救助。

事实证明,她这是神机妙算,在日本飞机的狂轰滥炸下他们果然多次得到意想不到的援手,从而死里逃生。

1945年年初,在菲律宾受困五年后,董竹君终于回到上海。

只是,此时沦陷区的上海早已面目全非,张进之因知其被困菲国,不惜牺牲"锦江"的利益,和一些无恶不作之人狼狈为奸,为自己大肆敛财。"锦江"一时陷入困境。然而,她的人生字典里,就从没有"屈服"两字。虽临渊履冰,战战兢兢,但她终化险为夷,挽回了"锦江饭店"。

不久后,上海迎来解放,在上海解放之初,当上海市委希望她能将"锦江菜馆"和"锦江饭店"合并归公时,她便义无反顾地将价值15万美金的"锦江"两店奉送给了党和国家。那种视金钱若浮云的豪情亦让人久久难忘。也就是在那年,四川省人民政府公开宣判夏之时为"反革命分子",这位民国元老被就地枪决。噩耗传来,董竹君未置一词。

不过,她是重情重义之人,在她内心深处对夏之时一直怀有深深的感恩,要不然,她为何一直将那张结婚照安放在卧室的床头呢?也因此,在夏之时生前,她亦从没对孩子们说过一句他的不好。

至此,她把自己所有的热情都交付给党和国家。

可是,她没能逃掉十年"文革"的厄运。家被抄了,人被关进牢狱,惨无人道的折磨落在已近古稀的她的身上,直到"文革"结束。

晚年时,她再显"奇女子"本色,以惊人的毅力和记忆力完成了40余万字的长篇自传《我的一个世纪》。用平和从容的笔调,让自己在近百年的沧桑岁月里,留下了一个更华丽的转身。

捌　永远的传奇

1997年12月,98岁的董竹君安然逝世。

她在自传中曾如是写到道:"竹君无貌,无以得到众人的青睐;竹君无才,无以战胜各项困难;竹君不冷,无以抵御种种烦扰。"

经历一个世纪风雨血泪的奇女子，在97岁那年接受央视"读书时间"栏目采访时，用一句话总结了自己的性格："我不向无理取闹低头，对人生坎坷没有怨言。"

我想以这样的心态走过自己一生的老人，大概不会有任何遗憾了吧！

如今，一代传奇女子留下她心爱的"锦江"和世上所有她爱着的人，远去了，留下的却是一个永远的传奇。

◎ 第十七章 ◎

福芝芳 —— 芳心总是伴忠魂

烛花摇影,冷透疏衾刚欲醒。
待不思量,不许孤眠不断肠。
茫茫碧落,天上人间情一诺。
银汉难通,稳耐风波愿始从。

纳兰性德

因着一代京剧大师梅兰芳的缘故,这个"崇雅社"坤班青衣开始了她的传奇人生。她对梅的爱到了极致,眼里已容不了任何沙粒,所以才有了她和孟小冬的那场扑朔迷离的爱恨情仇,有了"芳心总是伴忠魂"的上海滩"抗战夫人"的称号。她的一生,因梅兰芳而传奇,也因梅兰芳而波澜四起。

起

如果说孟小冬是为戏而生的女子,那么,她便是那为爱而生的女子。

在同一个光景之中,同遇到一个男子,于她于她都是幸与不幸。不同的是,孟小冬终以傲骨离开了那个男子,而她却风雨里至死追随,所以,在那个男子的传奇里,她始终占据最抢眼的位置,让芳名流传至今。

从16岁起,她便放弃了自己的梨园生涯,放弃"一代坤旦"的美誉,退出喝彩声连连的舞台,嫁给稀世伶王梅兰芳。从此,她的一生便和这个人牢牢系于一起。

至此,她开始了"伶王快乐,所以她快乐;伶王伤悲,所以她伤悲"的长相随。于是,便也有了那"悬冰百丈名芳上海滩"的传奇故事。

然,这个有着清朝贵族血统的女子,却也因着多情良人的缘故,一生充溢着爱和情伤。

遇见梅兰芳的她,硬生生把自己变成这世间"痴情花"的一朵。她对梅的爱可谓到了极致,以至于眼里容不下一粒沙。因而,当梅转身和美艳冷绝的女子孟小冬相爱时,她使尽"坤旦"的浑身解数,拆散了这对艺坛上令人称赞亦艳羡的"才子佳人"的好姻缘。同时,人们也看到唱青衣的终是比唱须生的更懂得柔情万千。只是,鲜少有人知道爱梅爱到孤寂的她的情伤。

她的一生可谓是因着梅而传奇,也因着梅而波澜四起,颠沛流离。

然而,她血统里那独属于贵族骨子里的孤傲,却也使她永远傲立于世人面前,从而给那个狼烟四起、动乱不堪的十里洋场留下了一段傲骨铮铮的传奇佳话。于是,人们记住了这个隐蔽于稀世伶人身后的傲骨满满的传奇佳人,并给了她一个上海滩第一"抗战夫人"的美誉。

她的一生就是只为梅兰芳而生的,当她即将告别人间时,还留下"梅先生事业如山,我本人只能算作一棵无名小草"这样让人唏嘘不已的遗言。

有人说，或许在舞台上，她永远也无法成为那万人追捧的"名角"，但是，在现实中，她却以爱着的"沧桑蝴蝶"的姿态唱了一出精彩的传奇人生。

壹　芳魂丹心

1937年，沦陷后的上海即刻成为"孤岛"。

时迁于上海的梅兰芳夫妇也没逃脱掉日寇的爪牙。为了征服梅，逼梅就范于"天皇"的脚下，日寇可谓使尽了"必杀技"。

1941年12月，他们软禁了在香港访问的梅，可这并没能征服这傲骨凛然的稀世伶王。最后，终在世界舆论的压力下释放了被软禁多时的梅，不过，他们又生一毒计，通过官方渠道，冻结了他在银行的全部存款，迫于生计的梅不得不以卖画为生。

梅兰芳售画的消息，瞬时震动了大上海。

戏剧界、新闻界、企业界的进步人士，为了声援梅兰芳，他们筹集资金，由汤定之、吴湖帆等画家牵头出面，决定在福州路的都城饭店，举办"梅兰芳先生画展"。

然而，那虎视眈眈的日寇和民国特务们并没有放过梅兰芳。

画展当天，当梅兰芳和福芝芳兴高采烈地去参加"画展"的开幕式时，看到的却是出人意料的一幕：挂在墙上的画幅，件件边角都用大头针别上小纸条，上面分别写着："汪主任订购""周佛海院长订购""冈村宁次长官订购"……

梅兰芳气得两眼冒火，嘴里嚷道："芝芳，咱们要抗议，要申诉！"

福芝芳瞟了一眼桌上的裁纸刀，决绝地说："畹华，在这妖魔横行的世道里,只有一不做,二不休,咬咬牙横横心,毁了这些画!毁画,便是毁灭日伪的阴谋诡计。我们一定要在所不惜,造成轰动影响。宁为玉碎,不为瓦全!"

于是,那满屋子的心血之作便在两个傲骨凛然的人的手里,成了纷飞的美丽纸屑,只惊得那汉奸头头储民谊一身冷汗。

据说,周恩来听到这个故事后颇受感动,当即为其题词:"长澄浪里天心湿,芳心总是伴忠魂。"

贰　清朝贵族的后代

民国时期,北京城是满眼的胡同满眼的四合院及古香古色的建筑,这个天子脚下的城市,有青青城墙万千远,亦有清朝贵族遗少万万千。

1905年,在宣武门外一个四合院里降生了一个漂亮的女娃,她就是日后"悬冰百丈名芳上海滩"的福芝芳。

这是一户有着清朝贵族种种生活痕迹的家庭。

据说,福芝芳的外祖父是靠吃皇俸为生的一名满旗军官,膝下只有一女,即福芝芳的母亲福苏思。因为战乱,这名满旗军官的收入被中断了,福家随之陷入贫困境地。于是,19岁的福苏思不得已嫁给一个做小食品生意的人。谁知婚后两人性情不合,福芳思怀孕不久后就逃回了娘家,发誓再不回婆家门。这福氏,做了当时最稀缺的为无爱而出逃的决绝女子,并在娘家九月怀胎生下了福芝芳。

如此算来,福芝芳亦是如上海孤傲女子张爱玲那般有着显赫家世,身上亦流淌着贵族的血液的。后来,她的决绝、笃定便也算有了解释。

随着外祖父、外祖母的去世,这个家只剩下孤儿寡母了。然,福苏思虽家贫如洗,没有文化,却颇具满族女子所特有的侠骨丹心,为人正派,亦通情达理。所以，深受邻里的欢心和尊重，人们都亲切地叫她"福大姑"，并时刻关照着她们母女，尤喜欢文静的小福芝芳。

那时，她们居住的四合院已成大杂院。这儿可谓藏龙卧虎，从此走出来的京剧名角到现在还让人不忘，比如果湘林、吴菱仙等京剧大师。便也是这样，自小就显现出京剧天赋的她得以和京剧结缘。

十四五岁时，福芝芳已出落得俏丽灵动，于是母亲便把她送到吴菱仙那儿学艺。当时的吴菱仙名望很大，已红透京华的梅兰芳就是向他拜师学艺的。

由此，也看出福芝芳和梅兰芳之间的缘分不是一般的深呢！

叁　情缘初定

生活中有无数的机缘巧合，邂逅无处不在。

那年，16岁貌美如花的福芝芳和26岁风流倜傥的梅兰芳的邂逅可谓是无数机缘巧合中的一个。

1920年的堂会，是他们邂逅的大舞台。

婉转曼妙的唱腔、气势飞虹的锣鼓声，成了他们的背景乐。她和他都是演戏的高手，懂得人生起伏的掌控。初相见的他们并没有现在年轻人的直率和无羁。京剧情感演绎的最高境地应该是含蓄，而他们之间更多的是含情脉脉的飞转流长。

16岁情窦初开的少女，犹如含苞待放的水仙，隐含淡香无数，这使得天天在台上揣摩女儿心的梅兰芳亦动了男儿心。一出《战蒲关》演罢，这情缘便有了定数。

当时梅见她时，足可以用《水浒传》中宋江见玄女时描写的"天然妙目，正大仙容"来说；又见她"为人直爽，待人接物有礼节，在舞台上兢兢业业",梅便将她收纳至心底。

当时,梅兰芳的生活正处在一个十分郁闷的当口儿,他刚刚失去一双可爱的儿女,亦被无后的重担所烦忧。事情是这样的:

早年间,他迎娶了旦角王顺福之女王明华,两个人恩爱有加,不久后有了一双可人的儿女,生活可谓幸福美满。不承想,一场麻疹病夺去了他一双儿女的性命,这让他悲恸欲绝,更致命的打击是王明华为了支持他的事业,已做了绝育手术。本来,王明华要收养侄子王少楼,但梅思忖再三觉得不妥,觉得自己还不足30岁,可以自己生。顾大局、识大体的王明华无奈只好认可丈夫的想法,同意梅兰芳再娶一房妾室生儿育女。

如今,看到健康大气的福芝芳,他便有了自己的打算。

于是,他向师傅吴菱仙说了意愿。早前梅家曾有恩于吴菱仙,出于对梅家感恩的心理,亦觉同门师兄妹若能结成一段姻缘的话亦是件好事,便一口答应从中撮合。

某一天,他借口到梅家借《王宝钏》的本子,便带了福芝芳同去。梅家见了漂亮又文静的福芝芳,非常中意,立刻请吴菱仙前往福家说媒。

说媒的过程并不十分顺利。

福母听说梅兰芳已有一个妻子,便表示自家家境贫寒却是正经人家,不以女求荣来嫁女儿,她不要订金和聘礼,但提出两项条件:一是梅兰芳要按兼祧两房的规矩迎娶福芝芳,她的女儿不做二奶奶,要与王明华同等名分;二是因膝下只有这么一个女儿,必须让她跟着女儿到梅家生活,将来梅兰芳要为她养老送终。

梅家和王明华,对此均表同意。不久,梅兰芳和福芝芳正式结为伉俪。

肆　世间女子都是"痴情花"

加拿大人说，这个世界上至少要有四片枫叶——一片给了男人，三片给了女人。如此算来，男子于女子眼里便变得稀珍起来，感情的索掠对象便也多过女子，所以世间男子多为俗世尘襟里的"多情种"，而世间女子个个变成俗世尘襟里的"痴情花"。

这于每个爱着的女子而言，应该是至为悲哀的事吧！

在梅、福、王三人的感情纠葛中，因是你情我愿，虽没有什么惊涛骇浪的波折，却也哀怨无数。这段婚姻，于福芝芳而言是爱之所致，于原配王明华而言是爱之牺牲，可于梅兰芳而言是一种爱之选择。这样的局面决定了两个女子的爱之哀怨。

据说新婚之夜，梅兰芳怕王明华内心委屈，抑或失落，便先去了她的房，爱怜地拉着她的手说着一些缠绵之话。等到夜深凉如冰的时分，才依依不舍地离开。这多情男子以为这样做，便是周全无误，谁也不伤，却不知这样伤得比什么都不做，直直地奔去洞房花烛更深。殊不知，他走后王明华的失落和委屈更深，而福芝芳的心比夜凉还凉。因为，这世间的女子都是感情世界里的"痴情花"；因为，她和她都爱他这个风流倜傥的俏男子。

不过，他是幸运的，两个女子都是深明大义、通情达理之人。她们都爱他至深，便包容了他的一切。两个贤淑的女子，为着同一个爱人，便也惺惺相惜起来。她们姐妹相称，一起打点着梅府大大小小的事情，一起辅助着梅兰芳的事业，打理着他的衣食起居。

一年后，福芝芳为梅府添得一子，欢喜异常的梅为孩子取名为大宝。在孩子出生第三天时，明事理的她便让奶妈把孩子送到王明华的房里，说第一个孩子应当属于她名下。她对王明华的尊重，让王明华感动不已。然，王明华是至真至性的女子，她深知福芝芳的情深义重，亦知孩子是母亲的心头肉。于是，在孩子满月那天，她还是让奶妈把孩子抱回到福芝芳的房里。

对此，福芝芳是极为感动的。从此，这两个人之间的姐妹感情更加融洽了。

这两个"痴情"女子间和谐融洽的感情，可谓是对梅兰芳最好的回赠了吧。她们因着爱他而彼此谦让，彼此隐忍。正像诗人何其芳说的："爱情原如树叶一样，在忽视里绿了，在忍耐里露出蓓蕾，正所谓，大音希声、大爱无言。"

伍　那一段伤情之事

张爱玲曾在《红玫瑰与白玫瑰》中写过：也许每一个男子都有过这样的两个女人，至少两个。娶了红玫瑰，久而久之，红的变成了墙上的一抹蚊子血，白的还是"床前明月光"；娶了白玫瑰，白的便是衣服上的一粒饭粘子，红的却是心口上的一颗朱砂痣……

这冷冰冰的几句话，凌厉地道尽这世间男子都是贪心贪情爱的人，想自己生来就该是有妻有妾抑或是妻妾成群的。所以，不幸的是婚姻内外的女子，她们或变成那猩红的蚊子血，或变成那惨白的饭粘子，怎样都不能如了那多情男子的心意。

也许，世事本就是如此诙谐和悲凉吧。

在多情良人梅兰芳的戏梦人生舞台上，福芝芳便也不能幸免于扮演那"蚊子血"抑或"饭粘子"的命运。在她和梅兰芳如漆似胶地生活了五年后，她繁之如花的感情生活遭遇了一场劫难。

这一次，她面对的不是那个懂得"大爱，所以慈悲"的王明华，而是一身傲骨、色艺俱全的名伶孟小冬。

梅兰芳和孟小冬，相遇于一次名角云集的堂会。

彼时，他们一个唱"虞姬"，一个唱"刘邦"，于戏台上便暗生了情愫万千。不久，两人就私下结为伉俪。

梅兰芳的这种做法，在当时真的不算什么，三妻四妾的人大有人在。然，于爱情至上的福芝芳来说，这是无以容忍的。许是早前和王明华一起共侍一夫的那份伤痛还在吧。

据说，在梅兰芳和孟小冬结婚的前三个月，梅曾带孟小冬去拜见过她，可是她始终都没同意。所以，孟小冬和梅兰芳结婚后就没能住进庭院深深的梅府。

最后，梅兰芳是以"金屋藏娇"的形式来和孟小冬相处的。不过，她和孟小冬之间仍是非不断，直到那场"吊孝风波"发生才有了终结。孟小冬因对梅兰芳失望，而放弃掉这段姻缘。由此，这段纠葛四年的爱恨情伤之事才戛然落幕。

也许，一旦女子对爱有了飞蛾扑火之势，即使是残戮伤痛也难抵自己那颗万般思量后横下的心。无论怎样，深爱者眼里容不得一粒沙子的。

据说，在福、孟两女争得势如水火的时候，梅的重要谋士冯耿光提出：孟小冬心高气傲，她需要"人服侍"，而福芝芳则随和大方，她可以"服侍人"，为梅兰芳一生幸福计，应该舍孟小冬而留福芝芳。

同是台上风华异彩的名伶，但一个是生角，一个是旦角的戏子身份，便一早定了结局。毕竟，唱青衣的终比唱须生的懂得以柔克刚。

在这场伤情之事中，唱旦角的她终是比孟小冬技高一筹。

陆　明月总是随君走

安意如说："世上情花万种，有一种叫生死相随。"

爱之弥深，才会有这样生之相随、死之殉情的决绝和笃定吧。在梅兰芳深受日本人纠缠和骚扰时,她始终是不离不弃、生死相随地陪伴其左右,可见她便是安意如所说的那种"生死相随"的情花。

1932年,为避难她们一家南迁上海,起先住在沧州饭店。一年后,见时局不好,加上她将要分娩,梅兰芳便租下法租界马斯南路87号的法式洋房用来定居。

只是,在那个兵荒马乱的乱世,即使安排得再稳妥得当,也不可避免灾难的发生。

1941年12月,在香港访问的梅兰芳被日寇围困在私人寓所里。在日特的严密监视下,他与外界断绝了音信。日寇为了征服梅兰芳,让他臣服于"天皇"脚下,一边派出伪国民政府秘书长褚民谊专程赴香港,胁迫他到南京参加所谓"中日建交"大典,一边又不断寄信、打电话给福芝芳,时而说梅兰芳撞车而死,时而称他心肌梗死,猝然昏亡,时而又讲梅兰芳坠机遇难,甚至扬言他被抓进牢狱,变节后隐居东京,还讨了个如花似玉的日本小老婆……

如此种种谣传通过伪报纸、电台,不断向社会传播,以至于弄得满城风雨。但是,内柔外刚风骨卓然的福芝芳终承受住来自四面八方的压力,不动声色地操持着几十口人的大家庭。此外,为了勉励一家人渡过难关,她还常召集大家说:"知夫莫若妻,谁也没有我福芝芳更懂得梅兰芳。诸位别相信这些吓唬人的鬼话,梅先生肯定会尽快安全回来的!"

如此凌厉傲骨,想定让那班无耻之流、汉奸们汗颜不已。

凡事总有峰回路转的时候。1942年端午节后,上海《文汇报》社驻香港记者冯力来到梅府,带来了一个好消息:梅兰芳通过西欧媒体,发表了致妻子儿子的一封公开信。冯力还带给福芝芳一幅梅兰芳的自画像。他在自己嘴唇上面画了一撇胡须,背后还写了四句诗:

半生氍毹唱皮黄,更思归曲翻新腔。

无奈日毒梅花荡,蓄须明志别芝芳。

待冯力走后,福芝芳重复念了最后一句"别芝芳",她终于崩溃,忍不住痛哭起来。当夜,她把长长久久的思念幻化为一首"答夫"诗:

水淌大江几多愁,尝胆卧薪不低首。

思幽幽矣慢悠悠,明月总是随君走。

"明月总是随君走"的决绝中,隐藏着这个女子怎样的情深义重呢!

想,囚禁于"不耻之地"的梅兰芳看到后,心底定会涌动感激万千吧,终会觉"于万千弱水之中,取其一瓢"是今生至为欣慰的事了吧。

柒 悬冰百丈名芳上海

在那些黑色恐怖的日子里,上海成了福芝芳心中的痛。不过,她始终默默地支持着梅兰芳的高洁气节,如同那傲立寒风之中的梅,暗自散发着独特的香。正如她房中挂的一幅颜体楷书中所说的那样:"悬冰百丈耐寒梅。"

她曾说,梅兰芳为世人皆知,当好他的家,就一定要有时刻面对"悬冰百丈"的心理准备。所以,在那些日子里她始终力尽所能为梅兰芳抵挡住"明枪暗箭"。

后来,在世界舆论的压力下,日军被迫改变了策略,把软禁多时的梅兰芳遣送回上海。然而,对梅兰芳的软禁却没结束,他们在梅兰芳的公寓周围布满"黑色便衣"。同时,又冻结了他银行的全部存款。

说实在的,海纳百川、吐故纳新的上海滩也生生把这女子打造成精,那刻在骨子里的傲骨与她骨肉相连,让她傲如寒梅。在金钱被冻结后,面对一家老小,她对梅说:"我们要坚信一点,路不绝人!你的师兄弟程砚秋,能在北京学种菜养活自己,你梅兰芳就不能以何香凝女士为榜样在上海卖画度日吗?"一语点中迷路人,她这一席话使得困顿中的梅茅塞顿开。两三个月工夫,梅就画出几十幅作品。

那时,上海观众因长久看不到梅演的戏,自然是对梅的画爱不释手,据说卖画的第一天上午,所有的画便销售一空,而出入画展的订货者更是络绎不绝。

当时戏剧界、新闻界、企业界的进步人士,为了声援梅便筹集资金,决定在福州路的都城饭店,举办"梅兰芳先生画展"。然而,当他们看到展出的不少作品已被汪主任、周佛海、冈村宁次等汉奸日寇之类订购时,愤怒了。

梅兰芳气得两眼冒火,一个劲地嚷道:"芝芳,咱们要抗议,要申诉!"最冷静决绝的还是福芝芳,她瞟了一眼桌上的裁纸刀,轻声说:"畹华(梅兰芳字),你难道要向汪精卫申诉,要向冈村宁次抗议?在这妖魔横行的世道里,只有一不做,二不休,咬咬牙横横心,毁了这些画!宁为玉碎,不为瓦全!"

好一个宁为玉碎、不为瓦全的女子,想这样的女子便也是千百年才会有一个吧。于是,刹那间,满厅的画便成了破碎的纸屑散落了一地。储民谊此时进了大厅一看,惊得脊梁骨都透凉了。他擦着满头的冷汗说:"梅博士,梅太太,你们这种举动,太令人遗憾了。"看着如此可悲可憎的人,她冷笑了一声把裁纸刀扔在地上,回敬道:"真正遗憾的是,部长大人至今还不知道梅兰芳的脾气,他卖艺决不卖心!"

说罢,她便挽着梅兰芳的胳膊翩然离去。

这次事件很快轰动了上海滩,"梅太太"的芳名便也在一夜之间红遍整个上海滩。

捌　愿做那爱的小草

人们常说,一个成功的男人背后一定有一位贤明的女人。于身负盛名的梅兰芳而言,他身后隐藏着两位贤明的妻子,这是他最大的幸,尤其是和他相知相伴相守的福芝芳。

在长相厮守的40多年里,她始终无怨无悔地伴随在他身边,不离不弃,爱他的所有。她对梅兰芳一生相伴的爱,虽浓烈容不得一粒沙子,于我看来应是属于那爱情最初的神话,让人艳羡不已的。

1961年8月8日,梅兰芳患心肌梗死在北京病故,福芝芳让他和王氏夫人合葬,只因,她懂他,亦知他心底对原配夫人的愧疚。正如张爱玲所说:"因为懂得,所以慈悲。"

1980年元月29日,福芝芳因患脑中风抢救无效而告别人间,享年75岁。这个为梅兰芳而生的女子临终前,还托请梅兰芳的秘书许姬传先生记下了一句遗言:"梅先生事业如山,我本人只能算作一棵无名小草。"

这爱,于这世间是如此的稀缺。

甘为爱牺牲自我,隐忍藏匿于一隅做一棵"无名小草",更为"稀世珍贵"。

◎ 第十八章 ◎

赛金花 —— 红颜未老恩先断

吹箫人去玉楼空,肠断与谁同倚?
一枝折得,人间天上,没个人堪寄。

李清照

赛金花,一个乱世风尘中的奇女子,一个可悲可叹亦可同情的女子。她集名妓、公使夫人于一身,犹如空中缥缈的云朵般,于人生的大起大浮之中演绎着一个独属于她的隔世之梦。

起

她是我国近代史上一位颇具争议的人物。

她一生三嫁名流官宦为妻，三入烟花柳巷为妓。她被尊为大使夫人，也曾沦落为不耻娼妇；既被捧为"护国娘娘"，又被贬为"资敌卖国"；她曾是德皇的座上客，亦当过太后的阶下囚。

她自小就爱吃一种被叫做"状元饭"的菜，殊不料，一生却也真和"状元"结缘。先是山塘阊门花船之上的"花国状元"，后是清末状元郎洪钧的夫人。她的命运便也在这"状元"两个字上有了波澜壮阔的起伏。

她聪明貌美，却浸淫恶习，自甘堕落。

先是花船之上的名妓，后是出使欧洲搅起万千香艳旖旎的"公使夫人"，再就是两度重张艳旗不甘寂寞的"曹梦兰""赛金花"，她的角色一换再换却始终在烟花场所流连徘徊。

然，她虽三入烟花柳巷为妓，却不失真女人的本色。

她爱恨了然，无论是嫁状元、结交瓦德西、还是嫁魏斯炅，都是想嫁就嫁，想爱就爱，不曾管过什么闲言闲语、蜚短流长。她机智勇敢、不失善良。在北京沦陷之际，她毅然穿上男儿装和瓦德西做起了交易。虽说这交易未免有些让那些所谓的名人志士所不耻，但北京城的无辜百姓却因此幸免于难。这真，试问当今世界能有几人？

但是，生在乱世，就算是女中豪杰也不能避免多舛的宿命。她嫁了三次却都不能够得到她想要的天长地久。于是，在经历了几度悲欢离合，几番生离死别后，她终于心如死灰，把前尘过往都看作虚无缥缈的"隔世之梦"，遂把这些都搁置在自己人生轨迹之外，只固守着一片寂寞，吃斋礼佛再不问世事。于是，她生如夏花的一生便也成了过眼的云烟，只幽幽地留下一句"眼望天国，身居地狱，如此苦苦挣扎，便是人的一生"在后世几百年里回响传奇。

壹 孽海花

1918年左右，中国这片古老大地先经历了辛亥革命的成功，后经历二次革命的失败，然后是袁世凯在北方称帝，蔡锷和李烈钧的"护国军"在南方讨袁，国内战事频频，真真是一个乱世。

然而，无论世事如何变迁，在上海的十里洋场，尤其是四马路上的夜市，却从未萧条过。华灯初上，酒肆照样宾客满座，剧院里照样琴瑟悠扬，胭脂水粉的闺房里照样旖旎香艳。

那时的上海已俨然和国际接轨，不只有蓝眼睛高鼻子的洋人，还有喝过洋墨水的新贵，他们把"话剧"这一西洋的文明戏搬上了十里洋场的"新民剧场"内。

于是，文明戏《孽海花》得以上演。

上海滩上，但凡知道点赛金花的人都来观看，无论男女老幼。据说，赛金花也来看过，她是由魏斯炅陪着，横过四马路，决绝地走向灯火辉煌的"新民剧场"。看后，无论是非曲直，她无任何言语，却深刻地记住了那些耀人眼睑的广告语：

伊是花船上的红倌人

伊是出使四国的状元夫人

伊是联军司令的心上人

伊颠倒众生

伊威震京城——一台文明大戏，出演"孽海花"

再现"庚子国耻"，会会"赛二爷"

好看好看！快来看快来看！

如此数语，便把她的一生诉尽，中国文人的笔是怎生可怕呵！

如今，那个华美的城，早已是车水马龙高楼林立，旧时的新民剧院已无痕迹可循。只是，那个风华绝代的"孽海花"的影子还在，人们一直都记得这个同时凝结了纯洁与肮脏、高贵与卑贱、骄傲与自卑、快乐与哀伤、青春与凋零的女子。

贰　初涉青楼

"物华天宝，人杰地灵"，向来是文人墨客用来形容苏州的词句。

纵观过往历史，曾有无数才子佳人在此出生、相遇、相知、相守，成就千古佳话。在这众多佳话中，赛金花与洪钧的故事始终让人津津乐道。也是因为洪钧，我们的佳人赛金花，才得以顶着"状元夫人"的头衔徘徊在上海繁花纷呈的十里洋场。

1872年，赛金花诞生在苏州一家开当铺的人家，为了祝福女儿将来富贵，若五彩祥云般焕发异彩，父亲郑八哥给她取了一个吉利的乳名——彩云。

这个自小就长得水灵白嫩的小女孩的坎坷命运，仿佛一早就被注定。

起初，她和母亲居住在山清水秀的上轴村，父亲则为了生计奔波在苏州城里。可是，好景不长，母亲因病去世，父亲便在苏州又成了家。只一刹那，她的生活就变得满目疮痍，成了形同孤儿的孩子。

祖母念她可怜孤苦，遂派人把她接到自己身边抚养。从此，小彩云的命运定格在祖母苏州萧家巷的家里，只因她在这里结识了祖母的使女阿金。

那时，小彩云已经长到15岁了，出落得明眸皓齿杏脸桃腮，秀雅婉柔的模样非常讨人喜爱。自小彩云就好打扮，清秀的脸上总是精致地擦抹上胭脂和细粉，穿着绮丽的衣妆佩着华美的首饰。她一出场便是炫妆丽服、光彩照人；走起路来，犹如弱柳扶风、芙蓉出水、翩若惊鸿，常引得人们对她驻足凝望。

阿金见彩云生得这样好，又有一副倚门卖笑的神色，便对她起了歪心，打起了她的主意来。终一次，她趁着迎神赛会的日期，怂恿彩云跟她去看热闹，把她领到了阊门外河中的花船上。那天，春光明媚，游人如织，花船被装饰得花团锦簇，这不免让自小就喜好胭脂水粉的彩云目眩神迷起来。于是，在阿金和花船老鸨母的"劝说"下，她竟然开始在秦淮河上的花船穿梭往来，成了陪客调笑而不陪宿的青倌人。

就这样，年幼不经世事的彩云中了阿金的圈套，沦落到了迷离的烟花之地。为了保全郑家的声誉，她把真实的姓氏和出生地点都隐瞒起来，因鸨母姓傅，于是她改名为傅彩云，自称苏州人氏。

那时，正值豆蔻年华的彩云，若一只翩飞的花蝴蝶周旋在富丽华美的画舫中，不知迷醉了多少醉翁之意不在酒的富商大贾和达官贵人。很快，她就红透苏州城。

一年后，便有那财多势大的客人对她软硬兼施，成了她的恩客。于是，她点起了红蜡烛，把自己的初夜献给了粗暴的官人。至此，叫郑彩云的小姑娘便寂寂地留在她不可触摸的地方，开始了傅彩云、曹梦兰及赛金花的接客生涯。

据说，下海接客的傅彩云，更加艳光四射、明丽照人，一群好事嫖客起哄，热热闹闹地举办选拔花魁的盛事，结果把初涉青楼的傅彩云选为"花国状元"。

一时之间，此事还被传为美谈。

叁　人生何处不相逢

阊门自古以来便是苏州的热闹之地，曹雪芹在《红楼梦》中称阊门为"最是红尘中一二等富贵风流之地"。我们故事的主角，沦为青楼女子的赛金花和途经的状元郎洪钧便是在此偶遇,这也真应了那句"若有缘,人生何处不相逢"的至理名言!

光绪十三年,出身苏州城内张家巷的状元洪钧,因母亲去世回老家为母亲守孝。朋友见他眉不展,眼不笑,怕他闷出病来,就劝他到外面走走。洪钧初是不肯,但拗不过好友的相劝,便雇了一只画舫在河里游荡。正在洪状元昏昏欲睡的时候,摇桨的老船夫一不小心与想跻身而过的花船撞到了一起。突然的晃动让状元郎眉头一皱,于是,出舱欲探个究竟的状元郎便与我们的女主角四目相望了。初见赛金花,状元郎便被惊艳了,疑这女子只应是天上才有。

于是,50岁的状元郎犹变成初怀春的小伙子害起了相思病。最后,终于在友人的怂恿下,把赛金花娶了过来,成了他的第三房姨太太。洪钧为她改名叫赵梦鸾,从此赛金花成了"状元夫人"。

那时的赛金花还不满16岁,洪钧整整大了她34岁。一个是双颊绯红稚气未脱,一个是两鬓飞霜已现老态,但他们却是郎才女貌,两情相悦,一树梨花压海棠,两个状元成一双,令人艳羡的一对。

"君家何处住,妾住在横塘。停船暂借问,或恐是同乡。"偶遇的缘分,对于赛金花而言也是一种前世修来的福分吧。

光绪十四年(1887),赛金花跟随守孝期满的洪钧一同回京。不久,清政府委派洪钧出使俄、德、奥、荷四国。原配夫人何氏因身子羸弱,又闻公使夫人要与外宾握手、接吻,因此不愿随行。二姨太是娇小羸弱的扬州姑娘,经常病病歪歪,尚且自顾不暇,也就无力再与别人争长论短。

于是,赛金花就顶着状元夫人的凤冠霞帔,跟随洪钧漂洋过海到达了柏林的中国大使馆。

据说,朝见德皇和皇后时,她穿着状元夫人的服饰,长裙飘带,翩然若仙,使得德皇不住地称赞她是"东方美人";她和飞特丽皇后一起照相,头绾蟠曼陀发髻,颈围天鹅绒的围巾,身穿紫貂外套,脚踩雕漆油光的黑皮鞋，胸花朵朵，钻石晶晶，更衬托出桃腮秀靥，雍容华贵之貌吸引了无数异国的达官显贵们。

由此，一直善于周旋于男人之间的她便以自己惊人的美貌流连翩飞在异国的上流社交场所里，也因此生出许多风流韵事来。最令她刻骨铭心的是在俄国圣彼得堡与德国驻俄陆军中尉、英武俊美的瓦德西的异地情。

也由此，在多年后，她风流艳丽的人生因着瓦德西在历史上书写了浓重的一笔。

肆　与君共聚梦一场

生活是险象环生的，谁都不知道下一秒会发生什么样的事情。顶着"状元夫人"的头衔，正春风得意的赛金花却遭遇到命运里的劫。

光绪十六年（1890），洪钧任满回国，却因在处理中俄边界问题时出错而被削官罢职。洪钧因此忧愤成疾，于光绪十九年（1893）与世长辞，终年55岁。

然，他最放心不下的是赛金花，毕竟那是他心仪的、给过他丰盈感情的女子。所以，他在临终前戚戚地对她说："我年纪已大，病魔缠身，恐难与你偕老，万一我有不幸，我一定拨一笔款子，作为德官的抚养费和你的养老费。"末了，他还特意请来王夫人，要她凡事多照顾赛金花她们娘俩，并嘱咐他的族弟洪銮，将自己存在汇丰银行的5万两银子转给她。

然，人心险恶，人性凉薄，就在洪钧的丧礼刚毕，洪钧之子洪洛就吩咐家人把她找来，对她说："不是洪家不容你，只是你太年轻了，怎能守节？"然后，脸色一变，话锋一转，"况且一个青楼出身的女子，也没资格为老爷守节。"

至此，没了洪郎的家对她而言是冰窟，没了温度。她欲抱着女儿德官离去，却不承想那狠心的何氏又把她的爱女德官抢走；她欲向洪銮要回那5万两银子，却不见了洪銮踪影。

她冷戚戚望向苍茫的天空时，仿佛还能看见洪郎临终前怜悯不舍的深情。于是，她想到了轻生，既然和君共聚只是好梦一场，不如就此跟随他了却此生算了。然而，她又想到腹中还怀有一个小生命，她不可这般自私，毕竟这还是洪家的后代。

于是，在一个阴绵绵的天气，她带着洪状元的遗腹子来到了十里洋场的上海。不过，命运之神却没眷顾这个可怜的女子，孩子在出生后不到11个月就夭折了。这样的打击对她而言几乎是致命的，她也只能苟延残喘。

于是，心伤至极的她便重操旧业，她在上海彦丰里高张艳帜，开了"梦兰书寓"，并将名字改成"曹梦兰"。

重操旧业的她，在云屏绣箔间，悬挂起一幅洪钧的照片，使得走马王孙与她相依相偎之际，能一睹状元的丰仪，一亲"状元夫人"芳泽时亦可生出些别样的情调来。所以，每日，"梦兰书寓"都车马盈门，生意极其红火。她本人，亦以迅雷不及掩耳之势红透了当时的上海滩，成了沪上名妓"四大金刚"之首。

真是人生如梦，梦如人生，悠悠几载的富贵荣华，转瞬就不见了。到头来，她还是那个倚门卖笑的烟花女子。

伍　威震京城的"赛二爷"

八国联军占领北京期间，有好事者曾赋诗云："千万雄兵何处去，救驾全凭一女娃。莫笑金花颜太厚，军人大可赛过她。"

此女，就是赛金花。

据说，在光绪二十四年（1898）的夏天，赛金花到了天津在江岔胡同，开设起一个名叫"金花班"、南方韵味十足的书寓来，并为自己取名"赛金花"。花信年华的状元夫人挂牌作妓，一下子轰动了津沽一带。

也是在此时，她结识了一些朝廷的显贵人物，其间就有户部尚书杨立山。初次见面，杨就送她一千两银子做见面礼，甚至还趁着入京为老太太拜寿的机会，把她带到京城，并好说歹说把她留在李铁拐斜街的鸿升店内，天津的"金花班"由此转移到北京城里。

从此，天子脚下有了南国佳人的芳踪。

杨立山的好友卢玉舫，是天子脚下赫赫有名的闻人，他见赛金花十分美貌，执意与她拜为兄弟，从此大被同眠，情同骨肉，赛金花年龄小一点，又因她喜欢男装，便赢得个"赛二爷"的称号。

这时，八国联军即将入侵到北京。刹那间，六朝古都遭受到从不曾有过的蹂躏。八国联军在北京城内，大肆劫掠、烧杀、奸淫，无所不为，使京华之地变成黑暗的人间地狱。

说也凑巧，一天，一个德国兵在一次偶然的行动中闯入赛金花的家里。由于赛金花会说一些德语，又有和德国皇后的合影，德国兵于惊愕之中，便将其引见给联军统帅瓦德西。

机缘巧合下，赛金花和曾经的旧情人瓦德西重聚，同时，也为北京城的老百姓做了一件好事。当瓦德西派马车前来接她重修旧好之时，她便趁机提出两点建议：一是请他们停止杀戮人民，二是不能破坏文化古城。瓦德西还算个性情中人，为了所谓的男欢女爱竟也答应了她的请求。赛金花成了德国司令部的座上客，一时间"赛二爷"的大名迅速传遍九城古都。

虽说，她是以29岁熟透的水蜜桃之身，在皇宫仪銮殿慈禧太后的龙床上大战联军统帅，但北京城百姓的生命财产，却因此保全了不少。

陆　月下孤影渐苍茫

人都说戏子无情，婊子无义。可纵观那时历史，我们发现最无情无义的是那个高贵的慈禧太后，而非烟花之地的赛金花。在八国联军入侵之时，赛金花做了两件有功之事，一件是上述之事，再就是京城当时有名的"克林德事件"。

那时，和议进行到了一半，突然出现了一件棘手的事情。德国驻华公使克林德被义和团所杀，他的夫人伤心至极，扬言要把慈禧太后这个老女人剁成肉块，晒成肉干带回国去。

李鸿章一时一筹莫展，在旁人的指点下，他便亲自拜见了仪銮殿的红人赛金花。他精明，看出了这时候老佛爷的命得靠一个妓女来救了。

赛金花真是历史上一个奇人，她并不仅仅是一个尤物，也不仅仅只会风月场上打情骂俏之类的露骨情话。她使出浑身解数，先是说服了瓦德西，接着对克林德夫人苦苦相劝，终于以在克林德遇害的东单牌楼附近竖一座纪念碑为条件，把事情给摆平。

据说，慈禧太后回到北京，重新坐在龙廷之上的时候，想要召见一下赛金花，以表彰她的忠心和壮举。但是，她只是嘴上那么一说，并没有真的召见赛金花。而那班王公大臣更只顾争相为自己表功献媚，根本就忘记了她的存在。即使有一两个人记得，又怎么肯把议和这天大的功劳分享给一个青楼女子？

不久，便有人从中作梗，借着金花班旗下一个叫凤玲的姑娘服食鸦片自杀，解散了赛金花的金花班。赛金花亦因虐待妓女罪，坐了一段时间的牢，最后被赶出京城，遣送到原籍苏州。

当赛金花被当作肮脏无用的东西抛弃离开京城时，那些所谓的旧日好友竟无一人来送。纵是看透红尘，看遍人间冷暖，她亦觉得无限凄凉。两颗豆大的泪珠夺眶而出，在清朝皇宫的一片庆功声中，她坐着马车萧瑟地离开了。自此之后，赛金花又回到上海重操旧业。虽说这时的她已是"明日黄花"，毕竟昔日名声还在，名人效应还好使，传奇也还诱人，故生意依然兴隆。不久，她就迎来了她生命中的第二次婚姻。宣统三年，她与沪宁铁路总稽查曹瑞忠结婚。

曹瑞忠为人忠厚实在，所以这次赛金花是下定了决心由绚烂走向平静，做一个安安稳稳的家庭主妇。

然而，造化弄人，这次婚姻并没有给她带来她想要的平静和幸福。民国元年（1912），曹瑞忠因急性肠炎离开人世，而这其间留在苏州老家的爱女德官也因病去世。这双重打击，使得这个可怜女子的生活再度陷入无望之中，使她顿觉寂寂人世间，只她孤影独相怜。

从此，她又开始了漂泊的烟花岁月。

柒　红尘知己

为生活所迫，万般无奈的赛金花又在小花园六寓见客。此时的她年近四十，像足了一杯陈年酒酿，散发出醉人的芳香。

这时，一个叫魏斯炅的恩客走进她的生活。

《红楼梦》里贾宝玉说，天上给他掉下了个天仙般的林妹妹；赛金花则在心底常感叹，天上为她掉下了个救苦救难的魏斯炅！

那是民国二年（1913）的某天晚上，他逃难到上海来见她，起初她不肯，只因她历来是星期六亲自接客，那天是星期六，她不可破例。可是，一听说他是革命党人，因二次革命失败逃难于此，她就破例了。也许这就是缘分吧，爱与被爱在不知不觉中编织成一张网。于是，她说："我平生最敬佩社会名流和豪杰之士，愿在茫茫尘海中物色知己。"一段良缘就此永结。

他不似她以前遇到过的男子，这个江西的汉子，是曾任参议院议员和江西民政厅厅长的革命者，亦是悄悄地密切关注收集一切与她有关消息的暗恋者。

她遇到过太多的男人了。千百个嫖客，千百种秉性的人，都只色眯眯地想着和她香艳迷醉，没一个真正善待她的人。

魏斯炅不同，他不是她的嫖客。虽然他明知道那闺房深处帐帷之中是怎样的旖旎，亦知道她是以什么营生，甚至还十分清楚她的全部历史。然而，他从不轻薄她，亦无一言半语的挑逗戏弄。他是真心待她好的人，这辈子她只遇此一人。所以，她格外地珍惜这段情缘。

只是，革命者的宿命是牺牲，北洋的兵、租界的兵都不愿放过他。所以，即使有再多的不舍，亦要分开。

于是，她亲自送他过了海关，上了日本板光的邮船。与君相聚却终需一别，在码头的两个人先只是默默无语地相对，最后还是那个爱她的人先开了口，他无限凄凉地说道："等我，我会回来娶你的！"再无他言，亦再无须他言，只此一句就足够，这一句胜过了万千甜言蜜语，这便是海枯石烂、天荒地老。

他走后，她苦苦地等了他五年，直到他从万里之外漂洋过海安全到达。民国七年（1918），45岁的她用了自己的真名和魏斯炅在上海新旅社举行婚礼。婚后的她，亦知感恩于他。她不再颠倒众生，不再四处招摇，亦不再奉迎豪门大阀、结交达官贵人。她洗尽铅华，甘心做他的平凡安分的妻。什么"红倌人""名妓女""赛二爷"，于她早已为隔世的梦。

只是，命运还真的待她不公，给她的眷顾亦尤为稀薄。这天上人间的神仙似的生活，只短短三年，便消失若灰烬。

她再一次目睹着爱人的离去，她的心真的掏空如大海，游离于浩瀚无边的绝望。她大呼了声："天呐，我无路可走呀……"后，便傻傻地呆愣了几日。

魏家认为她是红颜祸水，常常对她百般辱骂，忍无可忍的她，迫不得已搬出魏家，移居到北京天桥的居仁里。

捌　红颜无尽

据说，搬出魏家的赛金花，只携带一顾姓女仆回到北京，住在天桥以西的居仁里16号的一处平房内。曾经的繁华过往都遗忘，她终日礼佛念经，焚香忏悔，过着贫困的凄凉生活。

那时的赛金花，已是50多岁的老太婆，她病容憔悴，两鬓斑白，亦没有人知道她就是曾红透半边天的一代名妓了。

其实，她原不必这样苦着自己，原可向曾经的过往那样，重操旧业的。可是，这一次不能，是怎么也不可这样的。她说："我虽已珠黄，但开窑子，树艳帜，买几个小姑娘，钱就来了……可我不能再走回头路啊！钱一滚，人也滚，滚来滚去就下地狱了，我怎么见魏先生？"

江淹曾说，黯然销魂者，唯别而已矣。是怎样难以排遣的离愁别绪才让人这样决绝？余生孤独地度过，思念却未消减，泪水依旧在心底流淌。想来，活着亦只是为了生长繁衍这孤独的。离别已经年，她亦没学会遗忘。

民国十五年（1936）冬天，赛金花落寞凄凉而亡，享年65岁。据说，寒风让她在生命的最后时刻紧紧地攥住了一床破棉被的被角，以此来抵御逼在窗外如刀朔风的呼啸。

十年动乱中她的墓被平掉了；然而，平不掉的是她以最卑微的妓女之身创造的所有名媛闺秀乃至重臣勇将甚至皇上太后都没有创造的传奇。在这里我们不说奇迹，只说传奇。

因她，是一部说不尽的历史传奇。

◎ 第十九章 ◎

王映霞——生怕情多累美人

不是樽前爱惜身,佯狂难免假成真。
曾因酒醉鞭名马,生怕情多累美人。
劫数东南天作孽,鸡鸣风雨海扬尘。
悲歌痛哭终何补,义士纷纷说帝秦。

郁达夫

她只是旧时万千繁花中的一朵,没有做过什么惊天地、泣鬼神的大事,然她却被记录到史册中,只因,她曾经是风流才子郁达夫的恋人,他们淋漓尽致地演绎了一出缠绵悱恻的爱情和惊天动地的劳燕分飞,从而成为现代文学史上最让人感慨的一段情事。

起

她是那如花美眷的俏佳人。

长身玉立，体态微丰，面如银盘，眼似秋水，真可谓名动杭州、风姿绰约的江南名伶。

这样的女子，天生只适宜在繁华迷离的旧上海轻舞飞扬。绰约的风姿、摇曳的旗袍，配以那时靡靡的旋律，她的故事开始上演。在沪上淮海路的尚贤坊，她和多情的郁达夫相遇。初见，她多情的良人就沉迷于她而不知回返，她亦为才华满满的他所折服。

可惜，彼时一方罗敷有夫、一方使君有妇的尴尬成了他们之间跨不过的"山峦"。

毕竟是出身书香门第的女子，她决绝放弃。然，她忘了他是那"多情的双面手"，以一支笔酿开的情话，又轻易俘获了她的芳心。他终抱得美人归，成就了一出"富春江上神仙眷侣"的佳话。

然，爱情终不只是糖如蜜，蜕去文采外衣的郁达夫也只是个乏味的爱人。他费尽心思地辛苦追得美人，末了，还不是一样与她炊烟里来去。

于是，婚外情的暧昧吸引迷惑着这如花美眷，"红杏出墙"的香艳故事一时弄得满城风雨，先是浙江省教育厅长许绍棣，后是军统头子戴笠，这枝"红杏"的每一次"出墙"都如惊涛骇浪。

多情才子终受挫被激怒，于是，拿起曾求爱的笔激烈地抨击起美人来。失了面子的美人，亦奋起反击，这对曾经艳羡世人的佳偶，最后却成为不折不扣的怨偶。最后，落了个"劳燕分飞"的结局。

当爱情繁花落尽，当幸福难寻归路，那十二载的灼热深情，那曾经逃不开的爱，终究破灭。

之后，她生如繁花的岁月一去不返，在洗尽铅华嫁给钟贤道后，过起朴实无华的生活，只留下那段才子佳人的情怨纠葛在光影里。

壹　如花美眷

1927年4月，为了和王映霞长相厮守，郁达夫前往杭州王府，去拜望王映霞的家人。走在金刚寺巷的郁达夫，心是惴惴不安的，唯恐遭到冷遇。始料不及的是，他居然受到"东床娇客"规格的款待。

王母的热情接待，一帮兄弟的亲切款待，都让郁达夫喜出望外。一连数日，郁达夫白天和映霞一家数人同游杭州名景，夜晚则和映霞促膝而坐、赏月谈心，还真过了一段快乐的遗世时光。

据说，两个全心投入的人，在陶然忘我之际，曾说过这样可笑复可叹的话——郁说："我在做皇帝，我在做玉皇。"王则应道："我是皇后，我是玉皇殿前的掌书仙。"

谁能料情到浓时终会散，身在高处不胜寒，最终，两人还是劳燕分飞，即便他们长居金刚寺巷，那情分亦终究不是金刚不坏之身。

晚年的映霞亮相电视时说："我与达夫，是性格不合。"看她那神情，却并无任何遗憾。看来还是李碧华说得好："不要紧，薄情最好，互不牵连又一生。"

如今，金刚寺的旧址已被一个叫"玉蜻蜓"的餐厅占据。单看这取名，倒也有几分那时神韵，那种莺声燕啼的妩媚，也在各式精致佳肴中，予以呈现。人在其间，会不由得想到那"如花美眷"来。

依稀仿佛间，抑还可窥到当年站在金刚寺巷里的那个才子：他初到时，黄昏薄暮，忽听见野寺钟声齐响，多情的心兀自生出无限怅惘来。

如今，"金刚"走了，"蜻蜓"来了；"如花美眷"走了，"精致佳肴"来了。只是，那曾经的红颜遗事，竟叫人无从凭吊。

贰　西子湖畔的仙子

杭州，素有"上有天堂，下有苏杭"之美称。

这个曾困住过妩媚妖娆白娘子的地方，沾足了灵气，生在这里的女儿个个妩媚妖娆。1907年12月22日，这天呱呱落地的小生命更是了得，小姑娘明眸皓齿、白皙可人，她，就是日后被人称为"荸荠白"的王映霞。

王映霞本姓金，名宝琴，出生在杭州余官巷一所高大而古老的大宅子里，自小就受到祖父金沛珊和父亲金冰孙的无比宠爱。金家祖上是盐商，虽说到了金冰孙这一代家道已中落，但仍是杭州城里很有名的大户人家。

1911年，小映霞一家被外祖父王二南接去与其同住，她就在那时过继给外祖父做孙女，并被易名为"王旭"，号"映霞"的。外祖父的家住在离杭州城二十多里的郊区，一个叫拱宸桥的地方。

王二南先生系南社社员，是一个琴棋书画俱精、满腹经纶的读书人。自幼承欢在王二南膝下的王映霞，便受到了很浓厚的传统文化的熏陶，故善作诗填词，可谓当时远近闻名的才女。

1923年，她以深厚的国学根基考入浙江女子师范学校，在那里，她因着姣好的容颜、白皙若云的肌肤，而赢得了"荸荠白"的雅号。加上她又喜运动，常参加不同的社团活动，很快就成为风靡学校的校花，身后为之倾倒的男子大有人在。

当时，王映霞的班主任是位刚从北大毕业的文科生，他把五四新文学的清风带进了课堂，就是在那个时候，王映霞开始知道鲁迅、郭沫若，还有郁达夫的。那时王映霞和所有的新青年一样，深深被郁达夫的《沉沦》所迷醉。只是，那时的她并不会想到在不久的将来他们会相遇，而且还是电光石火的那种。

从杭州女师毕业后的她，更出落得长身玉立。当年有着这样的说法：天下女子数苏杭，苏杭女子数映霞，她亦居当年杭州"四大美人"之首。

正是这个美若天仙的西湖河畔的女子，让我们那个风流才子初见时有惊鸿一瞥的惊艳，并且欲罢不能，直至走向悲剧的旋涡的。

叁　上海，才子佳人的邂逅

每个人都有自己的命运之轮，一旦启动，无声无息，不可逆转。正如李碧华说的那样："有些事情一定要发生的。我们无法阻止，只好任由它，例如爱情。"

世间的事就是这么奇妙，在我们看来完全相反的两个人，在人生的某一刻，也会偶然地相遇，交汇在一起，并且碰撞出美妙的情感来。也许爱情就是一种遇见吧，当那个风流的才子在上海十里洋场的迷离光影里遇见美若仙子的佳人时，他的爱情来了，而佳人则被他散发的爱情香气迷醉了。

尚贤坊是上海典型的旧式石库门里弄，联排式布局，砖木混合结构。由于是半殖民地时期的建筑，所以不自主地散发出浓郁的西班牙巴洛克风情。

就是在这，才子佳人冥冥之中的相遇开始上演。

那是1927年的事。当时因"创造社"出现混乱而心情郁闷的郁达夫，为缓解心情来到了好友孙百刚的家里。在那儿，当她用那双清澈、明亮的眼眸望向他时，我们的诗人、才子便有了"明眸如水，一泓秋波"的惊鸿一瞥的悸动，从此亦乱了心扉。

那时的她，年方二十，正值妙龄，容貌出众，风姿绰约，且名列江南"四大美女"之首。

由于她家和孙百刚家是旧识，所以到上海后她便一直寄住在孙家。

那日的郁达夫，是穿着妻子孙荃从北京寄来的新皮袄到孙家做客的。

可是，在看到如此佳人时，他便把自己有妇之夫的身份高高挂起，一颗心倾尽所有地扑到佳人的身上。言谈间，他更是秋波频频。一番畅谈之后仍觉意犹未尽，便极力邀约孙百刚夫妇与王映霞一同出去吃饭。

在他的日记里我们可看到这样的句子："中午我请客，请她们痛饮了一场，我也醉了，醉了，啊啊，可爱的映霞，我在这里想她，不知她可能也在那里忆我？"如此痴迷沉醉之态，我想这世间也只有我们的多情才子才可有了。此后，郁达夫夜夜思伊人，频频往还孙家与王见面。

他终日徘徊在孙家楼下，一向生活节俭的他突然变得挥金如土起来，但年轻美丽受过新式教育的王映霞面对这位比自己大十几岁家有妻儿的著名作家，始终处于矛盾、彷徨之中。

对于郁达夫，我们的佳人王映霞一直是心存崇拜的。早在杭州女师时，她就被他的才华所迷醉。然而，她对他已有妻儿的事实始终难以释怀，再说当时的她也有婚约在身，毕竟是大家闺秀，对于人情往来，她始终是恪守分寸的。所以，面对频频往返于孙家的郁达夫，她刻意保持着若远若近的距离。

于是，这段才子佳人的邂逅，却也因着一方罗敷有夫、一方使君有妇，变得尴尬起来。

肆　富春江上神仙眷侣

爱情，一旦在彼此心中播种，即便是在荒蛮的环境，也会绽放出花朵，终成正果。

王映霞的刻意回避搅乱了郁达夫的心，同时他种种痴狂的举动，也引起了孙百刚夫妇的警觉，并遭到友人的极力反对，但是对于视爱情如生命的他来说，一切阻碍都是微不足道的。

他在如潮水般的思念中变得更为疯狂，可他愈疯狂王映霞愈逃避。这一天，他屡次邀约，佳人却不至，更谎称生病在家，实与一帮不相干的人正饮酒欢笑。

郁达夫不禁叹这一场爱情"无价值"，怨中国的女性喜欢"偷偷摸摸"，怪左右她的人"无同情心"，诉这段爱情是人生中的"恶景"，说自己心已灰、梦已休。

王映霞更为了结束这场看不到出路的爱情，决定嫁作他人妇。郁达夫对这场感情虽感到心灰，但是面对心爱的人嫁作他人妇，亦是难以忍受的。于是，为阻止映霞嫁人，他写了那封震惊世人的12页长信，他在信中写道："我也不愿意打散这件喜事。可是王女士，人生只有一次婚姻，结婚与情爱，有微妙的关系，但你需想想当你结婚年余之后，就不得不日日做家庭的主妇，或拖了小孩，袒胸露乳等情形，我想你必能决定你现在的路。你情愿做家庭的奴隶吗？还是情愿做一个自由的女王？你的生活尽可以独立，你的自由，绝不应该就这样的轻轻放弃……"

这个拥有无人能比拟的文采的才子，用他充满魅力的文字彻底叩门开了佳人的心房。然而，这条爱情的路还有险阻在前方。所有女子都要的名分，对王映霞来说，名誉是第一位，婚姻是第二位，然后才是爱情。所以，她还是回到了杭州老家。

这一别，对郁达夫而言是再聚将遥遥无期，为了临别时能和王映霞见上一面，他在车站死守了两天，人终于还是未曾见到。他独回上海，泪如雨下的他写道："映霞，但愿，这一夜的泪水，能够浇熄我对你的痴恋。"

1927年4月12日，政变开始爆发，窗外枪声连连，因挂念映霞心切，郁达夫终日不能入睡，于是冒着生命危险，踏上了南去杭州的火车。

曾经站在爱情的绝境上，曾经在追逐爱情时一次次遭受打击的郁达夫，在赶往金刚寺巷映霞家中时心里只存恐怖。然而，这世上有很多事情就是这样的奇妙,往往看起来很遥远的幸福,其实是如此的接近,近到触手可及。

郁达夫在王家受到的一系列礼遇,是他未曾料到的。一连数日,他和王映霞促膝而坐,赏月谈心,欢乐非常。想,这应该是他们俩日后的记忆中最美好的一段吧。

为了爱情,为了映霞,郁达夫开始为他们的将来努力。他先是出版了《寒灰集》,并在题注上写着:"寒灰的复燃,要借吹嘘的大力。这大力的出处,大约是在我的朋友王映霞的身上……"他在世人面前大胆表明了自己的心迹,又亲赴富阳,求得家人的谅解与同意,这一切的努力,终于冲破了家庭、社会的种种阻碍,让有情人终成眷属。

1928年1月,郁达夫和王映霞在杭州聚丰园餐厅正式宴客订婚。是年,郁达夫33岁,王映霞22岁。

至此,才子佳人的故事以一个美好的结局告了一个段落,并在文坛上被传成佳话。此后不久,南社诗人柳亚子写了赠"富春江上神仙眷侣"的诗给郁达夫,以此赞美他们是一对令人羡煞、令人妒煞的神仙眷侣。

伍　爱情不是糖如蜜

"婚姻是爱情的坟墓。"这句至理名言应该适用于世间所有的爱情吧,包括我们才子佳人来之不易的爱情。看,我们步入婚姻的佳人终体会到爱情不再是那糖如蜜,而是那恼人的绕指柔,它若蛇,把自己缠绕。

最初,她和郁达夫还真过了一段真正的"神仙眷侣"生活。他们在上海赫德路嘉禾里的一栋旧式洋楼里,过着不富有却温馨无比的日子。每日,郁达夫忙着著述、翻译,她则为操持家务忙得不可开交,两个人互相扶持日夜同行,把生活中的锅碗瓢盆交响曲奏得悦耳动听。厨房的灶台前、街边的饭馆内、温馨的影院中、夕阳下的马车上亦都留下了二人温馨、浪漫的画面。

然而,爱来得越真,越易透出伤痕。婚后不到一年,两个人的幸福就出现了裂痕。

王映霞对于郁达夫最初的失望,是源于类似毒药的酒。郁达夫对于酒的痴迷可谓和对于美女的痴迷是一样的,并且每次喝是必醉的,更甚的是他的酒后失态:酒后在马路上不省人事,酒后的胡言乱语,酒后的离家出走,酒后的"自我暴露"等,对于生性好强、极要面子的王映霞来说,这决然是无以忍受的。渐渐地,她觉得最初美好的爱情,早不是自己想象中的糖如蜜了。

可是,这并不足以让他们的感情变得千疮百孔,真正让王映霞不能释怀的,是他和原配夫人孙荃的藕断丝连。那个执着地守护在富阳老家的贤良淑德的女子,成了王映霞心底挥之不去的阴影和隐痛。

有些事情,是可以改变的;有些事情,一直无能为力。郁达夫虽有着先知先觉的爱情思绪,却无法做到今日男子的果决。在家庭问题上,郁达夫始终没能拿出勇气,将自己"彻彻底底地弄干净"。

在婚后的第三年,二人又起了争吵。谁知,郁达夫因负气不顾王映霞已身怀六甲,取走了家里所有的存款,连带着自己的精神和肉体一同回到了富阳老家,和孙荃过起了同居生活。这大大地考验了王映霞的承受力,她把他的这次行为视为"兽心易变、仓皇偷跑"。

虽说事后为了补偿王映霞的精神损失,郁达夫签署了一式三份的"版权赠与书"给她。但是,那受了伤的心,那绝望的爱情却是无法用任何方式来平息的。

许是,这世间,只有那个总能轻省回望的女子李碧华看得最透。她说:"这便是爱情:大概一千万人之中,才有一双梁祝,才可以化蝶,其他的只能化为蛾、蚊蚋、蟑螂、苍蝇、金龟子……就是化不成蝶,并不如想象中美丽。"

王映霞的爱情终究没能幸运地化蝶，而是，化为蛾、蚊蚋、蟑螂、苍蝇、金龟子……

陆　红杏出墙

当爱情不再是糖如蜜，当寂寞若蚁蚕食着长长的时光，当好时光终被岁月碾碎成尘埃，人便会顿然醒悟，寻找下一个出口。

王映霞作为当时个性很强的新派女子，在绝望的婚姻面前是决不会低头的，她开始驰骋在达官显贵的上流交际场所，以期散尽她无处安放的爱情。

1933年，在生活和事业上都不顺的郁达夫，带着一家老小从上海迁居到王映霞的老家——杭州。他打算在西湖的清风朗月下终老此身。在1935年秋，他拿出全部积蓄，建造了一座可栖息的"风雨茅庐"。却不承想，"茅庐"建成后，只见女主人的笑容若隐若现，却不见男主人的身影时进时出。

在故乡，感情失意的王映霞开始重拾过往的辉煌，每日里把自己打扮得花枝招展，只是这装扮不再是为郁达夫，而是为那些达官显贵。很快，她就成了杭州社交场合的红星，而郁达夫意想中的世外桃源、风雨茅庐则很快变成社会名流与政界要员交际往来的场所。

于是，他们之间便少不了争吵，感情更趋于破碎。何况这个时刻，又来了"搅局"的人，他就是郁达夫的旧日同学许绍棣。

时任浙江省教育厅厅长的许绍棣，是郁达夫留学日本时结识的，在风雨茅庐建造中，他亦提供了很大的帮助，因此自然而然地成了这里的常客，同时，他开始了对王映霞的暗中追求，这无疑是在他们感情的伤口上撒盐，让他们彼此的感情渐行渐远。

1936年1月，郁达夫前往福建担任省政府参议，积极投身于抗日救国的宣传工作。此时，留在杭州的王映霞和许绍棣的来往更加频繁，二人之间的关系已非同寻常，且被传得沸沸扬扬。

当风雨茅庐的艳闻沸沸扬扬地传播开来时，远在福州的郁达夫还毫无所觉。后来，有朋友实在看不下去才跟他挑明。这时，郁达夫才知自己的妻子红杏出墙了。于是，他连番催促王映霞到福州与他同住，王映霞虽然遵嘱南来，但只住了三个月便以水土不服为由返回杭州。

这时日本开始全面侵华，为避免战火，王映霞携家避难到浙西山区的丽水。但是，这次的迁移却把他们的婚姻推向了无底的深渊。

在丽水，王映霞与另一个情人比邻而居，亦惹出许多的闲话来。这个情人就是大名鼎鼎的军统头子戴笠。

再次风闻王映霞红杏出墙的郁达夫，到达丽水寻佳人。他满以为这可以斩断他们的关系，不料却截获了他们之间肉麻兮兮的三封情书。郁达夫愤怒至极，把三封情书照相制版，在朋友中广为散发，想要王映霞知难而退。谁知王映霞无所谓，来个不辞而别。

但是，郁达夫也有办法，他在报上登出"警告逃妻"的启事："王映霞女士鉴乱世男女离合本属寻常，汝与某君之关系及携去细软、衣饰、现银、款项、契据等都不成问题，唯汝母及小孩等想念甚殷乞告以地址。"一时间舆论大哗，满城风雨。于是，戴笠通过中间人来做郁达夫的工作，郁达夫又在报上登出"道歉启事"，王映霞写了一纸"悔过书"，双方才言归于好。

但此事早已使王映霞颜面尽失，两人感情的裂痕亦再无法弥合。

柒　劳燕分飞

为了彻底斩断王映霞和他人的暧昧关系，郁达夫接受了新加坡《星州日报》的聘约，带王映霞远赴南洋。

然而，紧张的夫妻关系并未因远离是非之地而缓和下来。在一次争吵后，郁达夫将有着详注的19首诗和1首词集成一组《毁家诗纪》交于香港《大风》旬刊发表，组诗中公开了他们婚变的内幕以及王映霞红杏出墙的艳事。同时，在这些诗以及诗注中，他极力批判王映霞是毁家的罪人。《毁家诗纪》一石激起千重浪，的确是起到了毁家的作用！

王映霞知道后，立即写了答辩文，同样寄给《大风》主编，她在文中大骂郁达夫是"欺膝世人的无赖文人""包了人皮欺骗女人的走兽""疯狂兼变态的小人"，两人互揭疮疤，冷战分居，最后王映霞出走回国。

随后，二人分别在新加坡、中国香港和重庆三地刊出离婚启事，这对"富春江上的才子佳人"终劳燕分飞。

离婚后，34岁的王映霞不愿以"郁达夫弃妇"的形象示众，努力地打扮自己，竟也还是美的。她在交际场上左右逢源，出尽风头。

那边的郁达夫还是想念她的，后悔过、心疼过，给她写信，写"愁听灯前儿辈语，阿娘真个几时归"。但这回，这个阿娘是铁定心思不会回头了，就是孩子的呼唤也不能让她回头，而且她又结了婚，新郎是一个叫钟贤道的男子。

钟贤道是江苏常州人，任职于重庆招商局，在当时拥有相当的地位与实权。

婚后，她安于丈夫，生下一子一女，与丈夫在芜湖过起朴实无华的生活。这样的生活，她直到最后都是满意的，暮年的她曾在自传中说："如果没有后来一个他（指钟贤道），我的后半生也许漂泊不定。"

此刻，我们那个纯性情的浪漫文人早已被隐没在一些时光暗影里了。

捌　美人迟暮

亦舒说，如花美眷，也敌不过那似水的流年。

我说，美人迟暮，最让人疼惜。

有人采访92岁的王映霞时，在病榻上浅笑的她，依稀透出当年的风姿，只是前尘过往都在她的脸上没了显现，而她却还是哀怨地谈起了那个纯性情的浪漫良人。

这样迟暮的美人，终让人看了生生地疼。

要知道，幸福从不是幻象，不是唾手可得的，而是要历尽磨难的。

不懂得珍惜，不知道幸福就是迎来送往后那一双默默关注的眼神，亦是爱恋之人掌心相握间微微渗出的几缕汗丝。终，不会得到真正的幸福。

这样看来，不幸福的迟暮美人终是被多情所累，空留余恨了。

◎ 第二十章 ◎

张幼仪 —— 独客单衾谁念我

蝶懒莺慵春过半。花落狂风，小院残红满。
午醉未醒红日晚，黄昏帘幕无人卷。

苏轼

于浪漫诗人而言，她不似林徽因那般有"最是那一低头的温柔，像一朵水莲花不胜凉风的娇羞"，亦不似陆小曼那般，被诗人欲呵护于手心里。
她只是个在稀薄的爱中坚韧的、隐忍的女子，然，于世人眼里，她若那矢车菊，看似柔弱单薄，却自有风骨，花季来时，便从容绽放满眼湛蓝。

起

她不是那种懂得风情的女子。

然,她却有着女性柔韧绵密的爱。只是,满眼风情浪漫的徐志摩不能体会,因他体会的始终是那"不胜凉风的娇羞"。于此,她便有了坎坷的命运,有了黯然的青春,并把那一世的好年华付诸东流的逝水。

所幸,于暮年之时,她还是遇见了一个懂她的男子,给她以真爱,给她以温暖。

于此,她的灿如夏花的人生,有了除徐志摩以外的精彩。

她系出名门,是二十世纪三四十年代里不可多得的"贤良淑德"的女子。不过,命中的那场错爱姻缘却将她的生活推入深渊。遇见对的人,是幸;遇见不对的人,便是不幸。不幸的是,她没能遇见对的人。她的良人除却她之外,爱所有的或清丽,或风情,或妖娆的女子。

于此,她的世界成了一个人的城池。

孤独、歧视、抛弃、隐忍,便都只能她一个人承受。

不过,对于那个她以15岁的好年华嫁与的男子,她始终是包容和成全的。于此,世人便都知诗人生命中亦有一个叫张幼仪的女子,为他那空灵的才情四溢的爱,选择成全和忍痛割爱。

她深谙张爱玲说的"因为懂得,所以慈悲"。只是,她的那个良人始终不懂,因而也就谈不上慈悲,甚至变得残忍冷酷得让人辨不得样子。

如是,她的生活便陷于他的不义之中,因而变得艰辛无望。

那国门之外的城市,成了她心中的一座伤城,亦是孤城。

当她的良人,为了继续和他心中的"女神"延续那份绮丽的浪漫,残忍地把身怀六甲的她独自留在那座城市中,以此完成自己心中的出逃。她终是遂了他的愿,只因她真的伤透了心。

于是,当良人不再可靠,她便学会了坚强,在稀薄的爱的空气里,练就了一身坚韧的傲骨。于是，我们看到那个于上海滩叱咤风云的女子。

终，一切都成了过往，好的、坏的，于她都已成了过往。

至此，她的世界一片温润、光明。

如是，她在一个人的城池里，亦可以富足，亦可以丰盈。

壹　人淡如菊

1931年11月19日，在南京发生的那一场毫无征兆的飞机失事事件，造成了大诗人徐志摩逝世的悲剧。之后，他便成为文化界追捧的话题人物，且经久不衰，历久弥新。

在他身后欠下的无数情债里，世人知晓了他拥有着的众多红颜。

不过，世人皆知在他众多红颜中，只有一个叫张幼仪的女子，因是其原配夫人所以最为尊贵。于是，人们便拨开那重重的历史迷雾窥到一个为爱隐忍的女子：初见志摩，富贵人家的千金便被斥为乡下土包子；远赴英伦，却被志摩冷酷抛弃在沙士顿；在柏林生产后，却接到志摩于国内发表的离婚通告。然而因为爱，那女子便成全忍让，且至始至终都如娇柔的矢车菊般淡定、从容。

当徐志摩去世后，她成了志摩双亲的至信与依赖。自始至终，她帮着徐父料理徐家的产业，让其得以颐养天年，为其养老送终；而志摩因飞机失事罹难后亦是她替其料理后事；那徐氏唯一的后代更是她一人抚养成人……

她终是做到了徐志摩所希冀的那般，做了他徐家的媳妇，而不是做他的太太。

如今，随着文学和影视作品的推波助澜，林徽因、陆小曼之名比之徐志摩是有过之而无不及，而她这个"他的女人中说不定我是最爱他的"人淡如菊的女子，自是不可被人遗忘的。她的隐忍，她的包容，她的淡定，她的从容，都是让世人为之注目，继而感慨。

于是，她这个最爱志摩的女子，便以菊的暗香飘摇在那时的上海滩上。

贰　大家闺秀

曾有海派女子如是形容上海这座传奇艳绝的城市："上海这座城市就好像是一个有生命的机体。从高空俯视，道路犹如动脉般的纵横交织，轻而易举地就将城市分割成若干个小区域。每个小区域之内，又有着建筑与建筑之间形成的小通道。这些小通道密密麻麻地布满了整座城市，像是毛细血管，细小却充满了生机。"

诚然，上海这颗东方的夜明珠，以傲然的生机勃勃的姿势孕育了万千的传奇子女。其间，就有那个隐匿在为浪漫而生的大诗人徐志摩背后的女子——张幼仪。

1900年，张幼仪出生于上海郊区一个显赫的家族，其祖父为前清知县，父亲张润之为当时知名的中医，其四兄张家璈乃是当时中国金融界的巨子，二兄张君劢亦是当时中国政界的显赫人物。

时为宝山望族张家小姐的张幼仪，虽生在如此显赫的大家，却性情温婉、知书达理，从她身上寻不到丝毫旧时贵小姐的娇气。

排行老小的她，自是集家中万千宠爱于一身的。

宝山望族的张家，亦是对于老式礼教烂熟于心，所以，在她3岁时，母亲就欲给她裹上小脚。于那个年代而言，不裹小脚的女人会嫁不出去。

想，旧时有多少的女子便是生生被那长长的裹脚布缠绕羁绊，一辈子都疼痛于这礼教之下的。不过，所幸张幼仪有一个爱她的二哥在，才让她在哭喊了三天之后免了那撕裂般钻心的疼痛。

她成了家中第一个没有裹小脚的女孩。这于她而言是幸与不幸参半。幸的是,她可以一双大脚坚韧地走完那段煎熬岁月;不幸的是,她为此被徐志摩奚落着。

不过,无论过往如何,生在显赫之家,曾就读于苏州师范学校的她,练就的、继承的全是知书达理、婉约宽容及善良和担当。

如此,这个若矢车菊般的奇女子,以自身的傲然风骨,为世人留下了一个极富魅力的女中豪杰的形象,亦为浮华喧嚣的上海滩增添了一分暗香。

叁　错爱姻缘

世人常说,姻缘天定。可是,这姻缘有对的,亦还有错的。和徐志摩的姻缘,于张幼仪而言,便是那错的姻缘。

可是,这段姻缘于外人眼里始终是那所谓的佳偶天成。

他们的姻缘,源于那一篇无关风月的文章。时任都督府秘书的张幼仪的四哥张公权,于某日看到了一篇模仿梁启超的文章《论小说与社会之关系》。继而他发现这位模仿者,不仅将梁启超的风格模仿得惟妙惟肖,而且字还写得有"骨"有"气",一笔一画之中,无不透出自然的神韵。张公权是愈看愈喜欢,愈看愈觉得这是一个前途不可限量的青年才俊。

于是,他便四处打听这个模仿者的情况,终知道他乃是那徐姓富足人家的公子,叫徐志摩。

徐家,乃是当时江南一带有名的富商。

如此才俊,又有着如此显赫的家世,更引起了张公权的兴致来。于是,一场姻缘就此注定。无关它是错,还是对。抱着对妹妹的爱,张公权便携张君劢一起，把张、徐的姻缘订下。

其实，这段姻缘一开始就是牵强的。生于1900年的张幼仪属鼠，据说在生肖上与属猴的徐志摩是不相配的。但为了促成这桩好姻缘，张母便做了与命运抗争之事，硬是将女儿的生年改成了1898年，属狗。只因，算命媒婆说狗与猴最为相配。

于是，徐家便张灯结彩迎娶了她。

其实，那一年，15岁的张幼仪与徐志摩也只是楼上偷偷窥视后的一面之缘。

生就线条硬朗、面容算不得柔媚明艳、亦缺乏女子绰约与妩媚的张幼仪，就这样嫁给了兄长相中的徐家的独子徐志摩。

这段姻缘，于旁人眼里是佳偶天成，于幼仪亦是"想到了母亲的苦心，想到了四哥和二哥的爱啊，自己有什么理由不嫁给哥哥相中的男人呢？"的欣然受之。然，于徐志摩却是打心底极不乐意的。

于他浪漫的心底里，张幼仪充其量只是个"乡下土包子"而已，和风花雪月、花前月下的浪漫无任何瓜葛的。所以，洞房花烛之夜时，他并没有像所有新郎那般去享受新婚之夜的愉悦，而是躲到奶奶的屋里睡了一夜。

如此，坐在洞房之中的张幼仪，便枯坐了一个新婚夜。其间的委屈、伤痛，想来也只有她一个人深知。

之后，虽说徐志摩在长辈的督促下，勉为其难地和她同了房；然，他对她的鄙夷仍在，他从不曾正眼看过她一眼，除了所谓的履行最基本的婚姻义务之外，对她始终是不理不睬的。

这伤害，于幼仪而言是痛入骨髓的。想，世间哪个女子不希望拥有一个疼爱自己的夫君的？只是，这于那个"我将在茫茫人海中寻访我唯一之灵魂伴侣，得之，我幸，失之，我命"的为爱而生的男子，对她视若无睹。

肆　伤城与孤城

那个对爱轻省回望的亦舒曾如是说:"当一个男人不爱这个女子时,她哭闹是错,静默是错,呼吸是错,活着是错,就连死了都是错。"

结婚两年后,张幼仪怀孕了。

18岁,张幼仪生下儿子阿欢。儿子满月之时,那个只为满足父母之愿的徐志摩才从北京回来看望儿子。不过,这看望无关张幼仪,所以,他很快就离开去英国留学了,只留下张幼仪一个人品尝着寸寸孤寂的光阴。

待到徐、林的爱情传得沸沸扬扬之时,心疼妹妹时年正好、也留学海外的二哥张君劢便不断施压于徐志摩,对他晓之以理,动之以情,才说动徐志摩给父母写了封要求把张幼仪带出国的信。

只是,张君劢再一次犯了强求的错误,他以为只要把妹妹接来让他们朝夕相处就可以拴住徐志摩的心。殊不知,"蝶为才子之化身,花乃美人之别号",算不得美人的张幼仪在他徐志摩眼里自是被轻视了几分,才子佳人的故事对他和她而言无非只是那戏文里的唱念做打罢了。

1920年冬,张幼仪终于踏上了远赴重洋的渡船。然而,于旅途之中颠簸的她还不知,她将去往的城市于她而言是一座孤城,亦是一座伤城。

当轮船驶入美丽的马赛港,满心欢喜的她,远远望见了徐志摩后一颗心便像是冷水当头泼了下来,是那样的透心凉!因为,此时她看到自己的那个良人是"那堆接船的人当中唯一露出不想到那儿的表情的人"。

见面后,徐志摩第一件事便是带她去商店买衣服和皮鞋,因为他认为她从国内穿来的那些经过精挑细选的中式服装太土了,会让他在朋友面前掉价!

终于,她明了了他心底对她的那份挥之不去的鄙夷。在由巴黎飞往伦敦的飞机上,她因晕机呕吐,徐志摩把头别过去说:"你真是个乡下土包子!"话才说完没多久,他也吐了,她便也不甘示弱,轻声脱口说:"我看你也是个乡下土包子。"

对他,她可以像旧式中国女子那样讲究三从四德,却也有着小女子的伶俐与天真。

因为徐始终鄙夷着她,所以,他们这对久别重逢的夫妻毫无缠绵可言。

接下来,他们在沙士顿住下。以后的岁月里,沙士顿成了她心底的一座伤城,她生活中的一座孤城。

伍　笑解烦恼结

歌后蔡琴曾婉转缠绵地吟唱:"左三年,右三年,这一生见面有几天?横三年,竖三年,还不如不见面。"

人说,三年,于一个男子而言,是算不得久长的;然,于一个女子却是宝贵的。对于一个人度日苦守着的张幼仪而言,则是一言难尽的。

原来三年苦守等得的团聚,并不是那般美好。

那一年,当她远渡重洋来到夫君的身边时,第一眼看到的是"结了新欢无义的良人",一个无法控制自己男性荷尔蒙的无义良人。当他在和新欢林徽因谈着感天动地之柏拉图式纯爱时,仍还是和不爱的她行了那云雨之事,并让她再次怀了孕。

当她把怀孕之事告诉他时,这人前的才情诗人却把薄情男子的角色诠释得淋漓尽致。因为,彼时在诗人的心中,新欢是他的"女神",是可遇亦不可放手的,是得之而幸、失之而命的。所以,他冷酷地抛下一句"把孩子打掉",更甚的是,当心伤而又胆怯的她说:"我听说有人因为打胎死掉的。"他更冷地反问她:"还有人因为坐火车死掉的呢,难道你看到人家不坐火车了吗?"

只是，她怀孕的事情，却着实地伤害了他的新欢。那个情窦初开的少女，是断不能接受高尚纯洁的爱情，有灵魂与肉体的背离的。于是，爱，便在一夕间冷却。

为浪漫而生的男子怒了，并且还把这怒转移到了张幼仪的身上。他决绝地对她提出离婚，想以此来向自己心目中的女神证明自己的爱意浓稠。更甚的是，眼见得不到她的应允，他竟自私透顶地一走了之，将她一个身怀六甲语言不通的弱女子撂在了那个伤之城——沙士顿。

张幼仪也想过轻生之类的事情。

然，她心底深处却仍还存有被隐匿的爱，亦还深记得"身体发肤，受之父母，不岂毁伤，孝之始也"的古训。所以，她终于抛却了轻生的念头。

女子若觉着自己是那秋天的扇子，扇出的亦是凉风的话，倒不如索性收起来。

于是，她坚强地承担起一切悲伤，不再有任何希冀。

产期临近，她才给二哥写信求救，在临盆之际，才拖着疲倦心伤之身辗转投靠于兄长。而这期间，徐志摩从未曾过问一二，似乎那即将降临的小生命，与他无任何瓜葛。

1922年2月24日，她生下了那个无辜的小生命。离开医院时，接到的却是徐志摩寄来的一封离婚信。对于过往，对于新生的婴儿，徐是视而不见的。

她的心是彻底的凉了、碎了。

她亦知道，她和他之间不过是那"如天外杨花，一番风过，便清清结结，化作浮萍，无根无蒂"。那唯一用婚约牵系的"烦恼结"终会有完结的时候。

于是，在1922年3月，她和他签署了那份中国近代第一份文明离婚书。

陆　一个人的城池

古人云："一日夫妻百日恩，百日夫妻比海深。"想他徐志摩应是不会懂的。所以，他才任她心底情海翻涌、恨海生波的一个人伤，而与自己没有一丁点的纠葛的。

也许，正如别人所说的"男女间那档子事大抵如此，一个百般折磨，一个甘愿痴缠"吧！

离婚后，独自带着幼子的张幼仪，开始了她在中国传统女子的隐忍里默默承受着离异苦痛的生活。

可叹这世间，有多少女子终敌不过这样的厄运，连挣扎都是气若游丝的。因为没有谁会耐心探究，一个男子的背后若省略号般悄然存在的女子姓甚名谁。然，她终要一路走下去，即使再孤寂、再神伤。

只是，于无奈与被迫中结束了那七年貌合神离婚姻的她，却是和徐家始终有着绵密的牵挂的。因公婆是如此怜爱疼惜她。他们知她孝顺忠厚，不舍她离开，于是，收她为义女，并且按月给她寄生活费。如此，她得以一面抚养幼子，一面在裴斯塔齐学院修读课程。最后，她这个连"哈喽"都不会的"乡下土包子"，竟成了一位能操着数国语言授课的大学教授。

然而，命运有时还真是跟她过不去。年幼的次子，在3岁那年，因腹膜炎夭折。

至此，她的世界成了她一个人的城池。

而那个在爱的国度里浪漫辉煌的男子，也只是在幼子死后的一周后出现过，假惺惺地在坟前流下了两行泪而已。对她，他依旧是视若无睹，只言片语全无，这让她情何以堪？

有人说："若能穿透色相，爱与恨便是相同的，都是对着一个人有情。当一切都在变换的时候，只有一堵永恒的墙，在那里痴痴守候着。"

便也是这样无望了，于一个人的城池中。

也许，更应该像李碧华说的："不要紧，薄情最好，互不牵连又一生。"

柒　凤凰终能涅槃

其实，离婚于张幼仪而言，是一次脱胎换骨的蜕变。

她曾说："在去德国之前，我什么都怕，在德国之后，我无所畏惧。"以至于在暮年之时，她曾无限感慨地回忆："我要为离婚感谢徐志摩，若不是离婚，我可能永远都没有办法找到我自己，也没有办法成长。"

1926年，张幼仪学成归国。时任，上海东吴大学德文教授。

公婆始终对她心存愧疚和心疼，于是便拿本钱给她去做生意。由此，上海第一家时装公司——"云裳"得以应运而生。

留学欧洲的经历，使她有了异于别人的新锐的经营视角，她积极地将欧美社会中最流行的服装样式引入"云裳"。不久"云裳"便成为彼时上海滩上一流的时装公司，吸引的全然是闺秀淑女、豪门名媛。"云裳"因而门庭若市，声名鹊起。

后来，有一家"上海女子商业银行"因经营不善，濒临倒闭，他们看中了旅欧归来的她。于是，重金聘请她担任该银行的副总裁。

每日里，她上午9时会准时到公司，从不迟到；下午5时下班后则跟一位老先生补习中文，俨然成了令人瞩目的新女性。

在她的努力下，重整后的上海女子商业银行很快扭亏为盈，这不仅使得她在上海银行界崭露头角，名噪一时，更让她成为中国近代第一位女银行家。

与此同时，张幼仪还大做股票交易，盈利极丰。

她，成了上海滩最赫赫有名的企业家、银行家。

至此，徐志摩眼中的"乡下土包子"，成了时年上海女性心目中那个凤凰涅槃的传奇女子。

历史总说，爱情是没有重量的。

许是因为她的爱情没有了重量，她的生命反倒显出了重量来吧！命运终还是眷顾了她这个坚韧的、隐忍的、传统的、自强的女子，给她爱情之外的另一种精神力量，足以使得她一个人的城池，丰盈而富足。

捌　爱的栖息地

她曾那般笃信着江山有义、良人有靠，不求春花秋月的浪漫，不求你侬我侬的爱情。然而，那个良人给她留下的全都是无望，让她在往后的许多年里丧失掉爱的能力。

因此，她在多年里闭口不谈他，亦不说自己的可怜，或追究他的凉薄寡情。直到临死前，她才将过往的种种诉于自己哥哥的孙女；她亦感慨地说："在他一生当中遇到的几个女人里面，说不定我最爱他。"

想来，"良人有靠的笃信"是曾如此根深蒂固地活在她心底的。

庆幸的是，她终于还是获得了属于她自己的至爱真情。

那年，54岁的她，在香港欢喜地和苏季子举行了婚礼。

想她张幼仪从来只是一个寻常的女子，30多年的岁月沉淀，半生积蓄的美好高贵，终还是寻觅到了属于自己的爱的栖息地。这样的婚姻于她才是真正幸福的、简单的、纯粹的。

艾略特曾说："一个幸福的女人犹如一个强大的国家，是没有历史的。"于是，抛却过往的她，于1967年和苏医生一起，到英国康桥、德国柏林故地重游。

她站在当年和徐志摩居住过的小屋外，没办法相信自己曾那么年轻过。那个俗世里的多情种，携着他背后隐约的名字：林徽因、陆小曼、凌叔华、韩湘眉，若那模糊掉的画纸，辨也辨不清颜色。

彼时，她的眼中便只有她要的、爱的良人，她的城池内便只有她要的、爱的栖息地。

无他。

◎ 第二十一章 ◎

苏青——一抹春痕梦里收

一抹春痕梦里收。草长莺飞,柳细波柔。
珠帘十里摇银钩。筝鸣东风,那处红楼。

吕碧城

世人知她苏青,是由那两个艳才情绝的人文字中而知的。但是,无论是张爱玲的《我看苏青》,还是胡兰成的《说苏青》,诉诸于世人的都只是一个邻家妹妹般普通寻常的苏青。然,这之外的苏青,实则是旧时上海滩上一个"极富盛誉的女作家"。

起

　　王安忆说，她是个怀旧中的旧人。

　　当人们对上海这座传奇城市进行追忆的时候，她才姗姗登场。她那活生生的、满溢着生活细节的文字，原是如此让人惊艳不已。于是，人们便于怀旧中记住了她这么个旧人。

　　她写弄堂，写胭脂水粉，写婚姻生活，独独不写爱情。于她而言，爱情只不过是那俗世里的一点爱恋罢了；男女间的那档子事，于生活之中延绵也便罢了，断不能让她用笔去记录、去书写的。她只写活生生的生活，细致入微，让人心惊不已。

　　出生于宁波书香门第之家的她，免不了接受由媒妁之言、父母之命促成的婚姻。随之，她的生活便陷入泛泛的世俗之中。若不是那可恨的夫君于外花天酒地不顾她的生活安稳，她也可在油盐酱醋茶里过得红红火火。

　　她，终为了自己抛却了无以回望的十年婚姻，做了人前光鲜实则艰辛的职业新女性，以一支"语不惊人死不休"的笔刻画本真的生活。无关它好、它坏，没有禁忌。

　　于是，她成了让人侧目的"最胆大的作家"。

　　她更于追逐"俗世中的爱恋"的厌烦中，把世间女子都写作成欲望之中的"蛾"。

　　张爱玲说她是"乱世里的盛世的人"。

　　诚然，她本心忠厚，向往有所依附。只要有个千年不散的筵席，叫她像《红楼梦》里的孙媳妇那么辛苦地在旁边照应着，招呼人家吃菜，她也可以忙得高高兴兴。

　　只是，世间男子多是些薄情寡义之人，无处可寻她所想的男子。

　　如是，她的红尘楼宇中只剩下了无数春痕在那里。她的世界里除了文字，再就是一个沦陷区"上海文坛最负盛誉的女作家"的美誉。

只是，人事有代谢，往来成古今。

"生命不过是一场坟地里的盛宴，饮罢唱罢，死亡就微笑着翩翩飞临。"1982年12月7日，她于上海寂寞离世，时年69岁。

壹 乱世佳人

20世纪40年代的上海，不幸被日军占领沦为"孤岛"，可谓是个乱世。于此，这期间许多文化界名流或撤离，或隐居。因而，彼时的上海文坛寂寞得可怕。然而，在某一个晨曦，却惊现了两朵别致的花朵，一朵是那个世人皆知的传奇女子张爱玲，一朵就是"语不惊人死不休"的传奇女子苏青。

她在自传体的小说《结婚十年》中，尽数用了大胆的标题和内容，她写初婚的感受、生育的痛苦和欢乐，她亦写婚外恋，写与各种男人打交道，并于书中细微描述着婚姻生活中女性真实的性心理。一时间，她被称为"大胆的女作家"。毁誉参半的评价，将她推向历史的风口浪尖。

于是，她的生活陷入恶性循环之中。

她渴望安稳，亦希冀男子带给她爱，然而世间男子多是那薄情寡义之人。于是，她于每次男人们离她而去时，就忍住眼泪说她也是在玩弄男人。而她的文字中的那些男人女人，更是被撕破了温柔的面纱，一步步进逼，叫人无从辩解。

如是，她便免不了被人记恨。男人和女人都把她当作敌人。

孤岛里的人们，看到了一个于乱世中寂静前行的"最胆大的作家"，以其"语不惊人死不休"的言论，搅乱着那时上海滩男男女女的心。

她是真实地活在现世的女子，在一如既往地写着心底的魂，无论好与坏，快人快语的她，写尽了别人藏在心里的话。

多年后，我们可从她的文字里辨出上海女子泼辣的一面：她们能言善辩，占了男子上风；什么事都懂，没有什么瞒得过眼；厉害、刻薄，却不讨人厌，只是骨子里世故罢了。

可她还是被历史埋没了。

时代演变，旧的下场，新的上场。当年的声色早已偃旗息鼓，烟消云散。一个苏青，又有什么？在人家的时代里，她只是寄人篱下的"乱世佳人"而已！

贰　她的名字叫苏青

用一支柔弱的笔，写出"语不惊人死不休"的惊天动地的她，让彼时的上海滩记住了一个叫苏青的"胆色"女子。

她是自视极高、眼里揉不得沙子的清绝孤傲的上海女子，骨子里亦全都是经由岁月时光雕琢的脱胎换骨的涅槃。

苏青，1914年出生于浙江宁波，原名冯允庄。据说，她的家庭十分富有，祖父冯止凡乃是一届举人，后经商，遂成了那时城市里新兴的殷实市民。因此，这苏青亦是书香门第大户人家的小姐。

苏青的童年，几乎都是在外婆家度过的。在那个清一色女性的古老大屋里，承载了外婆、姨婆、母亲等女性的无私关爱，让小小年纪的苏青，心底充满了无限的爱，这亦对她以后的写作风格产生了很大的影响。

然而，人生并非一切都是完满和美好。

她的回忆里还有一个父亲的影子，那个叫做冯松卿的人是庚子赔款的留学生，年轻时，多待在国外，对苏青的关爱亦是少之又少；回国后，对家庭亦是不甚尽责。这些于年幼的苏青而言，是伤痛和无奈。

自古以来，女子在家中的地位都是轻的。

出身于书香门第之家的苏青，虽说有幸受到正规的教育，但是在父母的眼里，这到底不是女儿家的正经事。所以，她还是落了个和那个时代的许多女性一样的命运，于14岁那年，经由家长之命、媒妁之言与一个叫李钦后的男子订了婚。

1934年，已是南京中央大学外文系学生的她，和在上海东吴大学法律系的李钦后于老家正式完婚。不久，她便因怀孕而退学，正式结束了她的大学生活。

不久之后，她和丈夫肆业移居上海。

至此，她的生活便与十里洋场、满眼飞花的上海滩有了绵密的纠葛。

1935年，她为抒发生产的苦闷，写就了那篇名为《产女》的散文，并被发表于名为《论语》的杂志上。由此，她正式踏上海派文学的道路，并与那个传奇的女子张爱玲一起，走了一条现在看来完全是"非主流"的写作路线。她们一起红遍当时的上海滩，也一起被中国现代文学史遗忘。

然而，她终究是个怀旧中的旧人。当人们在追忆老上海的风花雪月时，张爱玲终于红透祖国大地，而她只是那影里的旧人，把一抹春痕模糊在旧时上海的梦里，也模糊在今人的心里。

叁　无以回望的十年婚姻

于苏青而言，这场婚姻是"旧式"的，与"爱情"完全不沾边。所以，多年后，她如是轻省回望地写出这样的句子"婚姻不如意，便是顶薄命的事，理想婚姻是应该才貌相当的。"于是，世人仿佛可以看到那个因无爱而决绝的凌厉女子，曾怎样彷徨、疼痛着。

她生命里，是有爱情出现过的。但对她而言，却是苦涩悲凉的。大学里的那次情动，开头算不上浪漫，结局也只剩下悲凄。于是，我们在她的自传体小说《结婚十年》里看到这样的描述："应其民在知道她有了未婚夫后，唯一过激的反应也不过是将一枝三颗的樱桃摘去最小的那颗，然后把连理的两颗递给她，伤心地说'我是多余的'。然，她亦没做过任何努力于这段感情，青涩的两个人就这样哭过一场便把感情的伤掩埋。"

无奈之下，生活就此进入所谓的轨迹，她以青丝如黛、红颜初艳之好年华成了李钦后的妻。此后，她开始养儿育女，相夫教子，日日里尽是些柴米油盐，与长巷深院中芸芸众生绝无二致。

寂寞、孤独、无聊、烦琐的主妇生活，生生将生性活泼好动的她压得喘息不过来。而身边那个同床共枕的男人，更是暴露出自私、懦弱、虚荣、没有主张的恶劣来。生活真真仿佛那一袭长满虱子的华丽袍子，有万千的难以忍受藏在里面。

让她心死的，是那个她说不上爱也说不上不爱的男子的外遇。那个受过高等教育、端着大律师架子的道貌岸然的丈夫，日日于上海的灯红酒绿之中逍遥买欢，忘了家中还有妻儿要养，更甚的是，他极不负责任地拒绝承担生活费。

中国的旧式女子怕是顶顶悲哀的，她们不过是男权社会里分得甚为清楚的十等男人后的"第十一等"人，千篇一律地被冠以"贤良淑德"的美名，就此失了自己的脾性好恶，低到了尘埃里。

当她向那胡来的少爷乞求家用时，得到的只是一记响亮的耳光，及那伤人心的话："你也是知识分子，可以自己去赚钱啊！我可没有固定的收入，所以也不能给你固定数目，你爱怎样便怎样，我横竖不大在家里吃饭……老实说，你就是向我讨钱也该给我副好嘴脸看，开口就责问仿佛我天生欠着你似的，这些钱要是给了舞女向导，她们可不知要怎样的奉承我呢！"

于此，她不得不让自己成了娜拉。她开始醒悟，原来女子除了婚姻子嗣更该有自己的理想和追求。

1944年，她与他离了婚。这一年，她31岁，他们结婚整整10年。

这段婚姻，于她而言真真是无以回望，顶失望的一件事情。

于是，我们看到她这样的文字："我要说我所要说的话，写我所要写的故事，说出了写出了死也甘心。我把自己的生活经验痛快地写，一字一句，说出女人的痛苦，有时常恨所有的形容字眼不够应用。我焦急地思索着，几乎忘却了自己的存在。"

如此，若她"宁为玉碎，不为瓦全"，何尝不是一种境界！

肆　　这俗世中的爱恋

古今中外男子，历来薄幸寡情，他们朝秦暮楚的心思如流水不止，而女子却多是不顾男人形容外貌肯与其终身厮守的。想来，真不禁心寒如夜水，骨子里全是心灰意冷。

想她苏青，离婚后顶着独立新女性的头衔，日子自是艰忍难熬的；更是为那一身瘦影在床，人形溃败的。

于是，我们在她的传记小说中看到这样的影射："……天下竟没有一个男人是属于我的。他们也常来，同谈话同喝咖啡，也请我看戏，而结果终不免一别，他们别开我，就回家休息了。他们有妻、有孩子、有小小的温暖的家，就算是同我很要好，又怎肯放弃他们的已经建筑起来的小家庭呢？他们对我说那是没有办法；没有办法？哼，贤怎么有办法同我拆散了这个家呢？我恨他们，恨一切男人，他们不肯丢弃家，至少不肯为我而丢弃，我是一个如此不值得争取的无价值的女人吗？"

事实上，她的身边从来不乏男人，他们欣赏她，引她为红颜知己，和她谈文学人生，然而他们多有妻儿和戒律标准，全然都是不属于她的人。于是，他们一个一个地走掉。可是，身在俗世红尘，他们和她竟还是免不了那些男女之间的那档子事。于是,她仍是要他们的,日日里迎来送往。她毕竟是一个正常的女子,断然不会成了古典爱情小说里那种为了破碎的爱情终身守节的标本。

她是有所希冀的,于这无望的俗世红尘中,她希冀真爱、承诺,及那温柔的归属。只是,她最后希冀到的却全然是架构于无爱之中的性。于是她"悔恨交并",忍住眼泪说她也在玩弄男人。

不过,她毕竟不是乔治·桑,可于情欲骄纵混乱中也可安然无所谓。她仍是被"贤良淑德"之类古训影响着的中国女子。于是,她的心底有了羞耻和悔恨:觉得自己"吃了亏,还没处诉苦";甚而"恨不能把自己毁了"。

但,她并没有毁掉自己。

不过是俗世中的一点爱恋罢了,断不可使她伤心至断肠的。十年婚姻不可回望,却可让她拥有一颗强壮的心。爱恋状态下,她亦可拥有亦舒说的那种"丢在泥淖里还是啪啪跳动,淌着血"的心。

伍　女子都是欲望之中的"蛾"

在苏青之前,没有一个中国女作家能像她那样直言不讳地谈性。

她,把女人温情脉脉的假面撕掉,还原出一张"饮食男,女人之大欲存焉"的真面目,逗号前移一格可使无数女子花容失色,亦可令一些卫道士暴跳如雷。实则,她的"赤裸裸的直言谈性",是让许多的正人君子挑灯夜读,捂在被窝里窃笑的。

她写:"欲望像火,人便像扑火的蛾,飞呀,飞呀,飞在火焰旁,赞美光明,崇拜热烈,都不过是自己骗自己,使得增加力气,勇于一扑罢了。"一语言中了世间女子都是那欲望之中的"蛾",都有为爱欲、情欲而飞身赴火的决绝。

她是深懂女人的，亦深知男人心机的。于她眼中女子全然是那欲望中的"蛾"，男子则全然是那薄情寡义的"负心郎"，多是靠不住的，是见异思迁的。他们家中有娇妻，却还要于外面厮混一个情人，这还不能够满足，于是又要去嫖妓。

如是深懂，让她的文字有了"语不惊人死不休"的惊世骇俗。

人说，惊世骇俗的原是最招人骂的，但她不怕挨骂，仍要发表言论："夫妻是否日日同居或夜夜同床尽可由他们自己去决定，分居并不碍着众人什么事，同居亦不见得肯分惠些什么给众人也。"这言论一出，便是在沪上之地"一石激起千层浪"。

如此，别人便对她另眼相看，然，多半是侧目而视。

不过，她索性豁了出去，用拉家常的语气谈着这些事，且还妙语连珠。

她言："男人是坏的，因为他们爱情不专、不永久，但其实这可能是他们生理上的本能，他们至少是真实的。他们喜欢年轻美貌的女人，因为年轻美貌直接引起性的刺激，那就是真实。女人口口声声说是喜欢某男人的道德、某男人的学问，或者内心暗自估计他的地位金钱……"

由此，有学者如是说：她是一个"无须长发蔽体，也能裸身驰马"的女人。

陆　红楼那处是春痕

写就一部上海《长恨歌》的王安忆曾如是说："苏青是有一颗上海心的，这颗心是很经得住沉浮，很应付得来世事。"

如是，我们看到了一个于乱世中坚忍的、独立的单身女子，以一身的傲骨穿梭于她自己的红楼之中，留下一些看似无关痛痒、无关风月的琐碎句子，实则遗留下的全然都是伤痛。

其实，她只是一个平凡的女子，一如她小说中的女子，天真、感性、琐碎、软弱，渴望爱与依靠。所以，张爱玲说："苏青的讽刺是不彻底的，她对人生有基本的爱好。"因而，尽管她脸上有看透一切的讽刺笑容，但她还是要在红尘楼宇之中兜兜转转，即使得不到她想要的爱和恩慈，也还要奋不顾身，飞蛾赴火。

人说，上海这地方的高楼和马路，哪一桩是精神变物质变出来的？全是一砖一石垒起来的。你一进这城市，就好像入了轨，想升，升不上天，想沉，也沉不到底，你只能随着它运行。

因而，她让自己变得更强大，她开始经营自己所写的书，亦办了那刊载了不少名家名作的《天地》杂志。

她深知乱世里的男女欢爱，不过是由人情世故里滋生出来的一夜夫妻百日恩爱或相互体谅罢了。于是，在报纸边角里，她开辟了一个小专栏。除却风月，她什么都谈，谈男人女人，谈结婚离婚，谈子女家长，谈职业人生……

王安忆说："上海这地方做人的欲望都是裸露的，早已揭去情感的遮掩，有一是一，有二是二。"

在这样的上海，她断然不能再靠那"爱"来安慰自己了。于是，她便只在自己的"红尘楼宇"中书写那一纸的细碎和无爱的真实。幸运的是，上海繁荣的报业成全了她，庞大的市民读者成全了她。

如是，她便将细碎生活做舟筏，寂寂渡过那苦海，在城市最暗淡的时光里，可从那紧掩着的三层阁楼窗户里，飘出一丝小壶咖啡的香气。

张爱玲说："蛮荒的日夜，没有钟，只是悠悠地日以继夜，夜以继日，日子过得像钧窑的淡青底子上的紫晕，那倒也好。"

于我看来，苏青在自己的"红尘楼宇"中，也是这样日以继夜，夜以继日地过着，春痕满处也好，淡淡紫晕也罢。

柒 凄凉的晚年

我想，把真实生活写得淋漓尽致的苏青是先知先觉的吧。

早年间她于《续结婚十年》中写过这样的句子："他们都是骗我的，也许将来我还得受孩子们的骗，辛辛苦苦一场空呀！"

果然，生活便是这般地给她以捉弄，她的话，竟真的应了验。

当新中国成立伊始，当张爱玲眼见花开无人赏，别人的热闹亦是和自己不相干，于是远走高飞时，苏青却因着骨子里是个天真热心的人，想着一个新的社会总是好的，便在上海紫祥里的芳华越剧团里热热闹闹地安了营、扎了寨。

她过的依然是真实的日子，又因着自己扎实的文学功底，写出了不少好剧本。然而，人世浮华如梦，沧桑过眼如云，好日子才开了头，厄运便从天而降。史无前例的"政治风暴"掀翻了汪洋里的无数扁舟，她也不能例外。

她被投放在一个叫"提篮桥"的监狱，过了一年多白日黑夜不可辨的牢狱生活，出来时，已物是人非。她被开除公职，贫病交加，一无所有。当她求助于至爱骨肉之时，寒意更由心底升起，对方声称已与她划清界限，从此断绝往来。

面对亲人的无情，她唯有躲在真实生活之下隐匿地过活。她闭门谢客，只守着满园的花草。她说："这些花是我生命末期的伴侣。"病中的身体，于时间的飞转流逝中愈来愈恶化，她并不去医治，一任它如同恶魔般侵蚀她的身躯。她是已经对生活失望了，抑或是绝望，唯一希冀的便是快快死去，好让不如意的险恶世相如滚滚东流的逝水般流去。那个用十年走完百年路的坚韧女子，关于她的那些繁华过往便都隐匿于那梦里，便只成了繁华旧梦一桩而已。

"生命不过是一场坟地里的盛宴，饮罢唱罢，死亡就微笑着翩翩飞临。"1982年12月7日，身患糖尿病、肺结核的苏青于上海寂寞离世，时年69岁。

据说，当时灵堂里没有哀乐、没有花圈，前来送行的亲友也只不过四五个人，全部的送葬时间仅七八分钟，十分凄凉。

捌　何处是归宿

"什么地方是我的归宿？"苏青曾在《归宿》一文中如是说过。

可是，时至今日她依然没有归宿。因为，今人还没有谁可寻到她那"文人苏青之墓碑"。

安妮宝贝说："有些人是可以被时间轻易抹去的，犹如尘土。"而苏青却不能，因她是净土，净土有时不在辽远的世外桃源，而就在你的心里。即使我们寻不到文人的墓碑，她的灵魂亦仍是存在于那"善良与爱"里的。

所以，无论归宿如何，苏青永都是人们心中、爱玲眼里的明亮的中国风的房间——

"雪白的粉墙，金漆桌椅，大红椅垫，桌上放着豆绿糯米瓷的茶碗，堆得高高的一盆糕团，每一只上面点着个胭脂点。"

◎ 第二十二章 ◎

何香凝——人间梅花暗自香

> 墙角数枝梅,
> 凌寒独自开。
> 遥知不是雪,
> 为有暗香来。
>
> 王安石

她是大革命中一枝瑰丽的寒梅,在硝烟四起、暗杀重重中,终以梅的于寒冷风雪之中仍可暗自香的傲骨,破茧而出。她用她的傲骨,为世人留下了一个过目不忘的传奇。

而从她的油彩中所散发出来的那一抹凝香,亦让一座城市、一个年代的人沉醉不知归路。

起

她是被历史大写的女子。

作为我国近现代民主革命时期的著名女革命家、杰出的政治活动家和伟大的爱国者,及造诣至深的画家,她身上兼具着"寒梅"的性格和"猛虎"的精神,堪称女中豪杰。因而,毛泽东曾高度赞誉她"为中华民族树立模范"。

她的一生充满了传奇色彩。

身为名门千金却拥有一双所谓的"天足";因着"天足"亦拥有了令人艳羡的、不离不弃的"旷世奇缘"。她始终追随于孙中山左右成为第一位"同盟会"成员;就算深陷在蒋介石的黑色风暴之中亦可傲骨自如,且可用一支画笔将革命斗争进行到底。如是,奋斗一生的她成为妇女解放运动中的光辉典范。

生于19世纪的她,有着傲人的豪门背景,然而深闺之中她亦可若出水芙蓉,有着一颗赤诚的心。后来和国民党领袖廖仲恺的相识,促使了她走上真正的革命道路。如此,在她长达近百年的漫长岁月里,便牵系着革命的道路于征程中风风雨雨,崎岖坎坷,书写了一个传奇女子波澜壮阔的一生。

她亦是为革命而被大写了的女子。

当年为了革命需要,她放弃金银珠宝携着丈夫奔赴日本留学,并为了另一种革命的需要毅然去学习绘画。邓颖超称赞她"不仅是一位女革命家,而且是一位画家,有高超的艺术才能",事实上,她亦是第一个将美术创作与革命活动紧密连在一起的革命画家。她的画堪称革命"史画"。

面对蒋介石的威逼利诱,她始终站在中国共产党的一边;在协助丈夫斗争多年后,还鼓励儿女都投身革命队伍。更为可贵的是,当心爱的丈夫死于自己面前,她仍继续坚韧地斗争。于此,她的革命事迹被大写进那段不可回望的历史中而不被遗忘。

1972年年初,她终携着传奇的人生走完她百年的岁月,并携着与丈夫的"生死契约"无憾长眠。只留给世人一个深远的身影,于上海的光影里永恒。

壹　傲骨寒梅

1931年,九一八事变爆发,蒋介石却下令"绝对不抵抗",拱手将东北三省让给了小日本。从此,东北三省的人民便活在了水深火热之中。

此时,旅居德国的何香凝闻讯马上赶回上海,大声疾呼国人"自救",同时发动国内名画家组织"救济国难书画展",并把自己历年所作之画及珍藏的书画拿来义卖。不久,日军入侵上海,她便和宋庆龄一起冒着炮火赶到前线,慰问违命抗战的粤系第十九路军,同时还组织上海妇女成立医疗队。

国民党政府不肯接济十九路军,于是她便赶到南京要求补发该部队几月欠饷。然,蒋介石虽同她见面并设宴招待,却避而不谈饷械之事,只是连连夹菜说"请吃"。气愤之下,她一筷子都没动,散席便返沪。

1935年华北危急,蒋介石仍对日妥协,何香凝便模仿三国时诸葛亮羞辱司马懿之法,将自己的一条裙子寄给蒋介石并附诗一首:"枉自称男儿,甘受敌人气,不战送山河,万世同羞耻。吾侪妇女们,愿往沙场死,将我巾帼裳,换你征衣去。"

由此,蒋介石对她又恨又怕,只碍于她是国民党元老,终是奈何她不得。于是,便对她采取长期软硬兼施,后来又派人于她最艰苦的时候,邀请她去重庆,并附上100万元支票。没想到何香凝当即退还,并附信写上:"闲来写画营生活,不用人间造孽钱"。

她就是如此傲骨铮铮的女子!

多年来,她始终若一枝寒梅般,以一身傲骨凌然于那时乱之世道,以卖画换得"买米钱",这使得她署名"双清楼主"的作品名扬海内外。

台湾作家杨子曾经说过:"人生以立言、立功、立德为荣。其实,立情才是生命的最高境意:能爱与被爱,生命就如花朵之开放,灿烂繁华,故不免终于一朝凋谢,却也是不枉不朽了。"

这便是对她傲骨若寒梅的性情的肯定和礼赞吧。

贰　生在豪门

1878年6月21日,香港上环荷李活道东街38号何家大宅内诞生了一个女婴,她就是日后享誉我国政坛的伟大的政治活动家、爱国主义者何香凝。

时年,何家已有8个孩子。不过,大地产商何炳桓对她依然疼爱有加。这个兼具中国传统观念和西方传入的新思想的商人,并没有"重男轻女"的观念。他给她取名为名谏,希望她日后成长为既温柔贤淑,又敢作敢为的人。

何家是个大户人家,于香江之岛亦是数得上的豪门,豪门里亦是妻妾奴婢成群的,所以,这个深宅大院里最多的就是孩子。何香凝是母亲生的第五个孩子,她排行第九,因此,她被仆婢们称呼为"九小姐"。

在大家眼中看似"娇小柔弱"的她,骨子里却深匿着一颗坚韧叛逆的心。身在豪门,她却不曾沾染一丝一毫富家小姐娇生惯养的陋习。她喜欢听太平天国的故事,喜欢无拘无束地自由嬉戏,喜欢读书进学堂。她明显和那个豪门生活格格不入,成了一个异类的"千金小姐"。

不过,父亲是喜欢的。所以,当小小的她被母亲强行裹脚缠足时,他竟然是依了不愿受此疼痛的她。如此，她得以有了双"到处飞奔，上山爬树"的大脚。也正是这双大脚，成就了她和廖仲恺的那段"旷世奇缘"。

17岁时，父亲特许她当了自己的经济助手，让她担负起管理家庭的财政和收租账目的工作，这也为她后来在中国同盟会的革命大家庭中担任"管家"工作奠定了基础。

如是，这个生在高贵富足的豪门之中的"千金小姐"，在香港这个风气比较开通的资本主义社会环境中成长起来，尽管观念半新半旧的家长对女孩子管教颇严，但她依然多少受到了一些欧风美雨的洗礼，并接触到一些资产阶级维新派宣传的妇女解放等新知识。

叁 旷世奇缘

男大当婚，女大当嫁。这是自古以来就有的道理。

当时的社会风俗向来是以小脚为美的，缠着小脚的妇女才行动斯文，端庄高贵，而那大脚的女子是很难嫁出去的。所以，待何香凝到了"待字闺中"之时，何家便为了女儿的一双大脚而忧心忡忡。

不过，世间里有些事是有所谓的"无巧不成书"的。适时，那个旧金山长大的廖仲恺便如天神般来到何香凝的世界里。

廖仲恺，1877年生于美国旧金山，于17岁那年才回国。

一个是香港的富商之女，一个是旅美的华侨之子，两人结成良缘也可以说是门当户对的。于是，应着那媒妁之言、父母之命，未曾见过彼此，便姻缘初定。1897年10月，何香凝便以一个大好的年华嫁给了廖仲恺。

这姻缘是旧式的，初会亦是素昧平生、素不相识的。然而，他们的结合里是颇有渊源的。据说，廖仲恺的父亲由于亲身经历旅美华侨所遭受的种种事实，深知小脚女人是中国的一种耻辱，所以在儿子的婚事方面曾留下两条遗嘱：第一，根据客家人的规矩，儿子必须讨个大脚妇女做媳妇；第二，小脚女人在外国被人看不起。因此必须照办。

19世纪末的中国大地上"大脚妇女"可谓"稀有"，而不缠足的大家闺秀更是打着灯笼也难寻。然，姻缘便真真是注定的。在那个俊郎初觅红颜之时，一个待嫁的何香凝就摆在了眼前。于是，一段天作之合的好姻缘上演了，亦成就了一段被后人传颂的"旷世奇缘"。

时人把这段好姻缘称为"天足缘"。

他们的婚后生活是和谐美满的，甚是羡煞世人。他们有着其他夫妻鲜有的意气相投，两个人不仅有着相同的志趣，亦有着相同的求知渴望。这让他们彼此有了满怀喜悦的庆幸，庆幸，于这世间可遇着一个红尘知己。

起初，他们居住在哥哥廖恩焘的小公馆中。一段时间后，他们在公馆左侧屋顶的晒台上搭了一间斗室小屋，并搬进去居住。于是，每当皓月当空，夫妇二人促膝长谈时，还真有那"神仙眷侣"般的浪漫。

一次，时逢中秋佳节，皓月正当空，望着满室皎洁的月之清辉，何香凝触景生情，便写下那传奇的"愿年年此夜，人月双清"之诗句。之后，他们为纪念这段幸福的婚后生活，便把这这座小楼命名为"双清楼"，取"人月双清"之意。在以后的岁月里，他们的居处虽然一换再换，屡迁不已，或华丽或简陋，然这个"双清楼"名字却始终未改。

肆　投身革命

有些人就是梦里、命里的人，注定有着一生的牵绊，"众里寻他千百度，蓦然回首"的。廖仲恺之于何香凝，便是这种梦里、命里的人。

她与他的结合，对她后来走上革命道路产生了重大而深远的影响。

想她幼时便不爱女红，偏爱听那太平天国反清的革命故事，想来，这小女子的内心深蕴着的是一颗革命的心。但是，由于她一直过着深闺独处的生活，她的革命意志便被束缚住了。像未长翅的小鸟，虽有想飞的渴望，却力不从心。

后来，她这革命之心，便在丈夫那里被点拨长出了坚硬的翅膀。正如她回忆时所说："因为听仲恺常常谈及时事，逐渐加深了我对'国家兴亡，匹夫有责'的认识。"

在时代的趋势和潮流的推动下，廖仲恺决定结束在香港皇仁书院的中学生活，要去日本留学，而何香凝也决定随同丈夫一起走上留学的道路。

由于申请不到官费，他们"为经济所困，议之再三，迄未果行"。后来，她变卖了陪嫁的珠宝首饰，他们的东京之行才得以实现。1903年，她和丈夫先后到达日本。

至此，她的革命道路有了方向。

她先后结识了具有先进思想的赵声、胡汉民、黎仲实、朱执信、苏曼殊等留日青年，进一步提高了挽救民族危难的爱国思想。在学习之余，她亦满腔热情地随同廖仲恺参加中国留学生的一些爱国活动和集会。

不久，他们结识了仰慕已久的孙中山。如是，便确立了跟随孙中山进行民主革命斗争的坚定志向。当时，孙中山正在酝酿同盟会的筹备会议，于是，一介女流的何香凝便担当了一项重任，冒险将自己的家作为了通信联络站和聚会场所。为了确保同盟会的活动安全，从未下过伙房的她，不得不把自己的女佣辞退。除此外，她还把娘家寄来的钱，花在了革命斗争上，并在海外华侨亲友中，广泛筹集起义经费。

1905年8月7日晚，在孙中山和黎仲实的介绍下，何香凝成为中国同盟会第一位女会员。不久，她又介绍廖仲恺加入同盟会，并支持他三次奉命回国从事革命活动。她还曾留下一首著名的辞别诗："国仇未复心难死，忍作寻常泣别声。劝君莫惜头颅贵，留取支那史上名。"

至此，这对"旷世"的夫妇为了一个大好的中国，投身于革命之中。

伍　以画言志

人说，一座城市之于一个艺术家，乃是其创作朝拜过程里的缪斯圣地，像伦敦之于狄更斯，巴黎之于雨果，布拉格之于卡夫卡，上海之于张爱玲。

东京之于何香凝，乃是一个拥有暗香傲骨的女子绘制革命的城市。

于东京留学的何香凝，除了投身革命，还积极投入到绘画创作之中。彼时，何香凝已是两个孩子的母亲，然而为了深远的革命，为了给同盟会绘制"在国内组织武装起义的军旗和安民布告、告示的花样，军用票的图案"，她毅然决定攻读美术，只因这美术可成为她报效革命的武器之一。

1909年，她进入东京本乡美术学校日本画撰科高等科，专门学习绘画。在这所美术学校，她除了接受教师端管子川先生讲授的山水、花卉画外，还每周两次向当时的名画家、日本帝室画师田中赖章学画狮、虎等动物及日本画。

在樱花漫漫的东京城里，一个伟大的艺术家怀着伟大的革命之心取得了辉煌的成就。

诚然，她是喜画的，而那满蕴着铮铮傲骨的梅花亦是她一生之所爱。后人亦说她始终有着一颗爱梅、惜梅的心。据她的女儿廖梦醒回忆，某年绕道去武汉国民政府的她，正好途经大庾梅岭，时为梅岭被大雪覆盖之时，亦只有红、白的梅花盛开，她终忍不了那一颗爱梅的心的挣扎，便于登船期间，一个人独折返到了梅岭，只为那惊世的梅绽放在她坎坷的革命之路上。

于是，她亦赋诗《重游大庾岭》作为纪念：

十月重观岭上梅，黄花笑雪傲霜开。
梅兰菊竹同时会，羡却庾山独占魁。

而她那些被世人赞为"何氏梅"的梅花图卷,是于干练细腻之中蕴含着傲骨侠情的。人说,由她作品中展现出的那份强烈的个人风貌,是她经过脱胎换骨的磨炼,继而形成的个人风貌。于她而言,这"何氏梅"完全是因其在特定时代环境下经历的不凡世事而生的审美理想。

其实,这梅画是被赋予了强大的生命气息的,亦是抒写了她的爱国情怀的,那其间蕴含着她划破长空的一声长鸣。

陆　爱人之死

革命之路,历来是刀光剑影、暗杀重重的。革命者大多如履薄冰,小心谨慎,可尽管如此,也免不了那"感时恨别,见鸟心惊"的恐慌。

当辛亥革命的胜利果实,被无耻的"螳螂在后"的袁世凯所窃之后,她和丈夫的处境便愈来愈危险。于是,流亡成了他们生命的主旋律。

然而,革命之路是荆棘密布、暗藏刀光剑影的,亦是暗杀重重的。

1922年6月14日,廖仲恺便被那反对北伐、心怀叛意的陈炯明监禁在广州西郊石井兵工厂。坚忍如她,机智如她,便走上了"营救夫君"的险艰之路。

冒着枪林弹雨横冲直撞的她,是有过失望的,亦可以说是绝望。在颠沛流离之中奔走了一个多月后,依然营救无望之时,身染红白痢疾的她几近崩溃,甚而想到自杀。那是在去兵工厂的汽垫船上,她暗许,抽完这支烟就跳江。然而,一切都有天定的,冥冥之中仿佛是有谁帮她做了决定,风雨之中的她硬是未能把那十几根的火柴点燃。剩下最后一根火柴时,何香凝在心中默默祈祷,如果这根火柴能燃,事情就有转机。结果,这根火柴竟意外地燃了。

事情也真有了转机,那年8月17日,何香凝得知陈炯明将在白云山召集会议。次日,她冒着倾盆大雨,突然出现在陈炯明的军事会场,与会者无不惊诧。而惊呆了的陈炯明更是显得手足无措,眼望着浑身湿透的她,于慌忙中为她斟了杯白兰地,只言出:"喝杯白兰地后,去换了这身湿衣吧。"

然,愤怒中的何香凝是无法领受他这假惺惺的好的。于是,她厉声说:"雨湿有什么要紧,我这次来还打算血湿呢!"接着,她厉声斥责陈炯明的种种。最后,慑于何香凝的慷慨正义,陈炯明释放了廖仲恺。

携廖仲恺一起回家的何香凝,亦是对陈炯明的为人放心不下的。于是,凌晨3时,他们夫妇离开家辗转去往香港,便让那无耻之徒扑了个回马枪的空。

只是,更险恶的事情还在后头。

1925年8月20日,她和廖仲恺一起去参加中央党部的会议。一场生离死别的悲剧正上演。在到达中央党部门口后,那于暗影里射出的子弹便无情地使廖仲恺倒在了一片血泊之中,而在不远之处目睹了这一切的她,却无能为力。

于此,她和心爱的丈夫此生便相隔于寂寥的"两茫茫"之中了。

她的革命世界里,亦多了份清冽的决绝。

柒　梅花之骨

上海这座城,于百年前是昌繁盛荣之地,端的绝代风华,亦成就了些许于今人而言也是永不落幕的传奇。

对于何香凝来说,就是奔走于不同的城市,这上海亦是成就了她一个永不落幕的传奇的。

彼时,为文化人聚集之地的辣斐德路内的辣斐坊8号,亦见证了她那颗"梅花之骨"的心。

1927年,当国民党右派蒋介石、汪精卫背弃孙中山"联俄联共,扶助农工"的三大政策,一介女流的她便在会议上拍案而起,且以"吾宁以画笔栖迟,维持清苦生活,不愿同流合污,做国家民族的罪人"为公开声明,毅然辞去国民党内的一切职务。如此胆识,怕是那七尺男儿也未曾有的。

这之后,她便离沪出国。

她先后游历南洋、伦敦、柏林等地后,侨居于法国巴黎郊外,过着读书写画自娱的清苦流亡生活。

然而,当九一八事变爆发,"悲愤填膺"的她毅然回沪,决定以国民资格与同胞共赴国难。于是,她在沦陷的沪上发起组织"救济国难书画展览会",将"积存时贤墨宝,并香凝个人历年所作画件",悉数出售。

此外,她还在淞沪抗战期间,多次冒着炮火深入前线,慰问鼓励将士。

1934年,国民党逮捕关押了沈钧儒、章乃器、邹韬奋、李公朴、王造时、史良、沙千里等救国会七领袖,她便与宋庆龄、胡愈之等,立即发动了那场"入狱救人"运动。

1937年七七事变后,全面抗战爆发,她便从辣斐坊8号中发出了那张至今仍被人收藏的信函,于沪上发起组织中国妇女慰劳救护会,积极投身于抗日救亡运动。

抗战期间,于她而言是艰苦的。她多处漂泊,以卖画为生,为了笼络她,蒋介石派人送来100万元钱。想来也只有拥有一副"梅花之骨"的她,才能对当时不可一世的蒋介石做出如是反抗,她于一纸上写下批语:"闲来写画谋生活,不用人间造孽钱。"后将钱退回。

诚然,于上海寓居的她,便是借着一身"梅花"的傲骨,把自己的生活过得那么干净凛冽,没有一丝狼藉。

捌　死生契阔

古人云:"执子之手,与子偕老,死生契阔,与子相悦。"然而,"与子偕老"于世人则多为奢望。因岁月总不是那般静好,现世亦不那般安稳。

所以,当年她和丈夫廖仲恺便有了那"生则同衾,死则同穴"的约定。

1972年年初,她因肺炎住院,于病中向前来看望她的周总理透露了与丈夫的"生死契约"的心愿。

9月1日凌晨3时,她与世长辞,终年94岁。

9月5日,北京各界为何香凝举行了隆重的追悼大会,遵照她生前的夙愿,她的灵柩由邓颖超、廖承志等人护送至南京。9月6日上午,于中山陵园廖仲恺墓地前,举行了庄严肃穆的合葬礼。

至此,她终于携着那一生的传奇,和丈夫廖仲恺长眠在一起。

◎ 第二十三章 ◎

潘玉良 —— 质本洁来还洁去

不是爱风尘,似被前缘误。
花落花开自有时,总赖东君主。
去也终须去,住也如何住!
若得山花插满头,莫问奴归处。

<small>严蕊</small>

她曾是位青楼女子,饱经生活的苦难;她曾两次远渡重洋,为了追求艺术的真谛;她曾遇到两个知音的男子,最后却没逃脱走向孤寂的宿命。她一生留下两千多幅作品,最后客死异乡。她用近乎神话的经历,向世人诉说着一个乱世飘零中的传奇。

起

她是个奇情的女子,她的曲折经历,悲苦爱情,让她成为一个传奇中的人。

17岁那年,生性刚烈的她以一曲《卜算子》,赢得了桐城才子潘赞化的青睐。潘用重金将她赎出青楼,纳为己妾。

这,于她而言是义举。

于是,在以后的人生岁月里,她更多地把潘视为救命恩人,称"没有他,就没有我",并且决绝地把姓氏改"张"为"潘"。

虽然,后来的潘赞化,在凡俗的现实里日渐变得软弱与世故,亦让她很受伤,但是她都因念旧恩将此转化为宽容和理解。甚至在异国他乡漂泊流离的岁月里,她仍坚持着"三不主义",矢志不渝地坚守着对潘赞化的爱,亦决绝地拒绝了王守义的求爱。从而让自己的人生变成了孤寂孑然的一生。

回首她的一生,是不幸与幸的错乱交集。

不幸的是:她幼时父母双亡,少时被卖作雏妓,虽幸运地成了潘夫人,但实则为妾,这种没有尊严与地位的卑贱,噬咬了她一生。特别是青楼的出身,曾迫她于国内备受欺辱而无立足之地,不得不半生漂泊海外,客死他乡。

幸的是:她虽身在烟花巷,未及被蹂躏,即际遇潘赞化,一跃成为官夫人,借此脱离火坑。与潘婚后居上海,邻居洪野先生引领她走上神秘的艺术殿堂;后虽飘零海外,却又际遇王守义这位忠义之士的眷顾与厚爱;更可喜的是,天道酬勤,她最终实现了自己的艺术追求,为祖国争得了荣誉。

她亦是一个大写的女人,始终怀有一颗大义的心。

有人说,她的性情,一如她的笔下的裸体油画,朴拙、大气、率性、真挚。谈及青楼,是想得见裸体,闻得见肉臭。青楼之内,她是宁死都不脱;青楼之外,她却顶着种种世俗非议与刁难,一脱到底。为只为那大雅大美的艺术!最终以自画像《裸女》名扬国际画坛,创造了一个独属于她的传奇。

如此说来,她比任何一个女子都贞节、专情、博爱。

她以无人可比拟的人格魅力,铸就了一个丹青传奇,让一座城市、一个年代的人沉醉不知归路。

壹 深谷幽兰

1928年,凭借《裸女》获得罗马国际艺术展金质奖的潘玉良,应当时上海美专校长刘海粟之邀回到上海,成了这座艺术学府的教授。

她,因此迎来了生命中最辉煌的一段时期(1928—1936)。

这个以《裸女》图使巴黎美院沸腾的女子,在上海的十里洋场,亦引起了不小的轰动。

她先后举办了五次个人画展,展示了自己创造的"融中西画于一冶"的独特风格。从而,让人们记住了她这个于画坛上散发着幽谷芬芳的奇葩。在璀璨的繁华上海滩,她以自己细腻的笔触,点抹着艳丽的颜料,把一个个或裸、或脱、或眼神迷离、或眼神忧郁的女子,绘制得温婉而浪漫。而在那些夸张的线条里,皆表现出满溢的爱与思念,那些爱与思念如流出杯体的橙色汁液,在每一个白天和黑夜蔓延,使一个城市终日弥漫着幽淡的香气。

而她这个青楼出身的女子,以坚韧和自强不息,把自己的人生,酝酿成一杯散发着"深谷幽兰"的陈年好酒。诚如女作家林白对弗里达所说:"一个盛装的墨西哥女人作画,或者躺着,或者躺着作画,坐着,站着,或者接吻，无论何时何地，哪怕躺在医院的病床上，穿着石膏的紧身衣，她头上的发式纹丝不乱，头上的花朵永远盛开……她的美丽与破碎，成为难以阻挡的女性魅力……她流血、哭泣，被钢铁穿透，她把她的痛变成珍珠，穿越时空，散发出久远的光芒，妖娆而动人。"

她和弗里达都是如此——

拥有千疮百孔的人生，是为画而生的女子；

散发着芬芳花香，而令人心碎疼痛的女子。

贰 风雨飘摇的苦难

1895年，潘玉良出生在扬州一个以自产自销毡帽为生的人家。她的出生给这个一心想要有个儿子的家庭带来了丝丝的不快。但是，这家淳朴的男主人还是给她起了一个响亮的名字——张玉良，意为张家的一块好宝。

然而，悲剧还是没从这个弱小的生命身上逃过。

在她一岁的时候，父亲因病去世，同时也带走了她们母女绝望的心。等到两岁时，厄运又降临到这个孱弱的女孩身上，她唯一的姐姐也随父亲奔赴天国，更惨烈的是，她们赖以为生的小店随着父亲、姐姐的离去倒闭了。她和相依为命的母亲的生活，是苦难重重的。为了生计，身怀一身绣花技艺的母亲开始以卖技艺来维生。

此时，有人开始议论这个女孩的生辰八字了。他们一致认为玉良的命硬，说她一出生，就克死了父亲、姐姐。但是，母亲不信这个邪，对她尤其的好。然而，幸福之神真的不眷顾这个不幸的女孩。在她8岁的时候，母亲也因过度的劳累，晕倒在绣架上，再也没有醒来。心有万般不舍的母亲，临终前，把她珍爱的女儿托付给她唯一的亲人——她的弟弟，玉良的亲舅舅吴丁。

没想到，这一托付给玉良带来的是万劫不复的灾难。

吴丁，是一个不折不扣的混混，整日里不是泡在茶楼酒肆里，就是用东拼西凑的钱买鸦片抽。这个不务正业的人，根本无暇照顾年幼的小玉良。可想而知，那时的玉良过的是一种怎样非人的日子。不过，也是这段自食其力的生活，造就了她的一身硬气。

吴丁在抚养玉良六年后，突然发现外甥女竟生得这般亭亭玉立。于是，他打起了她的主意来。终于，在一次赌输钱时，把这个卑劣的念头付诸行动。在一个无风的夜晚，他以给小玉良找份工作的理由哄骗了尚不经事的她。她为了养活自己，为了做一个独立的人，小玉良义无反顾地跟着他来到她人生中最可怕的深渊——芜湖港的一个名叫怡春院的妓院里。

在这个夜夜笙歌、灯红酒绿的妓院里，谁也不会想到，这个怯弱的、带有满满恨意的小女孩的身份会一换再换——

从雏妓到小妾，又从小妾到最高学府的教授，最后是世界艺坛的著名艺术家！更想不到的是，她在不久的将来，会叱咤上海滩成为那个最具传奇色彩的女子！

叁　　天赐的良缘

1916年，对于深陷虎穴的潘玉良来说是明朗的一年。

从4年前来到这妓院后，她的生活就是在逃跑、上吊、毁容中度过的。然而，全都以失败告终。但是，在她内心深处对于要做一个自由人的愿望却从没有熄灭过。终于，命运之神向她伸出了慈爱的手。一位改变她一生命运的男人——潘赞化走进了她的生活。

那是1916年初夏的一个夜晚，芜湖城里最豪华的餐馆——江上酒家，彻夜灯火辉煌。一时间，车水马龙，商贾政要，都鱼龙混杂般来到这里。

原来，这里正在举行芜湖商界同仁的盛宴，为新上任的海关监督潘赞化接风洗尘。

那一年，潘玉良17岁，身材高挑的她，虽称不上"出水芙蓉"，但也水灵得很。加上她生性倔强，在吹拉弹唱方面跟逆来顺受的姐妹有很大不同，所以，在技艺辈出的妓院里有了"鹤立鸡群"的气度。当地的乡绅富豪，为了给留过洋、见过洋美女的潘赞化一个与众不同的感受，就特地选了玉良来唱歌助兴。

在接风宴席上，玉良轻拨琵琶，慢启朱唇，珠圆玉润，一曲《卜算子》古调在厅内婉转回荡：

不是爱风尘，似被前缘误。
花落花开自有时，总赖东君主。
去也终须去，住也如何住？
若得山花插满头，莫问奴归去。

潘赞化原是桐城才子，18岁留学日本，毕业于东京早稻田大学，其间追随孙中山参加过辛亥革命，后跟蔡锷将军一起参加过轰动一时的护国运动，是一个反封建、反压迫的风云人物。

如今，他离开军旅生涯开始参政，不料在这样的应酬场合，竟听到如此辛酸悲凉的唱腔。他不由得开始细细地打量起她来。良久之后，他试探性地问："这是谁的词？"玉良一声长叹："一个和我同样命运的人。"

潘赞化又问："我问她是谁？"玉良像是回答又像自语："南宋天台营妓严蕊！"潘赞化暗暗地点了一下头，凝神瞅了她一眼："嗯！你倒是懂点学问。"

听到夸奖的玉良有些腼腆不安，红了脸答："潘大人，我没念过书。"潘赞化"啊"了一声，一缕惋惜怜爱之情油然而生："可惜呀，可惜!"

有人家说,青楼女子看两样东西绝不会走眼,一是珠宝首饰,二是男人。在这几年的妓院生活里,潘玉良确实阅过无数的男人。所以,当她听到他由衷的话语时,心底有了悸动的感觉。她有一种预感,这个男人是可以救她的。于是,她就冒着危险去求他,求他把自己赎出来。

潘赞化这个官场上的人,居然动了恻隐之心,并肯拿一个男人的荣誉来冒险,把潘玉良赎了出来。

阳光似乎在一夜之间照亮了潘玉良的生活,她觉得自己一下子有了依靠。她不敢奢求什么,只求能在潘大人的身边做一个用人。因此,当潘赞化决定把她送回老家做个自由人时,她就像一只不小心从天堂跌进地狱的羔羊一样无助。在这个冷酷的世界上,她早已没有了亲人,在她的心中,潘大人就是她的亲人,她的唯一,离开了他,她将一无所有。于是,她再一次求他让她留下来,而这次,她的真情彻底打动了潘赞化的心。

张爱玲说过,在那样一个旧时代里面,反倒是在青楼里面更有真爱的空间。想那潘赞化对玉良又岂无心呢?他长她12岁,又有了妻儿,他只是不愿意委屈了这位聪明纯洁的姑娘。但,淳良若赞化,心里终是放不下她,终把她纳进了门,让她名正言顺做了他的妾。

1913年,在陈独秀的证婚下,两人正式结成伉俪。新婚之夜,玉良改姓张为姓潘,一为表自己对丈夫的感激之情,二为表自己新生活的开始。

至此,一段良缘永结。

肆　浴女风波

婚后不久,潘赞化为了给潘玉良一个崭新的生活,便带着她来到上海,并在渔阳里的一幢石库门房子里安了新居。

弄堂里的石库门是最普通的市井人家的居所,家家户户数不清的大小门窗牵连着的是万千的故事、万千的典故、万千的名人、万千的记忆。

玉良住的院子不大,由一道灰砖砌的围墙旁,长着一棵开满细碎香樟花的樟树。清洌芬芳花香,把玉良的心沁得明媚非凡,她开始迎着细软的春光,以优雅的姿势飞翔于上海繁华的空气里。当时,在渔阳里居住着不少社会上的知名人士,其间就有一位上海美术专科学校的教授洪野先生。

洪野先生在自家绘画时,玉良从自家的客堂里能看清楚他所画的内容。因为无所事事,她便常常趴在客堂的窗子边看他作画。久而久之,她也在不知不觉中涂鸦了几张,洪先生看到后,发现了其间的惊艳之处,于是,便收她为徒。潘玉良充满坎坷的从艺道路,自此拉开了华丽的序幕。

1918年,在丈夫和老师的鼓励下,潘玉良报考了上海美术专科学校,并以惊人的绘画天赋赢得了第一的成绩。然而,青楼女子的身份阻碍了她被录取的资格。心灰意冷之时,洪野先生带来了好消息:原来,身为校长的刘海粟破格录取了她。至此,潘玉良作为一个青楼女子的前世结束,作为一个新女性的今生开始了。

玉良,成了上海美术专科学校的第一位女学生,师从国画大师朱屺瞻、王济远先生。在学校里,随处可见她勤奋习画的身影。当时,学校的西洋画派率先引进了画人体模特,可是,这一举措招来了社会各界舆论的强烈攻击,险些把学校给关闭了。经历这些风波后,画人体模特便成了最为忌讳的事。这让玉良极为难过:她是如此钟情于人体绘画!

因为"钟情",便发生了后来那场被载入历史的"浴女风波"。

那天,她到浴室洗澡,在雾气腾腾的洗浴间,她的眼睛放出了光彩。于是,她放弃了洗澡的念头,跑回宿舍,拿来了速写本和铅笔,借卧位的一隅,迅捷地画了起来。她沉浸在艺术实践的兴奋中,不一会儿,几张浴女群像便一挥即就。就在她全心全意作画时,不幸被一好奇的女人看见,于是一场骚乱开始了。混乱中她被那些禁欲的女人们死死地撕缠着,弄得极为狼狈。最后，在一位曾在美专做过模特的女孩的帮助下，才逃离开浴池。

这一场浴女风波，使她受到了不小的惊吓，为了避免此类事件的发生，她决定以自己为模特儿。她乘着家中无人，就对着镜子描摹自己的裸体。她常常会沉醉其间，仿佛可触摸到画中肌肤的弹性，感受到画中人的血液奔流不息。她巧妙地将画中的面孔隐去，然后，对着那些画作会心地笑了。她的这些人体习作，后来在毕业作品汇报展上，一时轰动全校。时为校长的刘海粟，更是被惊得目瞪口呆！他开始意识到，封建思想依旧盛行的中国，将会把玉良惊人的绘画天赋抹杀掉。于是，他建议玉良到欧洲发展。毕竟是胸襟磊落的男子，此时，潘赞化并没有为了儿女私情阻挡玉良出国深造，而是利用职务之便向安徽教育厅申请了一个官费留学的资格。于是，在1921年，潘玉良第一次离开祖国，远赴法国巴黎。

伍　伤情《离歌》

从1921年到1928年，九年的留学生涯对于潘玉良和潘赞化而言都是蓄满了思念的。

1928年，潘玉良与在欧洲游历的刘海粟相遇。第二天，刘海粟决定聘学有成就的她任上海美专绘画研究室主任兼导师。

于是，潘玉良带着满满的思念和圆满的喜悦，回到了她魂牵梦萦的上海。

两个月后，王济远先生为她举办了"中国第一个女西画家画展"。画展伊始，就震动了中国画坛。接着，她又办了几场个人画展，每次参观者都络绎不绝，使她一时成为上海滩最具魅力的风云女子。

然而，命运对于潘玉良来说，总是一脚幸运、一脚蹉跎。幸运的是，她的艺术道路越走越顺利；蹉跎的是，她的情感道路越来越坎坷。

潘赞化的原配，本住在安徽潘家老宅子里，过着大门不出二门不迈的日子，那年，却突然到上海来访。

这个旧时的女子，虽过着没有丈夫在身边的凄苦日子，却仍把原配夫人的架子端得十足。她是把自己徒有的身份，看得比人世间真性情情们的人伦欢爱还要强。所以，她任由着心底的凄草茫茫，纵然野火烧尽，也只留下一片荒芜。

本来回国任教的潘玉良是要去拜见她的，她深知为丈夫守活寡的她这么多年不好过，再说礼数的事情不能省略。所以，她曾多次求潘赞化带他回老家拜见她。可是，不知潘有什么难言之隐，总是一再推托。想来，潘亦知道这么多年来大太太的那份怨怒终是难以消除的吧！

没去拜见大太太，便成了她留在那个把原配身份看得比天还高的大太太手中的把柄。

于是，她千里迢迢地从安徽老家来到十里洋场的上海，誓要看看这传说中的小妾何德何能把自己的丈夫给绑住。

那天，玉良正在给美专的学生上课，突然接到潘赞化的电话。潘赞化只说了一句"她来了"，玉良便知道是大太太来了。于是，下了课，她就赶紧往家赶。当她走到家门口的时候，就听到大太太说："有点头面的人家要娶小老婆，可是为了自己和太太享受，你养一个小老婆却让她读书。我不管她是不是一个著名的画家，我不管她是不是大学的教授，她在家里就是妾，妾就得给大太太下跪、请安。"这声音里的蔑视诋毁，瞬间就让玉良的心跌到了谷底。

之后，她听到潘赞化的呵斥："轻声点，你是大户人家的出身，要懂得什么是知书达理。"潘玉良听出潘赞化的真挚来。

于是，为了不让潘赞化为难，进屋后，她就"啪"地一下跪在了大太太的面前。这对于一向好强的她而言，内心的苦痛和委屈是深刻的。她好像又回到了那个看似早已与她脱了干系的"前世"里了。她爱潘赞化,但是这爱让她觉得太沉重、太压抑。她知,他一直对她好,知他的为难。可是,爱情里一旦有了伤痛或者隔阂,相爱的两个人就如同掉进了深渊。

紧接着,又发生了一件让她至为伤心的事情。

那是在第五次个人画展上发生的事情。当时,她展出了一幅名为《人力壮士》的油画,描绘的是一个肌肉非常发达的男子,用他非常有力的双臂努力地搬开一块巨大的岩石,好让下面脆弱的花朵能够绽露,其象征的是中国人抗日的决心。

当时,教育部部长亦来参观了这次画展,并当场订下了这幅画。玉良的意思是等画展结束以后再把这幅画送过去。可就在付订金的当天晚上,整个画展遭到了致命的人为破坏,许多画被撕掉,那一幅订购的《人力壮士》不仅被撕毁,在上面还贴着一张令她心寒的纸条:"这是妓女对嫖客的歌颂。"

再坚强的心,在这一刻也顷刻瓦解,支离破碎了。她终知道,在这个国度里,所谓的凡俗道德是不会放过她的。即使她做了西伯利亚的蝴蝶,度过了寒冬获得了重生又如何?那过往前尘终若那布上的血渍,洗掉的是污渍,留下的是痕迹。

于是,潘玉良再一次选择离开,把她和他的伤情离歌唱个不休。

她,这一走就是40多年。

陆　相思成灾

带着深深伤痛的潘玉良再次来到法国,一个人坚韧地、孤独地居住在巴黎郊区的一个阁楼里。此刻,她只把自己沉浸在色彩缤纷的颜料里,让思念的种子在心灵深处生根发芽。

她用自己的方式爱着她生命中最重要的男人，她给自己制订了一个"三不主义"：一是，不恋爱；二是，不入外国籍；三是，不签约于画廊。三项中有两项是为他而订的。

她的"不恋爱"，是源于她对他的感情。在这感情里有很深的感激、感恩，她一直深念着他的好。她深知她的一切荣誉、一切快乐都是源于他，他让没有灵魂的张玉良变成了一个有灵魂的潘玉良。他对她而言，是刻骨铭心的，亦是无法忘怀的。所以，她用这样真挚的牺牲去回报。

她的"不入外国国籍"，其实是因为她一直希望他能给她写信，让自己回去。远在异国他乡的她无时无刻不思念着他。

可是，她不知道，这时的祖国已发生了天翻地覆的变化。

这一时期，因为政治问题，潘赞化丢掉了海关监督一职，成了一名南京政府实业部的专员。这专员的职位，说白了就是一个闲职。所以，这时候的潘生活很困苦。

也许因着这样的情况，他才不愿意让潘玉良回来吧。这世界诸多事情的微妙关系，我们也无从揣测，只是我们知道，潘玉良直到人生的暮年，也没能等到他的邀请。这造成了她终生的遗憾，使她一生都滞留在孤寂的异国他乡。

1960年，当她把获得的巴黎市市长亲自颁发的"多尔烈"奖和颁奖照片寄给潘赞化时，她深爱一生的丈夫却已在安徽病逝。得知此事的她悲恸欲绝，遥望蓝天，她感到自己的心空了。她陷入了一生中从来没有过的孤寂和疼痛，往事一幕幕在脑海中浮现：他偕她漫步荷塘；耳鬓厮磨在灯下给她授课；他端碗热气腾腾的银耳汤药向她走来，一匙一匙送到她嘴边；他猫腰钻出了假山洞；他翘首在吴淞口巴望她回来……一合上眼，他就微笑着向她走来。

此后，潘玉良的身体状况进入了一个恶性循环之中，她把思念汇聚成灾，在追忆中思念着关于他的一切。她誓要，即便是碧落黄泉她也要等到柳暗花明；即使是天人两隔她也要坚定地念着他。

所以，多年后，人们在她的遗物中发现了她保存一生的两件物品：一件是结婚时潘赞化送给她的西式鸡心盒项链；一件是当年蔡锷将军送给潘赞化的金怀表。西式项链里藏着两幅她和他的照片；怀表则是他作为一种信物、一份诺言，送给再次赴法的她。

于此，我们看到了隔着浩瀚的海洋，隔着催人老的光阴，她和他续写着一份伟大的爱情：两情若是久长时，又岂在朝朝暮暮！

柒　他乡遇故知

张爱玲说过，一个女人最大的悲哀莫过于墙上的钉子都是自己钉上去的。

第二次赴法的潘玉良，因着她的"三不主义"，在没有任何亲人朋友、没有固定收入的情况下，生活得拮据而没有着落。诚然，她是用"三不主义"死死地把自己钉在了墙上的。

但是，人们常说山不转水转，总有一天会转到你家门口。

看，在如此境遇中的她遇到了她生命中的第二个男人——王守义。

王守义是早期来法勤工俭学的学生，是潘玉良在上海任美专教授时的学生。他们邂逅相遇在弥尔画苑。之后，这个比她小10多岁的学生就成了她忠实的崇拜者和朋友，小心翼翼地在她的生活中占据了一席不小的空间，成了她法国巴黎的情人。

他为人善良，富有同情心，在巴黎圣·米歇街开一间中餐馆。对于玉良，他除了仰慕、尊敬，还有一种懵懂的爱恋。所以，他常在工作之余，去看望清贫的玉良，不仅照顾她的生活，还常常陪伴在日益孤寂的她的身边。他犹如一个神圣的人，一个老天为眷顾苦难重重的她定制的礼物。

对于这样一个正直的、有着孩子般可爱心智的王守义，潘玉良不是没有想法的。所以，她彷徨了。

于是，她开始为他张罗婚事，为他介绍女朋友，然而，几番下来发觉全都是白费。王守义成了别人眼里的怪人，对于给他介绍的女朋友，他连一面都不会见。于是，她只好作罢。

她不想就此断了他的幸福，于是，他们有了一次交心的长谈。她有些残忍地对他说，他们之间不可能有爱情，有的只是姐姐和弟弟的亲情。王守义在不能接受也得接受的情况下，泪流满面。在他内疚地向她道歉的时候，不忍的玉良情不自禁地把他抱在了怀里。这应该是他们唯一的一次拥抱，但不是情人与情人的拥抱，而是姐弟心灵相通的拥抱。

之后，他们恢复最初的关系，他依然无微不至地陪伴在她左右，直到她辞世。以至于，许多不明就里的人们纷纷认定，他就是她在法兰西的情人。

可能，就是这样的缘由，在巴黎蒙巴纳斯墓园潘玉良的墓碑上，除了她的名字外还刻有王守义的名字。

如此，生前纯洁相守的一对知音，死后终得身心相依伴千古。

这样未必不好！

捌　魂归故里

"边塞峡江三更月，扬子江头万里心。"（玉良诗）。

越是暮年，玉良思乡之心越切，尤其到了最后的岁月，她自知来日不多，所以，就在枕头下面留有一张字条，上面写着："这是我的家信，如果我死了，烦朋友们将这封信寄给小孙潘忠玉留作纪念。中国，安庆市，郭家桥41号。"

1977年7月22日,潘玉良默默地离开了人间。临死前,她把自己珍藏了一辈子的那两件遗物交到王守义的手上,要他带回故里交到孙儿们的手上。如此,她到生命的最后一刻,还心心念念着他。不知他泉下可知?

1985年,经过吕霞光等人的努力,玉良2000多件遗作得以运回到故乡,安放在建成的"潘玉良纪念馆"里。

至此,这位细腻、刚强、坚韧的女画家终于圆了她的愿望,得以魂归故里。

彼时,这个女子非同寻常的一生无疑成了一个传说,像是达·芬奇笔下蒙娜丽莎那一丝萦绕于唇边的永恒如谜的微笑一样,令人回味无穷!

从十里洋场的上海滩辗转到艺术之都的巴黎,她带给我们的是一段掺杂了旧上海和异国风情的红颜沉香。

她,用她如烟花一般寂寞的传说,给了我们一个永恒的传奇。